LOCUS

LOCUS

LOCUS

LOCUS

to

fiction

to 38
英格力士
English
作者：王剛
責任編輯：李芸玫
法律顧問：全理法律事務所董安丹律師
出版者：大塊文化出版股份有限公司
台北市105南京東路四段25號11樓
www.locuspublishing.com

讀者服務專線：0800-006689
TEL：(02) 87123898　FAX：(02) 87123897
郵撥帳號：18955675　戶名：大塊文化出版股份有限公司

總經銷：大和書報圖書股份有限公司
地址：台北縣五股工業區五工五路2號
TEL：(02) 89902588　FAX：(02) 22901628
排版：天翼電腦排版印刷有限公司　製版：源耕印刷事業有限公司
初版一刷：2006 年 6 月

定價：新台幣280元
Printed in Taiwan

English
英格力士

王剛 著

國家圖書館出版品預行編目資料

英格力士：English/王剛著。—初版—
臺北市：大塊文化，2006[民95]
面；公分．—(to; 38)
ISBN 986-7059-20-4(平裝)
857.7　　　9500981

為好人祈禱，為惡人說情

王剛

《英格力士》是寫文革的，它是我們這代人以新的方式重寫文革，就像是德國的下一代在不斷地寫二戰一樣。可是，在宣傳的時候竟不敢說是寫文革的，僅僅說它是寫一代人的成長，想想眞是可怕，寫什麼卻不敢說什麼，這種狀態還要到什麼時候？

在構思《英格力士》的過程中，我的內心裏曾有一度充滿了殘酷的東西。它們眞的像是春風和細雨一樣，天天滋潤著我的靈魂還有我的臉。

我的童年充滿暴力。我看見了很多大人在打，他們動粗的方式有時能發揮到極致。滾動著熱氣的瀝青可以朝人的臉澆過去。那人已經躺地求饒了，可是還有人用大頭棒朝他的肚子猛擊。逼迫他們或者喊打倒王恩茂，或者喊打倒武光，還有伊敏諾夫。我看見那些高大的紅衛兵們把一個女老師打死後，還拖著她在學校遊走，就像是我們這些孩子們在烏魯木齊冬天的雪野裏拉著自己的扒犁一樣，讓一個女人死後蒼白的臉暴露在陽光下，那眞是陽光燦爛的日子，最後把她扔在廁所旁的垃圾堆裏，還不讓別人收撿她的屍體，直到這個平時溫文儒雅的女老師即使是冬日裏也變得臭氣熏天。所以，現在每當今天有的人紅衛兵情節很重的時候，我就想起來他們殺人時的樣子，就覺得不是我的記憶錯了，就是他們的記憶錯了。我們那兒有一個叫七一醬園的地方，那兒有一個大院，旁邊就是喧嘩的烏魯木齊河，河邊有一個大棺材，有一個人連續好幾天跪在那個棺材前方。裏邊是什麼人？外邊的人爲什麼要對他下跪，他下跪是爲了懺悔嗎？懺悔是什麼？被人逼著作出的懺悔說明了什麼？是不是在每個時代裏都有人逼著另外的人進行懺悔？

在我的童年裏，我家旁邊的豬圈裏，總是發出殺豬的慘叫，震天動地，不知道那聲音有沒有傳到北京，而與此同時，大人們經常自殺，那時整個烏魯木齊都飄著一種薄荷的清香，大人們死後的舌頭總是和豬舌頭一起朝我伸過來，多年以後，我在超市裏，總是分不清那是豬的，還是人的。

在我的童年時，我們這些五六歲的孩子在教室裏對於老師的批鬥會上，當燈關上時，也會忍不住地衝到老師身邊，在黑暗中，拼命踢她的肚子。

以後，不讓打人了，我們就開始折磨動物。記憶中有一隻貓，讓我們從樓頂上往下扔，沒有摔死，大孩子就說：貓有九條命。然後，我們把偷來的汽油澆到貓的身上，點著，看著貓在黑夜中燃燒。

梅耶霍爾德說如果在劇院裏的排練場找不著他，那就去看看周圍有沒有人在吵架，他說他喜歡看吵架，他說那能更多地看清人的性格和本質。梅氏最後被人打死，而他的妻子也被人捅了四十多刀。梅氏在有著悠久藝術傳統的蘇聯人之中的悲劇是不是與它喜歡看吵架有著內在的聯繫？

十二歲那年我開始吹長笛，那是很女性化的樂器，它的聲音裏有一種難以言說的動情精神，我吹過巴哈，柴可夫斯基，莫札特，鮑羅定等許多人的作品，直到現在每當聽到我曾吹過的莫札特的C大調和D大調協奏曲時，我的內心裏都充滿了懷舊的情感，可是這麼些年來，我在自己寫過的小說和散文中卻從來羞於提那些我所熟悉的西方作曲家的名字。就好像那一切眞的很骯髒。在二十多歲的時候，我可以毫無顧慮地說起米華殊或者亨利·米勒，卻羞於提到莫札特，我怕自己作爲一個少數派而被恥笑。我回想起那個少年背著他的長笛走在烏魯木齊的街道上，泥濘的地面在春天融化的雪水中處處反著光，十幾歲的我在那時就發現自己內心裏充滿著莫名的憂傷。如果你們像我一樣從小就熟悉莫札特長笛或者黑管協奏曲的慢板樂章，那你就會理解我說的是一種什麼樣的憂傷。

所以，我很寬容自己爲什麼快要動筆寫《英格力士》的時候，我的內心裏卻充滿了軟弱和卑微的東西。我才理解了爲什麼我那麼熱愛我的英語老師以及他的林格風英語。所有那些殘忍我都不願意過份地提及，一方面是由於它們被滿是傷痕記憶的人寫的太多了，受難者的臉和施暴者的臉由於早先的文學過於縱情的描寫，而顯得無限清楚，似乎中國的悲劇全都是由於好人太好了，壞人太壞了……這種描寫讓我內心反感。另一方面我感到莫札特與我共同的憂鬱包容不了屬於那個時代的轟轟烈烈的往事。

特別想說說《英格力士》中的父親，他是一個悲情知識份子人物。值得注意的是我認爲他的悲劇不光發生在所謂的傷痕時候，在我的筆下，每一個時代都在給他帶來新的傷痕，回頭看他，他眞是運氣不好，是一個眞正的，保守的，徹頭徹尾的倒楣蛋，但是他卻和我一樣熟悉莫札特。在這部折磨我好幾年的小說裏，我爲好人祈禱，爲惡人說情。隨著時光的流逝，我的腦子眞是越來越糊塗了。

面對現在十四、五歲十六、七歲青春潔淨的皮膚（儘管在我童年裏的記憶裏，那時這麼陽光的少男少女就已經會殺人了）我已經越來越多地發現了在自己身上顯現出情不自禁的老奸巨滑。於是，回憶中的溫暖和仁慈就更是那麼能打動我。在寫這部小說時，我經常停下來等待，一方面我盼著新的細節到來，另一方面，我想仔細地體會一下，一個類似於像我這樣經歷豐富思想複雜的人，究竟能不能被《英格力士》的主要品質所打動。

最後，還是要提提格拉祖諾夫，在寫《英格力士》的時候，我每天都生活在他的小提琴協奏曲中，他的協奏曲在那些天就是要比另外四個人的更著名的四首好聽些。哪四個人？貝多芬。布拉姆斯。柴可夫斯基。孟德爾頌。

第一章

1

那年春天，可能是五月份，烏魯木齊被天山上的陽光照耀得歡天喜地，我像滿天飄揚的雪片一樣，從窗戶裏進了學校，然後坐在窗前的位子上，看著外邊的大雪和太陽。烏魯木齊就是這樣，經常是太陽和雪花朝你一起衝過來，而且是在春天的五月裏，在你們這些自以為是的口裏人連田野和桃花看得都有些煩的時候。

阿吉泰進教室的時候沒有人喊起立，教室就像是河邊的原野，我們是歡快的昆蟲，沒有注意到她進來。她朝前邊走了幾步，李垃圾叫了一聲，我們的目光才集中在了阿吉泰身上。

因爲我們沒有把握，我們沒有想到阿吉泰還眞的會來。

我以爲她多半不會來了。

阿吉泰站在講臺上，她沒有說話，眼淚就先流了出來。

你們肯定已經猜出來了，爲什麼今天所有的男孩兒都會心情沉重，因爲阿吉泰要走了，而且她長得漂亮，她皮膚很白，她是二轉子，對不起，二轉子是烏魯木齊話，我得翻譯：那就是她媽媽是維族，她爸爸是漢族，或者相反，她爸爸是維族，她媽媽是漢族。

我們從去年開始就不學俄語了，從今天開始就不學維語了。我們對任何語言都不感趣，我們只對阿吉泰這樣的女人感興趣，儘管她是女老師，可是她的脖子和她的眼淚都是我在黎明時比太陽還渴望的東西。

阿吉泰要走了，你們知道我這句話的份量嗎？

她看著我們大家，那一刻所有的男生都摒住了呼吸，像要等著被宣判一樣，關於阿吉泰的傳說這些天就很多了，有人甚至說她昨天已經上了一輛大卡車，坐在前邊的駕駛員旁邊，去的地方是喀什噶爾，那是她媽媽的老家。謠言畢竟是謠言，現在她還站在臺上，看來李垃圾是對的，她還要來上最後一課。

阿吉泰轉過身去，我看見了她的腰，還有腰下邊的部份，它們在扭動，像是烏魯木齊河邊夏天的榆樹葉，在風中輕輕搖晃。然後，她用手中的粉筆，在黑板上寫下了五個字：

毛主席語錄。

她勉強寫完這幾個字，就再也寫不下去了。她轉過身來，用漢語說：「我不想走，不想離開你們。」

男生「噢」的一聲，開始像麻雀一樣地飛來飛去，就好像那不是在教室裏，而是在天空。

阿吉泰看著我們這樣，她笑了，她的笑像誰呢？有誰的嘴唇能跟她比？

李垃圾突然大聲喊起來：「毛主席萬歲。」

全班都笑了，這次也包括女生。

然後，然後是大家和李垃圾一起喊：「毛主席萬萬歲。」

阿吉泰等歡呼聲停止之後，才說：「你們眞的那麼想學維語？想讓我留下？」

教室靜默下來，阿吉泰想錯了，男生們對任何語言都不感興趣，連漢語他們都不想學，更不要說維語，而女生們已經盼望了很久，她們等待的是英語課，ENGLISH 很快將會像第一場春雨一樣蕩漾過在你們看來是那麼遙遠的天山，降臨到烏魯木齊的河灘裏，以及在學校旁邊十七湖的沼澤上。

阿吉泰的目光忽然停留在了我的臉上，她看著我的眼睛，說：「劉愛，你一直在發楞，你在想什麼？」

我的臉紅了，全班都看著我，我站了起來。

阿吉泰還是第一次這樣問我，我變得口吃，我說：「什麼也沒想。」

她笑了說，坐下吧。

我猶豫了一下，說：「阿老師，妳……」

她說：「我說了多少次，你們不要叫我阿老師，要叫阿吉泰老師，以後就叫我阿吉泰吧。

反正我以後也不當老師了。」

我說：「妳不會走吧？」

她說：「要走了，到商業上去。」

我坐下後，心想什麼叫到商業上去？那就是說，她今後會在商店裏？她會去哪個商店呢？

阿吉泰說：「我也想跟你們一起學英語，昨天我見了你們的英語老師，是一個男老師。他叫王亞軍。」

男生立即「噢」的一聲，表示不屑。阿吉泰笑了，說：「好了，下課吧。」

阿吉泰在我們的注目下走了出去，我又一次地凝視著她金黃色的頭髮像湖裏的水草一樣地在飄盪。

窗外的一切都像雪花一樣地遊手好閒，我朝高處望去，天空藍得簡直讓我想哭，男孩兒的眼淚儘管不像女孩兒的眼淚，但是你們沒有見過我童年時烏魯木齊的天空有多麼藍，所以我就不好意思在你們面前流出淚水。

其實，心情沉重的不光是我一個男生，而是全部，甚至包括李垃圾這樣的人。

女孩兒在看天空的時候，沒有說她們想哭的，於是我懷疑回憶是不是經常出錯，面對那些說不出道理的色彩百感交集的爲什麼總是我這樣敏感的「兒娃子」？他長著球巴子，在五年級一一班的教室裏，他已經有些變聲，他對天空的迷戀程度遠遠超過他同班的女生，儘管她們身上的衣服連補釘都是有色彩的。

兒娃子和球巴子都是我們烏魯木齊話，如果你們口裏人和外國人硬要讓我又一次翻譯的話，我得愼重一些，然後說：「就是長著雞巴的男孩。」

很靜很靜的，沒有人再說話。俄語走了，維語走了，英語就要來了。

2

童年的憂鬱經常遠遠勝過那些風燭殘年的老人。

我們想的當然不是死亡，而是出生，特別是像我這樣的兒娃子，我發現自己內心的難過有時比黑夜還要漫長，我會忍不住地望著雪山和天空發楞，我們爲什麼不能選擇自己的出生地呢？我爲什麼要生在新疆烏魯木齊這樣的地方，五月份，甚至是六月份都會突然下雪，然後就是滿地泥濘。春天裏，到處都是冰雪融化的積水，我走在泛著陽光的路上，感到四面八方都閃爍著耀眼的光芒。很遠的地方，總有銀亮的東西在朝我眨眼，在停課的那些日子，我不止一次地去天際邊，想看看究竟是什麼東西在像水一樣地閃光。我去過雅瑪裏克山，那兒除了泥土就是沙子，還有西山公墓，經常槍斃人的地方。

我從小就感到烏魯木齊是孤獨的，或者說我是那兒孤獨的孩子。

四歲那年我隨父母回過一趟南京，路途遙遠的都讓我絕望了，我以爲永遠到不了目的地了，當見到了這樣一座巨大的城市時，我被許多高樓，還有那麼多人衝擊的頭暈目眩。

媽媽說：「那是爸爸媽媽長大並且上學的地方，你看，這種樹叫法國梧桐。」

我還是第一次聽到法國這個字眼。

「法國在哪兒？」

「在哪兒？在歐洲。」

「歐洲在哪兒？」

「在海的那邊。」

「海在哪兒？」

「很多地方都有海。」

「那我爲什麼沒見過？海在哪兒？」

「新疆沒有海。」

「爲什麼新疆沒有海？」

「過去曾經是一片海，以後乾了。」

「你們爲什麼要把我生在那個海都乾了的地方？」

爸爸看我這樣問，就接過話題，說：「沒有海，可是有天山。」

媽媽說：「每年春天裏，天山冰雪融化成水，流到烏魯木齊河裏……」

「你們爲什麼要把我生在烏魯木齊？我不想生在那樣的地方，我想生在這兒。」

其實，那天在南京的街頭，我本是想說：「我想被你們生在這兒，生在南京。」

父母不好意思地對望了一下，他們在微笑，那裏邊有愛意。

媽媽說：「爲什麼要給你起名叫劉愛？」

我不想聽了，媽媽原來說過。我說：「我頭暈。」

我立即讓我的腦子去想別的。從小我就有這樣的本事，當我不想聽什麼了，我立即可以把自己的注意力轉移，並讓它們走進天空，山裏，或者我直到今天了還沒有見過的大海。

眞的，沒有什麼事比被迫出生這件事那麼悲壯了，就是說你一出來，一切都已經決定了，無法改變。

你在一個蠻荒的地方，漸漸長大，你喝的不是長江和黃河的水，你喝的是天山融化的雪水，你會在長大以後發現，你長得都跟南京這個地方的人不一樣，你的皮膚有些粗，你說話的腔調讓內地人笑話，儘管你對他們說了，我們烏魯木齊是一座城市，可是他們仍然會問：「你們上學都是騎馬去吧？」

被迫出生在烏魯木齊，那是我，可是父母呢？他們是被迫去的嗎？眞的，他們爲什麼給我取了一個這樣不男不女的名字：「劉愛。」

愛是一種仁慈，是一種高貴。這樣說是不是很做作？劉愛，劉愛。這眞是一個做作的名字。

那天的南京很熱，空氣像是被火燒著了一樣，我吃完了最後一片鴨子之後，父親帶著我和媽媽去買了一台留聲機，然後他提著留聲機和媽媽走在前邊，我跟在他們身後，沿著法國的梧桐走著，拐了一個彎之後，進了一座木頭搭建的小樓裏，父親敲開了他同學的家門，他們對坐著，彼此看了一下，他對同學說：「明天就要回新疆了，下次不知道什麼時候回來。」

同學的眼睛有些濕了，說：「我昨天又看了你寄給我的那張照片。」父親謙虛地笑了。

我說：「我要看照片。」

同學從抽屜裏拿出來，遞給我，說：「劉愛今後也跟爸爸一樣。」

照片是一座建築，我一看就知道是民族劇場。我曾經在裏邊看過電影，和維吾爾族演的歌舞，他們敲打的那叫手鼓，他們的嗓子比我們響亮，他們會不會跟我一樣去想：「我們爲什麼要生在這片沒有海的地方。」

灰色的照片：圓的穹頂，還有白色的石膏柱……爸爸是設計師，這是他的作品。

爸爸接過照片，看著，顯得有些驕傲，說：「我今天又給你帶來一張照片，是我們全家在這兒的合影。」

媽媽拿出來照片，遞到同學手裏：我們一家三口在民族劇場門口，爸爸托著我，媽媽挽著他，我的頭好像把爸爸的眼鏡碰歪了。

同學看著照片說：「劉愛跟你長得眞像。」

爸爸說：「主要看建築，人其實無所謂。」

同學從櫃子裏拿出一張唱片。說，送給你。

然後，他們打開留聲機，把唱片放在上邊。音樂響起來。

我問媽媽，說：「爲什麼沒有維族人手鼓的聲音。」

媽媽說：「這是小提琴，還有鋼琴。這裏邊沒有手鼓和彈撥兒。」

我說：「我不喜歡這種聲音。」

其實，我當時想說的是，我聽不慣這種聲音。烏魯木齊沒有那種聲音，它給我最多的音樂就是維吾爾人的手鼓和熱瓦甫。記得在小的時候，有一首曲子在流行：「我的熱瓦甫。」那是非常好聽的東西，我敢向你保證，那是世界上最美的音樂。它說盡了新疆的荒涼和博大。可是，現在母親和父親竟然要聽這種東西。說它是小提琴。而且，父親的同學反復對他說了作曲家的名字叫格拉祖諾夫。

眞是讓人羞愧難當，我今天非要寫出格拉祖諾夫這個名字。就好像我也是一個事兒媽，喜歡說說這些名字，實在是在這部小說裏邊，格拉祖諾夫和他的小提琴就是一個不諧和音，或者像是一個紮進手上的刺，始終縈繞在我的四周和我的身體裏。

我不熟悉那種聲音，我聽了很短的時間，就睡著了。我知道自己做了一個夢，但夢裏的東西有的是假的，比如南京和格拉祖諾夫，有的是眞的，比如烏魯木齊和我的熱瓦甫。

3

柏格達峰就在我的前方，那兒是烏魯木齊河的發源地。

在清冷的五月，我走在泥濘裏，陽光燦爛，我手裏提著飯盒顯得亮晶晶。我是去給父親送飯的，他早晨說中午就不回來了，他要儘快把那幅畫畫完。

劇場的對面搭起了一面牆，爸爸站在腳手架上，他剛畫完了一個人的頭像，現在正在畫他的肩膀，在我們所有人都很瘦的時候，那個人卻挺胖，他就是毛主席。

我走到跟前，說：「爸爸，吃飯了。」

爸爸沒有理我，他仍在聚精會神地畫著。我說：「爸爸吃飯。」

他沒有回頭，說：「像嗎？」我看了看，說：「好像是少了一隻耳朵。」

父親說：「你懂什麼，那叫透視規則。」我說：「就是少了一隻耳朵。」

父親有些生氣了，他停止了畫畫，把眼鏡正了正，從腳手架上往下爬，他的姿態靈活，像是西公園裏的猴子，攀伏在鋼管和木板之間，晃悠了幾下之後，他跳了下來。

我看他額頭上都是汗，就說：「畫畫很累，是嗎？」

他說：「那要看畫什麼了。」我說：「你看，是不是少了一隻耳朵？」

爸爸說：「以後要有可能你也要當建築師，畫畫的基礎，」說著，他拿起了一塊包穀餅，吃了一大口，可是他不小心卻咬了自己的手指，疼得他看自己的手，沒有破，只是咬出了牙印，他笑了，說：「饞了，又有好多天，春節過後，就沒有再吃過肉，想想吃過的豬蹄，已經是很早的事了。」

我看著畫像，聽著爸爸嘴裏的咀嚼聲，他的牙齒在打磨著包穀餅，就像是工地上的攪拌機在來回翻動著石子和水泥沙漿。我的眼睛始終盯在了那一隻耳朵上。

爸爸似乎感到了我的固執，就說：「我告訴你什麼叫透視規律。你看我，以這個角度站著，你是不是只能看到我半邊臉，還有一隻耳朵？還有鼻子和嘴的輪廓？我要是轉一轉呢，他說著，把最後一塊餅放進了嘴裏，就稍稍轉了一下……」

我高興地說：「能看到那只耳朵了。」

他明顯不高興了，說：「能看到嗎？看不見，你只是在看我的頭和我的面部，如果你非要看到我的耳朵，那我得這樣，」他說著，又要轉，可是，他卻緊張起來。

從不遠的樓裏，走過來兩個男人。他們一個戴眼鏡，一個不戴。戴眼鏡的是范主任，不戴的是一個很高個兒的男人。

爸爸顯得有些緊張，說：「你先走吧，回家去，對媽媽說，我今天畫完的早，就早回家。」

我說：「下午沒課，我看你畫畫。」

爸爸說：「走，回家。」我卻仍是不走。

爸爸的眼神裏顯出了無奈，甚至於有某種恐懼，顯然，我在這兒使他更加緊張。

我看著爸爸的眼睛，有些猶豫了，如果他再要求我走，那我就聽他的，可是他已經沒有了時間。

這時，那兩個男人走到了跟前。

其中那個沒戴眼鏡的高個兒看了看畫，說：「像，眞像，我在天安門廣場見到的就是這樣。」突然，他楞了一下，說：「爲什麼只有左邊耳朵，沒有右邊的？」

我有些得意，爸爸肯定錯了，而且是我最先發現的，只是他還不肯承認。

爸爸看著畫像，對他說：「范主任，申總指揮，這是透視規律，你想想……」

那人看著爸爸，說：「什麼規律？你趕快上去，把那只耳朵給我補上。」

父親沒有動，只是臉上堆滿了笑，就好像他十分喜悅，他說：「補上以後，就不像了。」

那人走上前來，先是抓著爸爸的手，然後，他改了主意，他把爸爸的耳朵用手一捏，然後輕輕拉著，當他發現爸爸沒有跟上自己的節奏，就使勁拉起來，並說：「快，爬上去，給我把那只耳朵補上去。」

戴眼鏡的范主任一直在笑，並說：「讓你補，你就補吧。」

父親看著他們，猶豫著，他看著范主任似乎在求救，因爲，父親知道，范主任也是知識份子，他不但懂得透視規律，而且懂得更多。

我本來在跟那人一起笑，可是當看到他揪著爸爸的耳朵時，我不想笑了，我想對他們說，你放開他的耳朵，可是我不敢。我似乎感到了自己的耳朵也有點疼起來。

爸爸開始靈活地爬了上去。

我在下邊看著他的頭髮在顫動，他的眼鏡上泛出陽光。

他拿起了筆，給畫面中的那個人的右邊又加了一隻耳朵後，我們都楞了：他的整個臉都變了形，完全不像是一個正常人的腦袋和臉。

那個人說：「你胡畫，你把耳朵加得太大了。」

爸爸又擦掉了那只耳朵，把它畫得小了一些。毛主席的形象變得更加滑稽。

然後，爸爸說：「不能加。」

那個人說：「你下來吧。」

范主任也說：「快點。」

爸爸下來了，他跟那兩個人一起看著畫像，突然，范主任抬手給了爸爸一巴掌。把爸爸打得幾乎摔倒。

范主任說：「我知道你心裏想的什麼。」說完，他討好地看看那個高個兒。

高個兒的申總指揮說：「你給我全部擦了，重新畫。」說完，他們要走。

我衝上前去，拉著范主任的腿，說：「你爲什麼打我爸爸。」

他笑了，說：「你是小孩子，再大一點就要和他劃清界線。」

我死死拽著他，不讓他走。

他對爸爸喊道：「快快，把你兒子拉回去。」

爸爸對我吼：「回來，放開叔叔。」

我還是不放。

爸爸上前拉我的手。我仍然顯得固執。

當爸爸發現他狠狠拉我，我竟然不鬆手時，就朝我屁股上猛地踢了一腳。

我嚇得鬆開了手，感到爸爸眞是用力，我感到很疼。

那兩個人走了，戴眼鏡的人一直在跟打爸爸的說著什麼。

爸爸一直看著他們走遠，才問我：「疼嗎？」

我搖搖頭。

爸爸歎口氣，說：「下午開始重新畫，畫一個完全正面的像，那樣兩隻耳朵就都有了。」

我說：「他打你，你爲什麼不還手？」

爸爸說：「他個子高，我打不過他。」

爸爸說著，看看我抽搐的臉，就輕輕拍拍我的頭髮。

我看著爸爸剛才被揪的耳朵，說：「那你爲什麼要打我？」

爸爸笑了，說：「傻兒子，我不打你打誰？」

這句爸爸的笑話進入了我的回憶，現在人們經常愛說：「總有一種力量讓我們淚流滿面。」此刻我也重複一下吧：「總有一種力量讓我們淚流滿面，那就是看著父親挨打的時候。」

4

晚上，我在床上睡不著，爸爸挨打後的笑容一直閃現在我的面前，像是風雨中晾在窗外的衣服，晃來晃去，使我像是睡在了搖籃裏。然後，我聽見了另外一間屋子裏傳來了爸爸的哭聲。我感到恐怖，那聲音就像是烏拉泊風口的抽泣，很有些絕望的味道。

我悄悄起身，到了爸爸媽媽的門口，輕輕推開一點縫，朝裏看著。

爸爸的確是在哭，他說：「他們今天眞的打我了，我的左臉很疼。他們不懂，什麼都不懂，你沒有辦法跟他們解釋清楚。」

媽媽爲爸爸摸著臉，說：「是不是這兒疼？」

爸爸仍在可憐的哭著，說：「我眞是沒有想到，去年開批鬥會的時候，也沒有批我，也沒有打我，今天，他們是爲什麼。」

媽媽說：「可能今天是他心情不好。」

爸爸像是一個充滿依戀的病人一樣，對媽媽說：「我的白頭髮是不是又多了？」

媽媽看著微笑起來，說：「來吧。」

爸爸順勢把頭伏在媽媽的腹前，低下去，讓媽媽開始仔細地幫著他找白頭髮。

媽媽找得很仔細，然後，一根根地撥下來。

爸爸舒服地享受著，就像是一隻不停哼哼的狗，主人的每一個舉動，都讓他產生了極大的快感。每一根白頭髮下來，他都會輕輕地叫一起，然後把頭挨著母親更近些。

母親也很愉快，她歎口氣，說：「又是春天，又是一年過去了。」

爸爸說：「這樣的春天，不來也好。」

母親撥得有些累了，說：「你好些了嗎？」

爸爸說：「你猜白文是死在誰的手裏？」

媽媽一楞，說：「他是自殺的呀。」

爸爸說：「不，他是被他妻子殺死的。」

媽媽不解地看著他。

爸爸接著說：「如果他妻子像妳一樣，那他不會去死的，自殺的男人都是被他們的妻子殺死的。」

媽媽說：「昨天做夢還夢見了他送我們的那張唱片。」

爸爸說：「我突然想聽音樂。」

媽媽說：「不行，沒把咱們趕出這套房子，沒讓咱們去鐵門關，去焉蓟就不錯了，你還敢聽這些東西。」

爸爸說：「我只用很小的聲音。」

媽媽說：「那也不行。」

爸爸不聽媽媽的，他悄悄地從床底下拿出了留聲機，又取出了那張唱片，說：「在蘇聯學習的時候，我在音樂會上聽過格拉祖諾夫這首小提琴曲。」

音樂聲響起來，媽媽讓爸爸把聲音搞得更小些。

我聽著音樂，在縫中看著爸爸把媽媽抱起來，爲她脫衣服。

媽媽說：「劉愛睡著了沒有？」

爸爸不說話，把燈關上了。

在黑暗中，媽媽的呻吟和小提琴的訴說混在了一起，就像是一條混合著沙子的河流，最後你什麼都分不清了。

我躺在了自己的床上，似乎媽媽叫床的聲音從很遠的地方飄來，格拉祖諾夫是我平生知道的第一個作曲家，他高貴的氣質永遠地跟爸爸媽媽可憐的做愛連在了一起。

就好像是男人的精液和女人的陰水融進了清水裏。

第二章

1

我們學校淡黃色的山字形的樓也是父親設計的，直到現在我還保留了他當時畫的彩色的效果圖。俄羅斯式的斜屋頂，是用綠色的鐵皮搭起來的，有些像是一個穿著米黃色大衣的人戴了一頂綠帽子，他的老婆跟別人睡了，他不知道，仍然神氣活現地站在那兒，讓我們這些孩子的歌聲和笑聲，對了還有讀書的聲音，從他的像是眼睛一樣的窗戶裏傳出來。

爸爸在走運的年月總是顯得有些神氣活現的樣子，他經常是忍不住地對別人誇耀自己的成績，他對自己的學生宋岳說：「我爲自己建造了一座紀念碑，在通向那兒的路徑上青草不再生長。」

宋嶽總是睜大眼睛，拼命點頭。所以，我常想，搞個人崇拜哪裏是從毛澤東開始的，明明是從我爸爸開始的呀。

他說人民劇場和八一中學的山字形樓是我的傑作，他們將比我的生命活得更長久，不朽的建築不光有俄羅斯的教堂，還有烏魯木齊的劇場和學校。

可是，爸爸在吹牛時從來沒有意識到，就是在他當年走運的時候，面對著自己的夸夸其談沉默著的學生中，也有不喜歡這類風格的人。他們說透過外邊舊式的造型，你可以從大門口走進裏邊長長的過道，如果兩邊的門不開，那這條狹長的走廊將會像墳墓一樣黑暗。白天也要開著燈，從陽光下走進樓內，你會感到陣陣暈眩，燈光昏暗的色彩讓你喘不過氣來。

2

我就走在這樣的過道裏，抬頭數著頂上的燈泡，經過了男廁所和女廁所，然後上樓梯，朝著黑暗的深處走去。角落裏傳來了雪花膏的香味，這使我覺得異樣，爸爸設計的過道裏，從來都散發著一種黴味，那是因爲從天山深處採來的松木地板已經開始腐朽了，眼前這陌生的香味是從哪兒來的呢？我有些激動地張開了嘴，拼命呼吸著，突然，角落裏的一扇門打開了，強烈的陽光從屋內朝我刺來，一個穿著體面的男人跟陽光一同走出來，他油亮的頭髮和著白茫茫的色彩叫我睜不開眼睛。然後，那個門又關上了，黑暗中的燈光讓我看清了他的輪廓，一個挺拔的男人，臉上被剃鬚刀刮得有些發青，他走路時胸挺得很直，在他的胳膊彎內夾著一本厚厚的字典，還有一本我們剛發過的英語書。

回想起來，那是我第一次看到那本詞典，英文詞典。很厚，深藍色很硬的紙殼的封面，它被緊緊夾在這個男人的臂中，顯得非常不同於一般的毛主席語錄。當時，紅色多，黑色少，而

藍色就更少。在以後的歲月裏，我漸漸地意識到，在我少年時代的烏魯木齊，那是唯一的一本英語詞典，

顯然，他就是我們的英語老師，那個叫王亞軍的男人，他的出現眞是顯得有些神秘，在我們那樣的學校裏還從來沒有英語，我們是天山腳下的城市，我們有許多維吾爾族的同類，於是我們要學維語，我們離蘇聯比任何地方都近，所以我們要學俄羅斯語，但是英語有什麼用呢？英國和美國都離我們太遠了，是誰在那個連廟宇都拆了的年代突然讓我們學習英語？可惜，我今天查遍了首都圖書館的資料也沒有找著那個偉大的人。

王亞軍應運而生，女同學們都等不及了，她們從前天就開始翻弄著那本紅皮子的英語書，她們一直都沒有壓抑自己的好奇和幻想：那個懂得英語的男老師，他會代替阿吉泰站在講臺上，然後他的目光經常會停留在女生身上。

王亞軍不會讓女生失望的，他有著高貴的姿態，在他走到我跟前時，我應該給他讓路，可是我因爲緊張而有些一時不知道怎麼走，結果他朝左邊，我也跟著朝左邊，他朝右邊，我也跟著朝右邊，即使是這樣，他的頭也沒有低下看我，仍是看著前方，而我有些不好意思地想笑，最終才給他讓開了路，我站在了一旁，不敢看他的臉，那時開始覺得有些尿憋起來。

他好像看了我一下，又好像沒有，他挺著胸，朝前走著，在我的注目下他沒有回頭。

我回頭進了廁所，就我獨自一人，想想剛才與王亞軍的碰面就感到奇異，這種男人眞是沒

有見過。

突然，腳步聲告訴我，王亞軍又回來了而且也走進了廁所。他似乎沒有注意我，只是站在尿池上，迅速地掏出了他的那個東西。

我忍不住地朝他那邊一看，嚇得我一哆嗦，太大了。從沒有見過哪個男人長得像他那麼大。小的時候，跟著爸爸走進男澡堂，看到每一個男人都長著一個這樣的東西，我就感到世界不可思議，在室內的霧氣中，被熱得有些舒服的象徵物們在晃動。他們無數次地進入我的眼簾，留在我的記憶深處。

英語老師王亞軍眞是讓我太失望了，他竟然和別的男人長著一樣的東西，而且太大了，這眞的讓我精神恍惚。

我不敢再看他，卻緊張得尿不出尿來，直等到他尿完。

他開始仔細地洗手，我仍然沒有回頭。

突然，英語老師問我：「你叫什麼名字？」

我一楞，緊張地回頭看他，他也正看著我。我說：「劉愛。」

他似乎有些意外，說：「劉愛？哪個愛？」

我說：「我愛北京天安門的愛。」

他笑了，緩緩走出了廁所。我這才鬆了一口氣。

腳步聲漸漸遠了，一個長得像英語老師這樣講究的男人，竟然也和我一樣撒尿，而且長著那麼大的一個東西，這眞是不可思議。

我忍不住地笑了，一邊撒尿，一邊笑得更厲害，而且越想越可笑，於是笑得肩膀開始抖動。

這時，突然有一個人從後邊衝過來，朝我的屁股上重重的踢了一腳，差點把我踢到尿池子裏，我回頭一看，是李垃圾。

他說：「笑什麼呢？」

我被踢得很疼，心中大怒，卻又說不出什麼。

因爲我跟李垃圾之間有個約定，那時在我們烏魯木齊的許多男生之間都有這樣的遊戲約定，就是進了學校大門，甚至於在操場上，都必須用手摸著自己的屁股，假如沒有摸，那約定的對方只要發現了，就可以狠狠地踢它，就是把你疼得昏了過去，你也活該。

我疼得咧著嘴，說：「操你媽也不輕點。」

他說：「你笑什麼呢？我看你連肩膀都在抖。」

我又開始笑，說：「我看見英語老師的有那麼長！」我說著比劃了一下。

李垃圾睜大了眼睛，說：「你騙人。」

我說：「不信你哪天跟著他來廁所看看，太嚇人了。」我說著，又狠狠地盯著李垃圾，希望他在跟我說話或者撒尿時能忘了約定，那樣我就可以照他的屁股還他一腳。可是他一邊撒尿，一邊用左手摸著自己的屁股，我沒有任何空子可鑽。

他又說：「你騙人，只有驢的才有那麼長。」

我說：「他身上有一股香氣，是雪花膏的味道。」

李垃圾說：「我說呢，廁所裏都有雪花膏的味道。眞香呀。」

3

校長站在講臺上，他像平常一樣嚴肅，說班主任老師郭培清他媽死了，由他來代課。又問誰是語文課代表。我身邊的女孩兒黃旭升站了起來。

校長說：「你們語文該學什麼了？」

黃旭升說：「紀念白求恩，這已經是第五次學了。」

校長在黑板上寫了「白求恩」三個大字，說：「那妳帶大家念。」

黃旭升大聲地念：「白，白，白求恩的白。」

我們跟著念：「白，白，白求恩的白。」

黃旭升：「求，求，白求恩的求。」

我們跟著：「求，求，白求恩的求。」

不知爲什麼，校長臉上很快地閃過一絲笑意，但是，他忍住了。

當第二次再念時，李垃圾首先笑起來，他意識到這個白求恩的「求」與那個男孩兒們身上長的那個「球」是同音，他大聲說：「求，求，白求恩的求。」全班哄笑著。

校長也笑了，在我的記憶裏，他從來沒有這麼輕鬆地笑過。

黃旭升的臉紅了，她哭起來，大叫道：「我再也不當語文課代表了。」

4

LONG LIVE CHAIRMAN MAO. 狼立屋前門毛。

LONG LIVE CHAIRMAN MAO. 狼立屋前門毛。

我站在桌前，認眞地念著這句英語。我知道自己的英語生涯就是從這兒開始的，好像早晨的太陽要從東方升起，陽光燦爛照耀天山。

王亞軍說，「你的發音不對，應該是LONG LIVE CHAIRMEN MAO。」

我跟著學了一下，由於緊張，發音還是不對。

全班人都笑了起來。

王亞軍讓我坐下。然後，他帶著大家念。

大家都跟在王亞軍的後邊念得非常起勁：同樣是毛主席萬歲，英語和維語就不一樣，跟俄語也不一樣。女生們簡直發瘋了，從來沒有見過她們如此對待一種語言。

王亞軍穿著深灰色的制服，有些像是中山裝，但不同的是那衣服的上方只有左邊的口袋，插著一支銀色的筆，而且領子比一般的要高，把他長長的脖子襯得很直。他左手拿著書，右手鬆馳地下垂著。他邊念著英語的單詞，邊在課桌之間的走道裏踱著步，走路的姿態優雅，這符合我們的想像，英語只能從這樣的男人身上發出。他走到哪裏，就把雪花膏的香氣帶到哪裏。當他走過我身邊的時候，我甚至能從他的呼吸中體會到一種原野上才會有的薄荷的涼爽……

他突然停下了腳步，把我的書拿了過去，他看著，有些高傲地笑了一下，說：「劉愛，你再念一下。」

我又站了起來。心裏感到自己眞是丟人。我說：「我不會。」

他楞了一下，說：「不會，更要念，發音是基礎。」

我一時不知道該怎麼辦，臉紅了。

他似乎一點都不理解我的窘態，說：「以後不要用中文字爲英語注音，用我們上海話那叫洋涇濱英語，別人是聽不懂的。」

他的「別人」肯定講的就是英國人和美國人。全班很靜，女同學們都在看著他。

王亞軍看了看坐在我左邊的李垃圾，說：「劉愛左邊的那個男生，你起來念。」

李垃圾臉紅了，他慢慢地站起來，說：「坐在你身邊的人倒楣了。」

英語老師說：「你在說什麼？」

李垃圾說：「什麼？」大家笑了。

王亞軍沒有生氣，也笑了，說：「你念吧。」

李垃圾說：「念什麼？」大家又笑了。

王亞軍說：「念課文。」

李垃圾說：「不會。」

大家沒有笑，有些緊張。看著王亞軍。

王亞軍似乎沒有注意李垃圾的挑戰，只是說：「請坐，那我們找個會的。」

他的眼睛在女同學們的臉上掃了一下，然後，他發現了從在我旁邊的黃旭升。像所有的老師都能發現他們自己的女生一樣，他終於找到了黃旭升。這個瘦女孩子，臉很白。他站在她跟前，看著她的書，意識到她是這個班裏唯一沒有用漢語在單詞下注音的人。

他的臉上有了笑意，回到了講臺上，說：「劉愛旁邊的那個女生，妳起來念。」

黃旭升的臉上開始由白變紅，她起身大聲地念了課文。

英語老師興奮無比，說：「GOOD。」

女孩子都是聰明的，她們從來都能意識到在自己的身邊究竟發生了什麼事。即使她們還很小，也不會例外。

黃旭升就意識到了，她的臉開始發紅，她抬頭看看英語老師，又低下頭。女生們的羞怯和內心裏不安份的渴望從來都是這麼表現的。

王亞軍沒有再說什麼，他肯定有了自己英語課代表的人選。

然後，他回到了講臺上，在黑板上寫了四個大字，並說：「一個月以後你們就可以學國際音標。」

大家都有些楞地望著那四個字。

他又說：「學會了國際音標，你們可以獨自拼出世界上最難的英語單詞。」

全班沸騰了，「國際音標」四個字讓大家心裏充滿了感動與渴望，就好像我們可以乘著戈壁灘上的大風，越過塔里木沙漠，越過額阿勒泰那邊的額爾齊斯河，一直飄到歐洲的英國，最後才落到美國。

下課後，我跟著他走到了教室外面，我拉住他說：「老師，以後，你不要總是叫我起來念，有那麼多人，不要老是叫我。」

他笑了，說：「在你們班，我暫時只知道你一個人的名字。」

我說：「你應該知道其他人的名字，不要老是說劉愛左邊的，右邊的，後邊的——他們會恨我的。」

王亞軍說：「恨？眞的會恨？」說著，王亞軍笑了，說：「不要老想著恨，記著，你的名字叫劉愛。是與恨相對立的愛。」

數年後，許多英語單詞都已經遺忘，但是有兩個詞總是忘不了：LOVE 還有 HATE。

5

第二節英語課是這樣開始的。

已經打過鈴了，黃旭升才進來。

她抱著一台小型的，看上去很單薄的留聲機。她把留聲機放在課桌上，然後，興奮地從講臺上回到自己的桌前。

然後，王亞軍匆匆走進，說：「來此比根。」

黃旭升大聲用英語說：「起立。」全班人站了起來。

沒有辦法，這句話我還是用漢語注了音。因爲我老是怕我記不住。

在課上，我感到黃旭升有時會把目光停留在英語老師身上，她似乎在幻想著什麼。

王亞軍輕鬆地帶領我們誦讀著。

當他再一次讀「B」時，李垃圾終於笑出聲來，他已經忍了很多天了，他想靠這個單詞的讀音來把大家帶笑，讓大家想起女性身上的東西。

但是，沒有一個人笑。

大家對於英語的狂熱和好感還沒有過去，只有李垃圾除外，他從來沒有喜歡過任何語言，無論是維語，俄語，英語，還是我們烏魯木齊方言的那種漢語。

黃旭升在課間休息的時候，允許我看了她的英語書，那上邊果眞有國際音標注音。

我說：「妳都會。」

她說：「我有一天晚上沒有睡覺，記了二十個國際音標。」

她的話我不信，我從小就不相信在這個世界上有天才，她們眞的能自己學會類似於國際音標這樣的東西。

黃旭升突然說她想看我的書。

我說：「沒有什麼好看的，還是用漢語注。」

黃旭升吃驚，說：「你還這樣？」她想了想，又說：「教你一個辦法，你可以作一些卡片，裝在口袋裏，平時走路的時候都能隨手掏出來背誦……」

我聽著她說，眼睛卻突然注意到了機會：李垃圾正站在講臺上，他的手沒有扶著屁股。

我猛地翻過課桌，朝講臺衝了過去。

在李垃圾突然意識到想用手扶屁股之前，朝他那兒狠狠地踢了一下。也許是因爲報仇，我踢得太重，李垃圾因爲吃驚而回頭看究竟是誰踢他時，眼睛裏竟然充滿了淚水。

我得意地笑起來，覺得自己沾了大便宜。

他看著我，知道自己不能說什麼別的，是約定的，而他恰恰又沒有扶屁股，所以他只能說：

「你媽逼——哎喲。」

在場的人都笑起來。

我回到自己的座位上，黃旭升起身，讓我進去。我心情很好。

她說：「你這種人爲什麼跟他那種人還開這種玩笑？」

我沒吭氣。

她說：「呵？」

我說：「我是哪種人，他是哪種人？」

她說：「他爸爸是泥工班的，他們家五個孩子，他天天在垃圾堆撿垃圾，要麼，他就在鍋爐房的後邊拾煤核。」

我知道她的意思，她是嫌李垃圾髒。

我跟黃旭升家都是一個孩子，我們是獨生子，那時獨生子太少了，這樣的家庭不是父母太強大，就是太軟弱。孩子太多的家庭往往在學校裏是抬不起頭來的。

她又說：「李垃圾從來不洗澡。」

我說：「我也不願意每個星期都去洗澡。」

她吃驚地說：「爲什麼？」

我說：「太麻煩。」

她說：「每到星期天早上，澡堂一開門，我就去了，經常是第二個進去，我總想第一個，又老是第二個。」

我有點好奇，說：「爲什麼？」

她說：「第一個從來都是阿吉泰。」

我的心裏一顫動，阿吉泰像雕塑一樣從天空降落下來。

她說：「李垃圾從來不洗澡，他喜歡在澡堂旁邊轉，好像那兒有什麼秘密。」

我說：「那天在廁所裏他踢了我一腳。」

她不理我了，自己翻開英語書，開始認眞地看起來。

6

也許是一個月過去了，也許是兩個月，反正記憶中的時間是那麼的不可靠，所以當我說時間的時候，連自己都不能相信是準確的。

反正字母學完了，幾句常用語學完了，國際音標似乎學完了，或許是學了其中一部份？記不清了，能記得清的就是那個女孩子。

她是國際音標學得最好的是一個女生，現在是我的同桌，她的名字叫黃旭升。

我之所以那麼想說她的原因，是因她在我的人生中起到了很大的作用，如果不是她，可能我跟英語老師之間的故事不會那樣發生。

黃旭升——

那是她爸爸給她起的名字，黃，再就是旭日東昇。她們家只有一個女孩兒，所以她們家就總是有些好吃的。她把那些吃的放在口袋裏，在上課時，偶爾會悄悄地朝自己的嘴裏塞一塊什麼。我坐在她的身邊，每當她吃什麼的時候，都會受到強烈的刺激，我咽口水，閉眼睛，不看她，想很多的辦法，避免饑餓對自己的傷害。

其實，王亞軍也注意到了黃旭升吃東西的習慣，但是像所有男老師一樣，他也喜歡秀氣的女孩，特別是那種聰明任性白皮膚的女孩兒。

顯然，黃旭升學會了全部的音標，可以拼出一些單詞，比如：父親，祖國，河流等等。王亞軍喜歡黃旭升這樣的女孩兒，在上課的中間，他總是讓黃旭升去他的房間拿留聲機和唱片過來。她已經成了英語課代表。

有一天，當她把留聲機放在講臺上，坐回我身邊時，我突然忍不住地問她：「你進了王亞軍的宿舍了?」她點頭。

我說：「有一天我從那兒經過，裏邊有雪花膏的香味。」

她笑了，說：「他的宿舍一點也不像男老師的房間，很好看。」

我說：「除了這個留聲機還有什麼?」

她說：「還有什麼?」她想了想，說：「還有一本很大的詞典。英語詞典。王老師說我們現在用不上。」

下午放學了，我作完值日，突然，又想起了阿吉泰，她離開學校後，我就沒有再見過她，不知道爲什麼，在我那樣的年齡，每當想起阿吉泰這樣的女老師，心中竟會有種說不出的憂傷，你從她身上從來聞不到強烈的雪花膏味，但是，她身上的氣息卻能讓你難過，就好像內心裏有著說不出的壓抑。

我走在學校黑暗的過道裏，頂上的燈光像是野貓的眼睛。當我來到了拐角處的時候，從王亞軍的宿舍內傳來了笑聲，是黃旭升在笑。

王亞軍也在笑。然後，留聲機開始響了，是一個男人在朗讀課文，每當他說一句英語，你就會聽到黃旭升在跟著他念。不知道爲什麼，這使我有些仇視王亞軍，天下的烏鴉一般黑，世界上所有的男老師都是一個球樣，他們總是喜歡單獨給女生補課。

笑聲再次傳來，原來是黃旭升念錯了。

我緊挨著王亞軍宿舍的門，透過貼著報紙的玻璃，我拼命朝裏看著。什麼也看不清，只有聲音從裏邊傳來：「那是英語。」

我有些懊喪地離開了那門，獨自走在回家的路上。

王亞軍身上爲什麼那麼香，結論是他爲了吸引女生，像黃旭升這樣的，從來沒有用漢語爲英語注音的女生聞到了那種香氣，就會像風中的紙片兒一樣地被吸進他的宿舍。

英語再次從宿舍傳來，過道裏很安靜，我聽著一個個陌生的單詞從身後飄過來，那是黃旭升的氣息……

不知爲什麼，我更加懷念阿吉泰給我們教維語的日子。

7

我好像忘了告訴你們，黃旭升家跟我家住在一個樓內，她爸爸是國民黨起義的，據說還是一個少將。不知道我說的起義跟你們理解的一不一樣，在烏魯木齊起義並不意味著國民黨向共產黨投降，而是立功。

但那時候在我們家的樓上國民黨的將軍並不值錢，一單元住著劉行，是個少將。二單元住著馬平林也是將軍，據說還是中將，是一個師長，三單元住著黃震，那就是黃旭升的爸爸，她爸爸是旅長。

我們家也住在三單元，在四層，她們家在一層，原因是她爸爸當年騎馬時受過傷，腿不好。兩年前我家剛住進這座樓時，爸爸經常對媽媽說：「我這個共產黨培養的總工程師，竟然要住到四樓。他的腿是跟共產黨打仗出的問題，卻能住在一樓。」

媽媽就說：「你也不能說是共產黨培養的，你上大學不是在聖約翰嗎？住在四樓挺好，不吵，用不著聽樓上人的喧鬧。」

爸爸說：「我當然是共產黨培養的，我是解放後清華的研究生，他們爲什麼送我去蘇聯留學？我沒有去英國，美國，法國，日本，我去的是蘇聯。」

從小，每當爸爸談到蘇聯時，我都能感到他有很強的優越感，或者說，他很驕傲。現在回想起來，他的表情燦爛，像是被教堂的光輝沐浴過的聖像。其實，他這樣不好，有些忘本的意思，我爺爺，也就是爸爸的爸爸，也是搞建築的，他設計的房子現在還留在了南京和上海。爸爸從小上的是教會學校，以後又在聖約翰讀書，他怎麼能說是黨培養的呢？要說黨，也應該是國民黨，不該是共產黨，可是，也不對，那蘇聯呢？他留蘇了，他喜歡俄羅斯建築，他想方設法入了共產黨，而黃旭生的爸爸，是不可能入黨的，永遠只能是黨外人士。

現在讓我重新評價父親，我漸漸發現他是一個善於鑽營的人，他愛我，他更愛母親，可是他想方設法成了紅色工程師，他成了組織上最重視的人，他要求進步，並在他的領導面前哭泣，表示自己的決心，據說反右的時候，他在蘇聯揭發了自己同宿舍的人，那個人成了右派，去了大洪溝挖煤，死在一次瓦斯爆炸裏，很慘，連腦袋都被黑色大塊的煤砸壞了。以後，許多年過去了，爸爸沒有爲這件事有過任何懺悔，只是對我，或者對媽媽，好像是對自己說：「吳之方這個人，就是說話太不注意了。」

就好像他的死與爸爸的揭發沒有任何關係一樣，就好像吳之方只是太愛說話了，他僅僅是被爸爸眼中那些壞人，比如打過他的范主任害死的一樣。

爸爸就是這樣獲得了民族劇場的設計資格，然後他開始驕傲，說了自己爲自己建造了紀念碑之類話。

可是黃旭升在住在一樓，我家住四樓，爸爸感歎：「看來有時當國民黨，還是比共產黨好。」

晚飯後，我要出去，媽媽問我去哪兒。

我說：「去黃旭升家。」媽媽顯得有些猶豫。

爸爸說：「去幹什麼？」

我說：「我想跟她學會國際音標。」

爸爸眼睛一亮，說：「她已經學會了國際音標？」

我點頭，說：「英語老師給她單獨補課。」

媽媽說：「他是男老師嗎？」我點頭。

爸爸媽媽互相看了一眼。

爸爸說：「算了吧，她爸爸黃震最近心情不好，你去了大人會煩的。再說，學什麼英語。」

我說：「我要去。」爸爸像是要發火。

媽媽說：「讓他去吧，說不定以後英語又有用了，你下了那麼大功夫的俄語又沒用了呢？」

爸爸說：「蘇聯就是再跟我們吵，它也是社會主義國家，他不過是修了，可是，英語……」

說到這兒，爸爸歎了口氣，坐在椅子上閉上眼睛。

我看他這樣，就很快地溜了出去。

我敲開了黃旭升家的門時，她發現是我，就顯得很高興，她說：「進來，小聲點，我爸爸這幾天特別不高興。」

我們兩個進了她的房間，我說：「妳給我教會國際音標。」

她說：「你怎麼知道我全都會了。」

我說：「王亞軍不是給妳補了課嗎？」

她說：「你看見我進了他的宿舍？」

我說：「你不願意讓別人看見？」

她說：「是王老師有些怕別人看見。」

我說：「爲什麼？他是不是怕男生恨他？」

黃旭升笑了，說：「你恨他嗎？」

我說：「有點。」

她說：「他不怕男生，咱們是小孩子，他怕什麼。他怕大人，我聽數學老師說，王亞軍這人作風不好，讓我別離他太近了。別單獨進他的房間。」

我說：「那妳呢？」

她想了想，說：「我覺得他很正派，他光是說英語，我去過他那兒幾次了，他除了英語，對別的事都沒有興趣。」

我說：「妳以後還會去他宿舍嗎？」

她說：「當然，只不過現在他每次都不關門，把門開得很大。」

我笑了，說：「王老師心中有鬼。」

她說：「你爲什麼這麼說話？」

我說：「要是我，單獨跟一個女的在一起，心中就有鬼。」

她說：「那你跟我呢？」

我說：「我們不一樣，住在一個樓裏，又都是小孩兒。」

這時，突然聽到另一間屋子裏，黃旭升的爸爸黃震在跟她媽媽吵架。

她爸爸說：「妳胡說八道，我把什麼都跟組織說了，妳還要我說什麼？妳說，妳天天跟他們混在一起，回家都有麼晚，妳以爲妳每個星期都寫一份入黨申請書，他們就會讓妳入？妳太不理解我了，妳知道我的壓力有多大？」

她媽媽也不示弱，跟她爸爸頂來頂去的。黃旭升捂上耳朵，閉上眼睛。

我說：「上我們家去吧。」

她沒有聽見。

我拉開她的手，說：「上我們家去吧。」

她點頭。我們到了我家。

媽媽客氣地問，「你爸爸好嗎？」

黃旭升就不說話，眼中生出憂傷。

爸爸跟媽媽的眼神又互相對視了一下。

那已經是烏魯木齊的六月初了，夏天沒有眞正地來到，春天也沒有過去。我總覺得在我小的時候，烏魯木齊的季節跟現在不一樣，更是跟內地不一樣。榆樹是在這種季節結出一種叫作榆圈兒的花朵，許多人家糧食不夠吃，孩子太多了，他們就會爬上樹去採榆圈兒。然後，把它跟玉米麵攪在一起，放在鍋裏蒸，散發出一種香甜的氣息。

在母親與父親懷疑的目光下，黃旭升開始給我教音標。

在她給我教音標的時候，那種香甜氣息就從窗外飄然而入，使我的內心裏充滿快樂。

這種快樂也許是春天帶給我的，也許是黃旭升帶給我的，你們認眞回憶一下，在小女孩兒的身上從來都有一種涼爽的清香，經常會從她們的頭髮上，和衣服上散發出來，如果你們眞的忘了這點，那太可惜了。

快樂的確在充滿我的內心，在那種時候，我忘了離我們而去的阿吉泰，也許，這種快樂眞是英語帶給我的。

8

黃旭升說英語有點驕傲，別人都不好意思那樣發音，可是她好意思，她學著王亞軍的口氣，模仿著他的每一個起落，我發現無論她口袋裏的好吃的，還有她的發音方式，都在刺激著我。

我想像她那樣說話，可是我不敢，因爲作爲一個男生，如果那樣說英語，是要受到恥笑的。

事情總是那樣，如果黃家不出事，那她永遠是課代表，我跟王亞軍的關係就不會改變，更不會有我跟這個英語老師之間在以後發生的一切事情。

那天王亞軍說下節課要學「FAMILY」。這是一個溫暖的辭彙，「家，家庭」。「家鄉」。「全家福」。

王亞軍說：要學這個辭彙，最好大家都把自己全家的照片帶來。要全家福的。大家當時都不懂什麼叫全家福。王亞軍解釋說：「全家福就是全家人共同的照片。」

結果是全班人裏只有一個人帶了自己的全家福照片，這個人就是黃旭升。

她從我身邊站起身，朝講臺上走去，當走到了英語老師面前時，她的臉上洋溢出如同朝霞般的微笑，然後，她把一個很有些四舊味道的相框遞給了王亞軍。

王亞軍看了一眼，說：「這是我見到的照的最好的一張全家福。」

黃旭升當時臉就興奮地更加紅了。她止不住內心的喜悅，轉身看看我們，然後低下了頭。

我仔細地看了一眼那張照片，發現黃旭升他們一家三口的眼睛並沒有朝一個地方看，而是各看各的。他爸爸看左邊，媽媽看右邊，而她，看中間。從這張照片上看去，我覺得黃旭升他們家並不團結。果然這是王亞軍看到的最好的全家福嗎？長大以後，當我接觸了一些外國人之後，發現他們很客氣，說你這也是最好，那也最好，其實都是一種說話的方式，每當那時，我就想起了王亞軍，他說：「那是他看到的最好的一張全家福。」

黃旭升那天眞是風頭出盡，她在王亞軍微笑地注視下，端著自己家的照片，指著男人說：「FATHER」。指著女人說「MOTHER」。最後她說：「I LOVE MY FAMILY」。

然後，黃旭升作爲課代表，開始帶領全班人高聲念著：「爸爸。爸爸。媽媽。媽媽。家。家。」

我有些嫉妒她，其實我也很想當英語課代表，但是我不如她，只有她才能在英語課上，用英語那麼響亮地叫著爸爸。

那天是一個有雨的日子，我們從學校回家。

黃旭升走在前邊，我跟在她後邊。她走路的姿勢很靈巧，她的頭髮在晃動。陽光時時地從雲層裏穿出來，又馬上回去，雨像是絲線一樣，五光十色。我走得比她快，當要超過他的時候，她突然對我說：「那天你爸爸挨別人打我看到了。」

我不看她，心情不愉快，我不希望別人提起這樣的話題。

她說：「你爸爸就是少畫了一隻耳朵。」

我不理她，很快地從身邊走過去，想把她甩掉。

她說：「就算是畫得不對，他們也不該打人。」

我說：「最後，我爸爸把另一隻耳朵補上去了，更不對了。」

她看著我，說：「你爸爸和你媽吵架嗎？」

我說：「不吵。」

她說：「你們家多好，你媽對人的態度眞好，我想我長大以後，要像你媽那樣，當個知識份子，對人親切，有禮貌。」

我說：「說這些幹什麼。」

她說：「我媽太厲害，天天跟爸爸吵，爸爸說他自己年紀大了，受不了。」

我不想跟他說這些，就加快了腳步。她在後邊又說了幾句什麼，但是我不聽到。

我們住的樓到了，我好像在前邊說過，現在再強調一下，她與我在同一個單元，我家住四樓，她家住一樓。

一進單元，我立即感到出了什麼事了。

傳來了哭聲，是黃旭升她媽的哭聲，而且不能夠叫哭聲，應該叫鬼哭狼嚎。

我本能地朝左邊拐去，而沒有上二樓。那兒是黃旭升家，門口圍了一大群人，大家都在看著裏邊，可是沒有人進去。

我以爲她爸爸媽媽又打架了，就衝過去，想看看熱鬧。

大家顯得有些安靜，只有她媽的喘息聲。

我從大人的身子側面，或者說是底下鑽過去，看見她爸爸吊在房上，舌頭伸出很長。

顯然，黃伯伯，黃旭升的爸爸，這個國民黨的將軍上吊了。

我直到現在都記得黃旭升看到爸爸吊在房頂時的表情：她先是睜大了眼睛，接著她像是被鬼嚇著了，然後，她朝後一仰，像是背越式跳高一樣地，朝後跳起來，倒了下去。有人開始喊著，先把他放下來。那時，在我的眼前再次出現了黃旭升剛才在班裏的講臺上展示的全家福。

我內心感到恐怖而刺激，童年時沒有什麼戲劇可以看的，我們所能看到的就是有人挨打，或者有人自殺，老實說，內心被恐怖環繞，有時是很愉快的。就像是你在看一部小劇場的話劇，裏邊的所有戲劇因素都緊緊地圍繞在你的身旁，畫面，靜默，人物的動作，聲音，光線，表情，最重要的是那些參加進來的所有的人的話語——臺詞。那些恐怖因素永遠會使你感到激動。沒有什麼事，比突然聽到了你的熟悉的人的死亡更讓人心動的了，那是平靜生活永恆的興奮劑。

我正在充滿驚嚇的愉快之中，有人突然在身後狠狠拉我。

我回頭一看是父親，我不想跟他走。

他硬是把我拉著，甚至於揪住了我的耳朵，就像那天那個人揪他的耳朵一樣地離開了死人，離開了躺在地上的黃旭升，離開了她媽媽現在已經變得有些悠揚的哭聲。

父親把我拉回家裏，對我說：「以後別湊這種熱鬧。」

我說：「爲什麼人吊死之後，要把舌頭伸出來？」

父親想了想，說：「可能是他生前還有些話沒有說完。」
我說：「人的舌頭比豬的都長。食堂殺豬時，我看過豬的舌頭，才這麼一點。」
我用手在空氣中晃了一下，比劃著。
爸爸笑了，說：「你還天天看殺豬。」
我點頭，說：「放學之後，只要食堂殺豬，我老是愛看。」
爸爸笑了，甚至有些幸災樂禍的樣子，說：「黃震早該死了。」
我一楞，不知道是不是自己聽錯了。
爸爸想了想，又說：「以後，不要老是去看殺豬了，那兒太髒了。」
媽媽回來了，一進來時也面有喜色，說：「黃震死了？」爸爸點頭。
媽媽說：「今天食堂又殺豬了，趕快去買大米飯。」
爸爸邊拿盆，邊說：「他們說從他家的箱底搜出了手槍。」
我說：「眞的？」
媽媽說：「出去別胡說。」
爸爸媽媽的情緒讓我吃驚，別人家發生了死人的事情爲什麼會叫他們有一種像是突然過節一樣的喜悅。我只是興奮，可他們是喜悅，爲什麼？黃旭升剛才還說長大了要像媽媽一樣呢。說她文明，有禮貌。

我以後發現他們也把這種內心的東西傳給了我，在一個新的世紀到來的時候，我經常隱約地發現自己身上存在著某種品質，儘管自己有時極力不去想它，就是想到了也儘量回避：看見別人倒楣總會使自己內心輕鬆。

食堂裏已經是人山人海。

我跟爸爸媽媽分別排著隊：一條是買紅燒肉的。由爸爸排著。一條是買大米飯的。我們那個地方喜歡管米飯叫大米飯，現在沒有人這樣叫了，不知道你們是不是當年也這樣？由媽媽排著。

還有一條隊是免費領不要錢的米湯的。我排著。突然，我感到有人在身後拉我，回頭一看，是李垃圾。他端著一份紅燒肉，笑著說：「今天豁出去了，吃一份紅燒肉。」

我知道李垃圾他爸爸是泥工班的，他家窮，吃一份紅燒肉就算豁出去了。

李垃圾看我不說話，就說：「吃大米飯，你們家三個人來排隊？沒出息呀。」

我看看那邊擠在人群裏的爸爸，媽媽，看著他們饑餓而貪婪的表情，就有些不好意思。

他說讓我排在你前邊。我讓他插在了我前邊。

李垃圾說：「你信不信，我能把那一大鍋大米飯全吃完。」

我說：「不可能，誰有那麼大肚子？」

他說：「我把頭伸在這兒，把屁股擱在廁所茅坑裏，邊吃邊拉。有多少都能吃下去。」

我笑了，對他說：「知道嗎？黃旭升的爸爸自殺了。」

李垃圾顯得有些吃驚，瘦小的臉上突然出現了像老人一樣的皺紋，說：「剛才在班裏還看了她的全家福照片呢。怎麼死的？」

我說：「自殺的。」

我跟李垃圾都不說話。直到我們打了米飯，離開食堂。

回家的路上，我發現了不少我們樓裏的鄰居，顯然，他們都知道黃旭升的爸爸死了，他們跟爸爸媽媽打招呼，彼此相告最新的情況，說革委會來人了。已經定了性。這類混帳話我有些聽不懂，但是，我能感覺到他們的興奮。

進了單元門，我端著米飯到了黃旭升家門口。那門還是開著的，裏邊站著不少人。她爸爸已經被拉走了。黃旭升伏在床上哭。

李垃圾竟然站在她的旁邊，手裏端著米飯和肉菜，並用碗碰著黃旭升的背，讓她吃飯。他沒注意我正在看他，顯得很專注。我轉身離開了黃旭升家，心中因爲李垃圾的善舉，而有些不好意思。

我們一家三口吃得很香。

從爸爸媽媽的嘴裏，都發出了很響亮的咀嚼聲，就好像他們從來沒有吃過大米飯和紅燒肉。就好像他們不是高級知識份子，跟李垃圾的爸爸媽媽一樣，也是泥工班的。有時，人很怪，你看到自己身邊的親人的吃相，聽著他們嘴裏發出的聲音時，你眞是想用鞭子抽他們，而且要朝死裏抽，直抽到他們不能吃飯爲止。

我感到無聊，也許是黃旭升爸爸的死，突然讓我想起了一件事，我問爸爸和媽媽：「你們說，大家都說毛主席，他能活到二百歲，是眞的嗎？」

媽媽聽我一問，臉色突然變了，她提起筷子就朝我的頭上狠狠地打了一下，速度太快讓我反應不過來，她說：「我們怎麼知道？」

爸爸看著我，臉色也有些難看。

我被打得很疼，似乎那一刻湖南民歌從遙遠的地方傳來，縈繞在我們家的屋內，和著黃旭升媽媽的哭叫，和母親驚恐的眼神。我沒想到這樣的問題能引起媽媽如此強烈的反應，她打得太狠了，就好像我不是她的親兒子，就好像她從來沒有給我起我一個男不男，女不女的名字，叫劉愛一樣。我捂著腦袋，齜牙咧嘴，想讓他們看看我有多疼。

爸爸最終接受了我的撒嬌，他沉重地說：「今後，在任何地方都不能問這樣的問題。聽見了嗎？」

我不說話。

爸爸提高了聲音：「聽見了嗎？」

我看看他，從他的眼神後邊，我發現了猙獰，就說：「聽見了。」

屋子裏有些熱，媽媽去打開了窗戶，歌聲緩緩地從外邊飄進來，那是宣傳隊的女孩兒的歌聲：

我們共產黨人好比種子，人民好比土地。我們到了一個地呀方，就要同那裏的人民結合起來……

她們唱得很慢，就如同這是一首徐緩的民歌，加著口琴的顫音，節奏像是水面上飄浮的稻草，我不知道爲什麼，這歌讓我很感動，尤其是女孩子們以這種節奏唱它，我還從來沒有聽到過，好聽極了，就像是從天國裏傳來的聖歌，那時候我不知道有教堂，只知道有清眞寺，歌聲從有宗教的地方傳來，深深地藏著信仰，純潔而高貴，我忘了母親打我的疼痛，平生頭一次沉浸在對於音樂的百感交集之中，女孩兒的嗓子使我想到了她們清亮的眼神，還有我小的時候在一次不經意中看到的黃旭升的身體，那天她正在家裏撒尿，蹲在一個盆上，也許是她媽剛給她洗完了澡，她蹲在那兒的時候身上光著，強烈的燈光照在她身上的每一個角落……

我吃著，聽著，想像著，突然，爸爸說：「黃震這個人也有優點，上回他先挨鬥，給他糊了很高的帽子，可是叫他跪下，他就是不跪，直到別人從身後踢他的小腿，他挺不住了，才跪下去。」

媽媽不說話。

爸爸說：「我沒有他那麼傻，別人說讓我跪，我就跪。」

媽媽說：「不要說這些了，不要說這些了。想想都可怕。黃震這一生就是沒有找個好太太，她那個老婆太厲害，不過，有一次你忘了，我的錢包掉在一樓過道裏，是她撿上了，送上來的。還有一次劉愛出走，從幼稚園跑了，他們都幫著出去找，一直到半夜……」

爸爸說：「我早就說過，男人如果自殺，那一定是被他妻子殺死的，他輕生，就像是斯坦尼斯拉夫斯基學派的表演一樣，是演給別人看的，最主要的觀眾就是他的太太。他在絕望裏想以死來感動她，讓她對自己好一點，他在自殺前就已經想像過自己死後，妻子和孩子們傷心的表情。」

媽媽突然顯得異常難過，眼淚漸漸地從她的眼睛裏流了出來，她無聲地哭泣感染了爸爸，他拉著媽媽的手說：「我是不會這樣去死的，妳放心，我要活到一切都正常的那天，春天和陽光誰都不能壟斷。」爸爸說到「春天和陽光」這樣的辭彙時，眼光顯得很惡的樣子，就像是他也想去殺人。漸漸地，爸爸的眼神變得柔和而憂傷了，他說：「我，萱琪，妳聽我說，我這一生也許沒有任何成就，民族劇場也好，山字樓的學校也好，都不是我的成就，什麼紀念碑，只有普希金才配有紀念碑……我一生最大的成就，就是，就是找了妳，一個像妳這樣溫存的女人。要不是妳，我在剛開始那會兒就受不了了，就堅持不下去了。」

媽媽還在哭，只是變得有了聲音，這讓我心疼，即使她剛才打了我，我也忘了，我不願意聽到媽媽的哭聲。

但是看著爸爸媽媽緊緊拉著手的樣子，我一時有些不知道該怎麼辦，只恨不得有個地縫，能鑽進去，不看他們手上的表情，儘管裏邊也有哭泣。

9

米飯和紅燒肉吃完了，米湯涼了，黃旭升的爸爸黃震的長舌頭卻永遠地存留在我的記憶之中了，多少年以後我進了超市，都怕看到豬的舌頭，儘管我知道那很好吃，可是——還是讓別人去吃吧。

第三章

1

我在朗讀英語，課文的內容我早已滾瓜爛熟，我學著黃旭生和王亞軍的腔調，我不再用漢語注音，一般說來，我是一個文明的孩子，媽媽是建築師，爸爸是著名建築師，我是他們的後代，我的血液裏流著與一般的窮孩子不一樣的東西，那就是文化。

我的發音是黃旭升多次調教過的，直到現在，我都相信，在語言學習方面，女孩子們往往是天才，她們的嘴天生是用來說話的，不管什麼話，無論是漢語還是英語，而男孩子的嘴是用來吃飯的，不管什麼飯，無論是肉食還是草食。在我們那個叫烏魯木齊的地方有當地土語，那是甘肅，陝西，寧夏還有新疆的維吾爾天津的楊柳青和現在生活在博爾塔拉的蒙古人共同創造，發展的一種語言，它們離北京話和當時中央人民廣播電臺說的普通話相去甚遠，憾山易，學普通話難。

「膩從這害兒茲茲哈氣，端直子奏，博怪彎。」

上邊的句子讓今天的人看著一定以爲是電腦出了亂碼，或是東方快車的程式出了問題，可是我告訴你，上邊這句話如果翻譯成普通話應該是：「你從這兒一直下去，直走，別拐彎。」

來，咱們再體會一下：「膩從這害兒茲茲哈氣，端直子奏，博怪彎。」

如果你把這兩句話反覆念一下，就會發現它們眞的說的是同一個意思，只是發音有如此之大的差距。

男孩子們說著這種話渾然不覺，只有女孩子們才會爲她們這種家鄉的方言而羞愧。我從小就知道男孩子與女孩子是兩種不同的動物。女孩子們從小就學說普通話，而男孩們無所謂，他們甚至一生都說著烏魯木齊土話，而不知道自己有多土。

再比如英語。

女孩子們如果按照國際音標的方式來念，那是不會有人笑的，假如這個女孩兒長得白，或者眼睛大什麼的，那只會有那麼一刻，在她發音的一剎那，周圍的一切都靜下來，黃旭升第一次以她的方式發音時，大家的表現就是這樣，可是，我卻不同。

我以黃旭升的感覺開始念了第一句時，班裏的男生們就開始笑起來，接著是連女生們都笑了，我朗讀英語的勇氣和激情不知道是從哪裏來的，我堅持著，儘管渾身燥熱，我知道自己沒有模仿錯，黃旭升在她爸爸吐出舌頭之前，曾興致很好地教了我一百遍，在我們家，在她們家，在我們雙方彼此父母的注視下，又在他們這些混帳的大人們的意味深長的目光交換之中，我學著她，認眞地按照一個聰明女生的方式念著英語。

全班的笑聲漸漸大起來，像是克拉瑪依南邊吾爾和的風一樣，開始你並不太在意，但是那種像是狂風般的笑聲最終可以讓你氣急敗壞。

終於，就連王亞軍本人臉上也隱隱透出了些許微笑。

我堅持著，終於念完了頭一段，我等著，靜下來再念第二段，可是，笑聲雖然小了，卻仍是歡樂的情緒，我站在課桌前，把目光從英語書上挪開，然後看著周圍的同學，我說：「笑你媽的逼呢？」

大家又笑起來。就好像我沒有罵他們的媽，就好像我這句話也是一句英語。

2

王亞軍走到我的跟前，我旁邊的座位是空的，黃旭升自從爸爸死後就沒有再來。

王亞軍站在黃旭升的位置旁，他看著我。

我以爲他會指責我的粗鄙，我等待著。他會說什麼呢？不知道，反正我對他想說的話已經在心裏悶了很久了：「你跟他們一起嘲笑我，你不是老師，你只不過是另一個李垃圾而已。」

我等待著，似乎很有耐心，看他會怎麼說我。

然而他拿過我的書，看著上邊用國際音標注出的讀音，他臉上的微笑更加明顯了。

我沒有看他，低著頭。

他說：「再念這段。」我接過了書，開始念。

他站在我的身邊，爲了鼓勵我，他不離開，並連連點頭。

這時，我突然意識到周圍的一切安靜下來，就和黃旭升念英語時一樣，大家沒有其他的聲音，只有默默地呼吸，孩子們的呼吸。我在這種氛圍中從容地念著，英語的單詞滋潤著我口滑，我的聲音漸漸變大，我就像是吉里在唱義大利歌劇一樣地高聲誦讀著關於偉人的讚美詩。

我感到自己是在中心，是在舞臺正中央明亮的地方，在我的四周，一片黑暗，我就是黑夜裏的燈光，我激動在自己的歌聲裏，讓霧氣般的陰影散去，似乎所有的目光都在我的身上，不，不是似乎，而是眞實的場景，男生女生的目光，他們在凝視著你，他們不再笑，在他們的眼神中有了更加複雜的東西。

我念完了。

王亞軍一直站在我的身旁，他不再微笑，只是看著我，然後又看看大家，他離開我，朝講臺走去，用英語在黑板上寫了一行字，最後他說：「把這句翻譯成漢語，你們知道是什麼意思嗎？」

大家楞著，沒有一個人說話。

我盡力看著，心卻在跳，我不敢肯定自己看出的意思。

王亞軍大聲說：「向劉愛同學學習。」

全班沸騰，氣氛再次活潑起來。大家交頭接耳，說個不停。

王亞軍向我走來，他看著我，似乎想說什麼，突然，他的目光轉向了窗外，確且地說，是被一種東西吸引到了窗外：

阿吉泰從學校的大門裏獨自走出去，她手裏提著包，看來她已經收拾完了自己的東西，眞的離開學校了。她走得挺孤獨，豐滿的背影上透出了猶豫和不情願。她穿著維吾爾人的裙子，但是那裙子又已經被她改過了，有些像俄羅斯的西服裙，她走著，高貴而寧靜，只是她的屁股過於飽滿，沖散了一些憂愁。

王亞軍看著，忘了我和全班，他的目光裏有著某種絕望的東西，阿吉泰走得很遠了，他才把頭轉過來，他不再看我，而是深思。那時，下課鈴響了。

大家都跳起來。

王亞軍沒有跟我們任何人說話，他獨自收拾了東西，離開教室，走進了陰暗的過道裏。

3

那扇門又開了，陽光從屋內的窗口湧出了門，照在我的眼睛裏，讓我產生陣陣暈眩。我由於激動，而有些呼吸困難，我頭一次走進這個房間，那就是只有黃旭升這樣的女孩兒才能進的英語老師的宿舍：王亞軍的宿舍。

我一生的好運氣來了。

王亞軍走在前邊，他沒有回頭看我，只是隨手取下在門後掛的彩色的毛巾，他優雅而認眞地擦拭著自己的臉，然後他隨意地在牆壁上的鏡子裏照了一下自己，他的臉被剃鬚刀刮得有些發青，他如果不刮乾淨，那他肯定是大鬍子。不知道爲什麼，我從小就不喜歡大鬍子的男人，他們顯得髒，以後漫長的日子裏，我有了許多留著大鬍子的朋友，而我也有意識地不刮鬍子，那是一種新潮的表示，如果再留著長髮，我曾經留過很長的頭髮，那就是說新的一切都開始了，舊的一切都消失了，觀念可以改變世界，都留著長髮和大鬍子，並穿著時尚的衣服了，那麼還有什麼問題是解決不了的呢？生活中已經完全可以沒有苦難了，因爲我們這樣的年輕人留了長頭髮，還有大鬍子。

王亞軍沒有留鬍子，他一生都沒有讓鬍子長出來，他總是乾淨，典雅，就像是一首巴洛克時代的樂曲，平衡而中性，他的謙和以及含蓄的微笑讓我今天想起來都傷心不已。我常問自己：在記憶裏，每當面對他的微笑時，爲什麼你總是傷心？

那天我站在他的身後，頭一次在這間屋子裏聞到了雪花膏，不，甚至於是香水的味道。還有四面散放著的薄荷味。他們混雜在一起太強烈了，以至於我感到自己眞是骯髒，我渾身上下都散發著臭氣，我的襪子已經最少有一周沒有換了，我也一直沒有洗澡，儘管母親多次罵我，可是我不想去。眞是有些後悔，我開始責怪自己。在我以後的生活裏，我換過許多牌子的香水，但是沒有那種讓我像王亞軍的香水一樣，那麼讓我動情。

他說：「留聲機在那兒，端的時候小心一些，唱頭有點毛病。」

他說的南方話我能聽懂，只是我的眼神有些不夠用，周圍的許多東西都在吸引我：有一個印著一對外國男女的罐頭盒，色彩繽紛。這樣的東西，我小的時候家裏也曾有過，但是，早已經被爸爸媽媽扔了。

我還看見王亞軍的衣服掛在床上方斜拉著的鐵絲上，有好幾套，其中有毛料的，筆挺挺的，我們小時候在形容一個人穿著講究的時候，喜歡說他穿的筆挺筆挺的。現在，好像不太用這個詞了。我還注意到了床上方他的鞋，似乎有兩雙皮鞋，擦得很亮。

他看著我站著沒有動，就再次微笑了，說：「你在看什麼？」

我的目光停留在靠著北牆的一個小書架上，那上邊有些英語課本，但是有一本很厚的，硬殼，墨藍色的精裝書再次引起了我的注意，我走到跟前，想自己仔細看看。

他似乎意識到了我的目光，說：「認識這個單詞嗎？字典。」

我說：「英文字典？」他點頭。

我說：「是大字典？」

他說：「這裏邊的單詞如果你都會了，那你就可以像一個地道的英國紳士那樣，在那兒生活。你甚至可以超過他們那兒一般的人，因爲你水平很高。」

我說：「紳士是什麼樣的人？」

他想了想，說：「就是像你爸爸那樣的人。」

他的話讓我失望，像我爸爸那樣的人？我爸爸是什麼樣的人？我想起了他戴的眼睛，以及經常顯出恐懼的神情，但是，我還是說：「你認識我爸爸？」

他說：「我仔細地看過他設計的房子，我前幾天經過民族劇場時，還仔細地看了一下，格調很高。我跟你爸爸說過話，那是在食堂排隊打飯的時候，他很謙讓，不像他們那樣拼命地擠。」

我已經對王亞軍描述父親失去了耐心，而且從那天以後有很長時間，我對紳士這個詞沒有了任何好的印象，如果爸爸能稱得上是紳士，那這個紳士還有什麼好當的呢？

他似乎還在說著什麼。

我顫動著手，輕輕摸了摸那本書，我怕他會不高興，就像我爸爸一樣，他是不會讓我隨便動他從蘇聯帶回來的那些圖集和畫冊的。

他看看錶，說：「還有兩分鐘，你可以看看。」

我拿起來字典，很重，我翻開，裏邊有英文，也有漢語。

他說：「這是雙解詞典。」

我無法注意他的教導，只是看著這本厚書。

那時，鈴聲響了。我放下詞典，去拿留聲機。

他在我身後拿了兩張唱片。我們離開了他的宿舍，把香水味留在了後邊。

4

我一走進教室，大家的目光就全都集中到了我的身上。顯然，他們已經知道了，我雖然不是英語課代表，但是我已經在享受著課代表的待遇。

課代表的位置是留給了黃旭升的，我甚至於連臨時課代表也沒有被任命。但是，我已經有權力抱著這個留聲機了。男生倒是無所謂，可是女生們，她們對於王亞軍宿舍裏的香水氣息也許比我更敏感。女生們天生就是要用香水的，可惜那個時候沒有，她們的童年白白地被糟蹋了，就像是她們在很小時就被強姦一樣，一個沒有香水氣味的童年，對於女生來說，就像是沒有被露水滋潤過的青草，也像是沒有處女膜的陰道，也像是沒有被詩歌包圍的青春，還像是沒有被母親的手撫摸過的頭髮。

女生們前一段有些嫉妒黃旭升，她爸爸的死，使她從她的女同類們的不滿中解脫出來，餘下的就是我了，當我把留聲機放在桌子上的那個瞬間，幾乎是全部的女生都在看著我的臉。

我的臉就是在那一刻紅的。

李垃圾說：「你看，你看，他的臉紅了。」

王亞軍走了進來。全班起立，英語課開始了。

先是聽唱片，這次的聲調與原來不一樣。

王亞軍解釋說，前幾次你們聽的都是中國人在說英語，今天你們聽到的是最純正的林格風英語。

他說林格風這三個字時有些來勁，念法上充滿了洋味，就好像林格風是宗教，是聖經。

我們靜靜地聽著。

他變得很嚴肅，純正英語讓他的目光裏充滿了太陽的光芒，他在那一刻有點像是將軍，儘管顯得還有幾分文弱或者溫和，但是眼神裏卻有著堅定和信仰，對了，還有敢於爲純正的英語發音負責的精神。

唱機再次響了，我們聽著。

當王亞軍開始說英語時，我總是隱約覺得他發音與唱片上有些不太一樣，以後我知道了，中國人說英語有一種特殊的味道，其實每個國家的人都有自己的味道。中國人是中藥味，日本人，韓國人就更不要說了，他們的電影明星說英語時，總是讓我難受，渾身上下可以不停地起雞皮疙瘩。

下課了，幾乎全班絕大多數的男生都在學著王亞軍的口氣，大叫著：

「林格風。領郭峰翁——」

對，沒錯，最後這幾個字的注音是最準確的。他長久地縈繞在我的身邊，像是森海塞爾的德國發燒耳機一樣，終將要伴隨著我的一生，陪我度過無聊的歲月，直到走進天堂。

5

「你爲什麼要叫劉愛？」

「因爲我媽媽希望我是個女孩兒。」

「這個名字也不一定就是女孩兒的名字。」

「就是女孩的名字。」

「你知道『愛』是什麼意思嗎？」

「愛？不知道。就是男生和女生……不，還是不知道。」

「愛不是別的，是一種仁慈。」

「什麼是仁慈？」

「就是，就是，怎麼說，就是看到別人受難時，你自己心裏也難過。」

「這不可能。」

……

你們猜測一下，以上的對話出自於誰之口？眞是反應慢，當然爲是出自於我和王亞軍之口。

那天，我幫著他把留聲機拿回他的宿舍的時候，就要出門了，他突然問我話。

他笑了，問我：「爲什麼不可能？」

我說：「看到別人倒楣了，自己心裏怎麼會難過呢？是高興的。」

他有些失望而吃驚地看著我，說：「你為什麼會有這種想法？」

我說：「我爸爸媽媽就是這樣。」

他不信地看看我，搖搖頭，說：「放學之後，能陪我去看看黃旭升嗎？她已經有二十天沒有來上課了。」

6

我們走進黃旭升家的時候正是黃昏，西邊的雅瑪克裏山上一片紅色的雲，夕陽也照在黃旭升家的小紅旗收音機上，也照在她蒼白的臉上。

王亞軍說：「妳應該去上課。」黃旭升不說話。

王亞軍說：「劉愛現在臨時代替妳作課代表的工作。」

黃旭升抬起頭，看看我，又低下頭。

王亞軍看看桌上她爸爸黃震的照片，那是一個死人的照片，有點恐怖。

我說：「妳媽呢？」

她搖搖頭，說：「上班還沒回來。」

王亞軍說：「從你們家的窗戶望出去，能看到天山。」

我順著他的指點朝外看著，果然，柏格達雪山就在遠處，在陽光的照耀下顯出了金子一樣的色彩。王亞軍還想說什麼，卻突然被黃旭升打斷。

她說：「你們學林格風英語了嗎？」

我說：「學了，今天聽了唱片，我一直在模仿。」

黃旭升低下了頭，眼淚流出來。

王亞軍的表情變得沉重，他張張口，又一時不知道說什麼好。

我說：「妳什麼時候來上學？」她低著頭，不說話。

王亞軍扶著她的肩，說：「我回頭都給妳補上。」

我又說：「什麼時候上學？」

她說：「不知道，媽媽說我有貧血。不能去上課。」

這時，她家的門開了，她媽媽走進來。

黃旭升的爸爸死了，她媽媽好像變得年輕了。她完全沒有像黃旭升一樣哀傷的表情，和蒼白的臉，她顯得朝氣蓬勃，沒錯，她就是一個朝氣蓬勃的寡婦。

她看著我和王亞軍，有些好奇。

王亞軍自我介紹說：「我是黃旭升的英語老師。」

黃媽媽的臉上本來僅有的一點笑容似乎在一剎那就消失了，她變得有些冷，她只是點點頭，說：「黃旭升有貧血，最近不能去上學，謝謝老師的關心。」

然後，她開始掃地，像是要把王亞軍掃出去一樣。

王亞軍覺出了她對自己的反感，就告辭出來，我跟在他的後邊。

黃旭升看著王亞軍的表情我直到現在都還記得，她對他是那麼依戀，是小鳥對天空的依戀嗎？還是妓女對於金錢的依戀？

黃媽媽關上了門後，立即就聽到她斥罵女兒的聲音：「都說他作風不好，給你說過好多次了，不要跟著他。會出事的」。

黃旭升哭起來，說：「我要學英語。」

「啪」的一聲，肯定是巴掌打在臉上。

王亞軍轉身有些衝動地想去敲門，但是，他忍住了。他站在門口，很長時間。

我裝著什麼也沒有聽見。

王亞軍的眼神漸漸變得暗淡，有些像是雪山進入薄暮時分的光線，他一直站在門前，突然，他像木偶一樣地轉過身去，沒有跟我說任何話，自顧自地沉痛地走了，就像是剛剛又死了某個中央領導人，整個樓內充滿著哀樂。

7

晚飯時，我問媽媽：「什麼是作風不好？」

媽媽十分吃驚，說：「你問這個幹什麼？」

我說：「就是想知道，什麼是作風不好？」

媽媽變得氣憤，她激動起來：「不知道!!」

爸爸生氣地看著我，說：「吃飯。」

我忍了一會兒，說：「什麼叫愛？」

爸爸媽媽楞了，說：「愛？」他們互相看了對方一下，還是無法回答我。

我又說：「愛是仁慈嗎？」

爸爸盯著我，好半天，他笑了，說：「仁慈，這個詞你是從哪兒聽來的？」

我不說話。

媽媽有些擔心地看著我，說：「這孩子，讓我們怎麼辦呀？」

爸爸歎了口氣，說：「仁慈？愛？這些都沒法跟你說，你太小了，是什麼人對你說的？」

我低頭不吭氣。爸爸的臉上顯出了憂傷。

夜深了，我睡不著，黃旭升蒼白的臉一直在眼前晃動。

突然，我聽見爸爸在那邊跟媽媽說他要聽音樂。媽媽竟說：「我也想聽。」

音樂很小的聲音響起來。他們聽了一會兒。

媽媽說：「上個星期我給他洗床單,上邊糊著一塊塊的,是不是太早了一些？他還那麼小？」

爸爸說：「現在的小孩子都早熟。」音樂聲一直把我拖進了夢裏。

那個晚上，我的腦子裏一直響著一個詞：「仁慈。仁慈……」

第四章

1

在烏魯木齊北門外有個湖南墳園。

我們家就在湖南墳園旁邊，或者說，在關於故鄉的記憶中，湖南墳園始終是其中的一個部份。

當年跟隨左宗棠進新疆的湖南人死後都埋在那兒。裏邊長滿了榆樹和雜草。有野免，野貓，野雞和黃鼠狼。夜裏我經常聽到它們的叫聲，那種腔調裏充滿著湖南的口音，就像爸爸常畫的那個人講話，眞的，絕不是我在瞎說，我們那兒的小動物說話全都是湖南湘潭話。

我那些時候天天都鑽在湖南墳園。

那兒很大，看起來在烏魯木齊死去的湖南人還眞多。

左宗棠之前，左宗棠之後。

據說陶峙嶽也是湖南人，他帶去的人很多都是他的湖南同鄉。特別是他的高級幹部，比如說像黃旭升的爸爸黃震。

黃震就被埋在了湖南墳園。他的墓碑上寫著黃震兩個大字。他是畏罪自殺的，他生前私藏了槍枝，可是他死後還能進湖南墳園，一個這樣的人能有如此待遇，這是不是說明了天地的仁慈？

黃旭升告訴我說：她爸爸生前是想回湖南老家的，說死也不當新疆烏魯木齊鬼。但是，媽媽沒有這筆錢。

我不知道爲什麼突然想起了湖南墳園。

實際上這個地方是不需要想起的，在我的少年時期，只要有了時間，只要我不是在爲像英語這樣文明的事物而發瘋的時候，湖南墳園都是我最美好的去處。

我之所以在這兒說它，是因爲與父親的衝突，確切地說是我害了他。本來想害他的人就很多了，再加上我，父親如果能活下來，眞是算他命大。

對了，湖南墳園與另一個人了有關，那就是王亞軍，因爲在我離湖南墳園最近的時候，往往是離他最遠的時候，關於這些得慢慢解釋。

2

我的家就在湖南墳園旁邊。在那些日子裏，我天天都在湖南墳園玩。

我說過了，之所以反覆說起這個湖南墳園，是因爲我們又停課了。

很多人說，這次停課是因爲大的形勢變了，是從北京先開始的。

但是，也有人說，北京的學校仍然在上學，大的形勢沒有變，只是我們學校——烏魯木齊北門門外子弟學校停了學，而且原因很清楚，僅僅是因爲在校內發現了反標。

有人說：「什麼叫反標？」

「反動標語。」

「什麼叫反動標語？」

就是你在牆上突然發現了這樣的字句：「打倒毛主席。」

現在寫出這幾個字，我仍然都渾身顫抖，怕被槍斃。

3

復課的那天早上，我進了學校，在離王亞軍宿舍不遠的地方，因爲手忘了扶著屁股，突然李垃圾不知道藏在什麼地方，他從黑暗中猛地竄出來，在後邊踢了我一腳。他踢完就高聲笑著跑了。我疼得眼中充滿淚水，有的時候你並不想哭，可是太疼了，眼淚就會流出來。當時，我最恨的就是爸爸，而不是李垃圾，我跟李垃圾是有約定的，不捂屁股，就得挨踢。可是，爸爸他眞王八蛋，他設計的這黑樓，走在過道裏就跟走在墳墓裏一樣，黑得這麼厲害，任何罪惡都有可能在這兒發生……就是在那時，我捂著疼痛的屁股發現了這條反標。

我看著這幾個字，內心跳得很厲害。

我去找王亞軍來，想告訴他，因爲他是老師。可是，我敲了半天門，他卻不在。

我回到反標跟前，想擦掉它，可是愚笨的我卻只是撿起扔在地下的粉筆，順手在反標上打了幾個八叉，然後我想了想，還覺得不過癮，就又在一旁寫了打倒李垃圾這幾個字。

寫完那五個字之後，我感到屁股上的疼痛似乎一下子就消失了，所以我終生都懂得了鬱悶是需要排泄的。

那是夏天的早晨，我剛走進學校，進了教室，就覺得氣氛不對。

首先，我發現黃旭升來了，她坐在我靠窗的座位旁，看著外邊，她是在望著雪山發楞。她的臉還是蒼白的，她的眼睛裏還是有很深的憂傷，她肯定在想她爸爸了。你在少年時，平常可能會挺恨你爸爸的，他的存在讓你感到壓抑，可是當他突然死了，你發現沒有他了，在你晚上正在手淫的時候，他本來可能會突然進來，打斷你的性高潮，可是，在一個明媚的早晨，你永遠失去他了，在晚上任何時候，他都不會再像過去一樣地走進你的房間，摸著你的臉，吻你的額頭，在你裝睡的時候，他看著你，你那時眞是希望他趕快滾出去，可是他仍是那麼慈愛地看著你，就像是你看著自己的小雞巴，那你是什麼感覺？你會在第二天晚上眞的睡著了，寧願不知道他是不是走進了你的房間，你討厭這樣的慈愛，因爲它每天都在重複，我們都知道重複是不好的，慈愛變成了重複，就變成了折磨。

但是有一天，他突然死去，你在晚上眞的可以放鬆地手淫了，可是白天呢？白天你會跟黃旭升一樣地發楞，望著天山發楞。

我走到了黃旭升的旁邊，想對她笑一笑，可是她並沒有理我。

我心裏產生的感覺是世界的末日來了，因爲她——眞正的英語課代表回來了，我的臨時課代表生涯就應該結束了。

一時間，我無比留戀她們家倒楣的日子，她爸爸死了，她得了貧血。她媽媽不讓她上學，她把機會留給了我。所以，我長大以後，非常理解爲什麼美國人總是要打仗，那是因爲世界資源有限。爲什麼美國人不喜歡中國？那是因爲中國人太多，而且部份人還聰明，這些人會去跟他們爭奪世界資源的。

黃旭升忽然說：「別人都說學校牆上的那個反標是你寫的，是嗎？」

我說：「不是，他們胡說呢。」

她說：「那你爲什麼要在旁邊寫上打倒李垃圾？」

我說：「那天我在學校玩，突然，李垃圾踢了我的屁股，太疼了，他跑了以後，我突然發現了在牆上的反標，上邊寫著的字是打倒毛主席，下邊扔著一塊粉筆，我感到很害怕。就拾起粉筆把牆擦了。然後，我又往牆上寫了打倒李垃圾。」

她說：「字體一樣。」鈴聲響了。

王亞軍急速地走進來，他已經自己拿來了留聲機，這讓我奇怪，從來都是上一會兒課，他才讓我去拿的。他現在已經信任我了，總是把鑰匙給我，讓我獨自走進他的宿舍。

我看著桌上的留聲機，看著王亞軍沉重的臉，感到不對勁。

王亞軍朝我走來，當他看到了黃旭升時，眼睛一亮。不知道爲什麼，他的眼睛這麼一亮，我就能意識到在他跟她之間沒有陰謀，她的出現讓他吃驚，這說明了他們沒有任何接觸。

黃旭升沒有看王亞軍，就好像她在爲爸爸的死而必須向老師懺悔。

王亞軍來到了我的跟前，他看著我，眼神裏似乎有很多話說。

我也看著他，彷彿在等著他的宣判，他也許眞的會說：「是這樣，我想過了，雖然黃旭升回來了，可是她的腦子不正常，她老是看著窗外，她的思想不集中，我們外語教研組經過認眞地研究，決定讓你當正式的英語課代表。」

我是眞的幻想著他會這麼說，因爲我喜歡學習英語。我是少有的幾個意識到自己的烏魯木齊方言土的男孩兒之一，不，爲什麼要之一呢，我是唯一的一個意識到自己的家鄉話太土的男孩子。

我開始看著王亞軍，發現他顯然昨天晚上沒有睡好，他的眼睛裏充滿紅色的血絲，就好像他得了夢遊症，昨天夜裏飛進了湖南墳園去吃了死人。

他看看黃旭升，又看看我。然後，他輕聲說：「到校長辦公室去一下，校長找你有事。」

我緊張起來：校長找我？什麼樣的大事能驚動校長？別說一個課代表，就是班長——讓我在我們班當班長，校長也用不著見我。

我緊張地猛地站起來，想朝外走。

黃旭升就坐在我的身邊，她似乎意識不到要爲我讓位子，她不起身，我就無法出去。

那時的王亞軍已經回到了講臺上，開始在黑板上寫著什麼。

我推推黃旭升，她好像沒有感覺。

我說：「起來，校長找我。」

她看看我，似乎不知道我在說什麼。

儘管我迫切地想知道校長找我究竟有什麼事，可是黃旭升的反常讓我內心狂喜：「她已經瘋了。你們永遠不可能讓一個傻瓜當英語課代表。」

我突然變得興奮起來，我猛地像跳高一樣地竄到了桌子上，從黃旭升的眼前跳下去。

全班同學都看著我，沒有人笑，他們只是看著我，就好像我將要去的地方不是校長辦公室，是北極或者中南海。

那時有一首十分流行的歌曲：「中南海的燈光喲，照四方，我們的毛委員，在燈底下寫文章。」

我走在過道裏，昏暗中我浮想連綿，不知道是好事，還是壞事。所以，從那個時候我就相信，一個孩子的內心世界是跟大人完全一樣的，誰要在我跟前說孩子單純，淸純，幼稚之類的話，我只能說你單純。

走進校長室的時候校長沒有看我。他低著頭，似乎在蘊釀著什麼大的構思。

我們班主任郭培清也在辦公室裏，他對我說，站在校長旁邊。

我走過去，站在了校長身邊，我聞到了校長身上的一股汗味，還有強烈的煙草味。

他仍是不理我，也不看我，就好像他從來沒有招我過來一樣。

突然，校長站起來，他挺著胸，像一座山一樣的矗立在我的眼前，讓我的頭腦一時間受到了高大事物的刺激，他太高了，從一個頂點的位置望下來，盯著我，使我沒有辦法控制自己的緊張，這時，他聲音比較小地問我：「反標是不是你寫的？」

我楞了，我知道當英語課代表的事是不需要通過他的，可是，我還是楞了，我說：「反，反標，什麼反標？」

他一字一頓地說：「反動標語。」

我說：「什麼反動標語？」

我們班主任老師說：「就是在英語王老師宿舍旁邊的牆上。」

我的頭腦漸漸地清楚了，他這麼努力地嚇我，實際是在說那條反標呀，我突然輕鬆起來，開始裝糊塗，我說：「牆上寫著什麼？」

班主任說：「打倒毛主席。」

話一出口，他立即就被嚇壞了。郭培清是上海人，出身不好，膽子本來就小，他的臉變了顏色。說：「校長，我，我，我沒有別的意思，只是想啓發他。」

校長生氣了，他看著郭培清，說：「我宣佈，你現在就是現行反革命。」

郭培清嚇得楞了，漸漸的眼淚從他眼睛裏流了出來，他說：「校長，校長，我錯了，我不是那個意思，我們家在上海是城市平民，我們也受資本家的欺負，我母親從小就被賣到了上海的妓院，她在妓院裏挨打，受罵，那些嫖客從來都不好好給錢，她也是勞動人民的姐妹。我們家在棚戶區，以後又搬到臭氣熏天的浦東……」

校長說：「別說了。」

郭培清卻還在說：「浦東蚊蠅多，有一隻大蒼蠅在我睡著以後鑽進了我的耳朵，掏不出來，醫生說要動手術，我們家沒有錢……」

校長說：「別說了。」班主任老師還在說。

校長離開了我，他走到了郭培清那兒，把他的耳朵抓著，揪著，就跟上回范主任揪我爸爸一樣，打開門，把郭培清朝外一推，說：「你先出去。」

然後，校長關上了門。郭培清在外邊推門。

校長煩了，乾脆把門鎖上。

還聽到郭培清在外邊喊叫：「校長，我是口誤，我是口誤。」

校長回到我身邊，他對我的態度有些緩和了，這時，門外的郭培清的聲音變得小了：「校長，你知道我是豬，比豬還笨。」

校長忍不住地笑起來，他看著我。

我也看著校長，說：「不過，旁邊的打倒李垃圾是我寫的。」

郭培清這時還在說：「我比豬還笨。」

我說：「我爸爸說，豬並不笨，在動物裏算挺聰明的。」

校長聽我說「我爸爸」三個字，他眼睛一亮，說：「你爸爸說豬不笨？他還說過什麼。」

我像突然意識到什麼一樣，說：「我爸爸……他還說，還說讓我好好學習，天天向上。」

校長的眼神中有些失望，他望著我，思索著。

我看著他，心裏因爲識別出他對我爸爸的陰謀而有些得意，我補充說「我爸爸什麼也沒對我說過。」

校長說：「我找你來，是有人揭發你，是你寫的。」

我說：「打倒李垃圾是我寫的，那八叉是我畫的。」

校長笑了，說：「有人看到了是你寫的。」

我說：「你讓他站出來。」

校長顯得有些無奈，他拿出一張紙，讓我在一面上寫出打倒兩個字，在另一面寫出毛主席三個字。我猶豫著，想知道這是不是他的又一個陰謀。

校長說：「寫吧，寫完了就回教室。」我仍然沒寫。

校長說：「你不寫，就不能回家。」

我還是不寫，因爲我想好了，他們這次要陷害我。

校長生氣了，他說：「有人讓我把你關起來，我一直在保護你，懂嗎？」

我楞著看看校長，感到不可思議，以爲自己聽錯了。這麼有權勢的人，竟說他在保護我。

校長說：「你回去告訴你媽，讓她來找我。說我有話對她說。」

我不再說話。

校長等了我一會兒，然後，他獨自出門，說讓我好好想想，就出去了，並把門在外邊反鎖上了。

我待在校長室，中午來臨了，我感到很餓，然後餓過勁了，我就睡著了。等我醒來時，已經是傍晚了，我感到睏，仍想睡時，門開了，媽媽走了進來。

她看見我，就衝地來，緊緊抱著我，那時，我的眼淚流了出來。

我對媽說：「不是我寫的。」

我媽沒有看我，她只是很客氣地對校長說：「你應該早點告訴我，你們不應該把孩子關起來，你們是學校。你不能這樣對待我，還有……這，孩子。」

媽媽說話很文明，校長也顯得有些不好意思。

但是，我還是感到了母親語氣中的某種說不出的味道。

校長說：「這個孩子思想太複雜。要加強教育。」

媽媽帶著我，離開了校長辦公室。走在過道時，她說：「兒子，你爲什麼那麼不懂事？」

媽媽的語調溫和，這更加讓我傷心。這句話直到現在還經常回蕩在我的記憶裏，像是教堂的鐘聲一樣地此起彼復地綿綿不絕，有時又像濕地上空的昆蟲，若隱若現：「兒子，你爲什麼那麼不懂事？」

我當時沒有想到這件事幾乎讓爸爸跟黃旭升她爸爸一樣去自殺。

4

以下的描寫來自於多年以後別人對我的敍述。

校長在離開了自己的辦公室之後，來到了父親所在的單位，他從東門進樓的時候，與一個人撞了個滿懷。他認了出來，這就是著名的設計師劉承宗，當然也是我的爸爸。

爸爸也認出了他是校長。所以就抓緊時間對他笑了一下。

校長沒有笑，他對爸爸說：「你的眼睛長在勾子裏了？」

當然，這是一句罵人的話，父親聽得懂。他在新疆待了很多年，知道這句話的意思是：你的眼睛長在屁股裏了。但是，他想不到的是爲什麼這話能從校長這樣有著良好教育背景的人嘴裏說出來。

校長看著父親，就好像他是一個沙袋。

父親沒有作任何還擊，他只是想不通，一個平時還算溫文而雅的知識份子怎麼會這樣說話，即使現在是非常時期。

父親的身上處處是油彩，他很願意這樣，這是他的保護色，即使母親不止一次地想爲他洗這件衣服，他也不肯，因爲有了色彩，就說明了他是一個很忙碌的人，他在忙什麼？爲偉人畫像。就像是烏魯木齊有他設計的重要建築，同時也有他畫的巨幅畫像。什麼朝代都離不開劉承宗，人們，時代，社會都需要他。

校長憎恨地看著父親，說：「是你教唆兒子寫的嗎？」

父親不知道對方說的什麼，就說：「誰？兒子？誰的兒子？」

校長：「少裝糊塗。」

父親像是眞的明白過來了：「寫了什麼？」

校長說：「反標。」

父親大驚：「在哪兒？」

校長說：「在哪兒，在哪兒？你說在哪兒？在學校。」

父親害怕了，問：「寫的什麼內容？」

校長說：「打倒毛主席。」

父親的眼睛睜得大了，他拼命看著校長，沒有想到這話能從校長的嘴裏說出來。

校長說完了嚇得差點就地倒下，他看看父親，想判斷對方是不是會抓住自己。在這段時間裏，他的眼睛一直在眨著，就像是天上的星星，裏邊甚至透出了可憐的光。

父親沒有繼續爲難校長，他只是想保護自己，他說：「那跟我兒子有什麼關係？」

校長似乎獲救了，他說：「大家揭發，我們查實，就是劉愛寫的。」

父親的腿一軟，就坐在了地上。

校長離開了父親，他進了一間明亮的大房子。

儘管曾打過父親耳光的范主任說劉承宗這個人最近畫像畫得很多，很辛苦，沒有功勞，也有苦勞。但是，校長卻不同意，他說打著紅旗反紅旗。

范主任對旁邊的一個人說，去，把劉承宗找回來。

5

我永遠忘不了爸爸那麼可憐而驚恐的眼神。他顯然不希望自己有一個像我這樣的兒子。

晚飯就擺在桌子上，已經涼了。

媽媽坐在我的身邊，她怕爸爸對我隨時採取極端行動。

爸爸的可憐變成了猙獰，他開始狠狠地盯著我。

媽媽一下子站起來，擋在了我和父親之間。

父親的手握緊張了，但是他看到了媽媽堅定的眼睛。她說：「不是我們寫的，我們不能承認，死也不能承認。」

我現在經常想，爲什麼女英雄很多，她們經得起折磨，而男人的懦弱和缺少忍受力使他們註定會成爲叛徒。

爸爸說：「你不承認就行？他這次是衝著我來的，衝著我來的。」

媽媽說：「要不，我去找找他？」

爸爸一聽媽媽說要找校長，就像被針紮了一下，渾身僵硬著。

我有些無所適從，心裏很後悔在反標旁邊寫了打倒李垃圾幾個字。

突然，爸爸朝我衝了過來，他伸手要打我。我靈活地躲開了。

爸爸撲了個空，他像酒瓶子一樣地倒了下去，然後摔在了地上。

母親仍然擋在了我的前邊，像是看著一個敵人一樣地看著父親。

我也看著他。

鐘錶的聲音響亮地叫著，像是嬰兒的渴望奶水時的呼喊，這說明時間總是在走著自己的路，我們的一切活動都包括在時間裏。時間最大，人類最小。

爸爸躺在地上，開始像個可憐蟲那樣地哭泣，他開始用手打著自己的臉，說自己前世爲什麼沒有……現在卻生了一個像我這樣的兒子。爸爸還再說著：「我都承認了，我不承認不行，我知道不是劉愛寫的，可是我卻承認了，說是我指使的劉愛。我沒命了，我活不長了，我只恨不得現在就去死。」

他一下下地打著自己的臉，本指望媽媽上前去拉他，他再對著媽媽撒嬌。

可是，媽媽沒有動，她因爲恐懼而產生了對於爸爸的仇恨。

爸爸得不到安撫，於是更加想傷害自己，他開始猛地抽打著自己的臉。每一巴掌打在臉上都很重，那響聲像是哈薩克人抽打自己的馬匹發出的嘯聲。爸爸邊打邊等待著，他希望媽媽來拉住他的手，他想在媽媽的溫情下撒嬌。

但是，媽媽沒有動，她今天恨爸爸，她爲爸爸的行爲感到難過，她頭一次對爸爸說：「我對你有些失望。」

6

人總是這樣的，從來都是親近的人互相傷害。最殘酷的行爲往往發生在親人之間。我是指心理上的。

媽媽對爸爸的失望，使爸爸無地自容。他恨自己，也恨母親，因爲母親的眼神讓他受不了。

我對爸爸說：「我沒有承認，因爲不是我寫的。更不是你教我的，你爲什麼要承認？」

爸爸不說話。

晚上，當夜深的時候，我裝著睡著了。我以爲媽媽又要抱著爸爸呻吟，可是卻聽到了拖鞋的響聲，爸爸的腳步聲漸漸地來到了我的身邊。他看著我。

我閉著眼睛，顯出睡得很熟的樣子。

他站在那兒，身體與我的胳膊緊挨著，然後，他開始撫摸我的臉，頭髮，漸漸地我感到了他的嘴在我的額頭上，臉上親著，裏邊含著很多激情。

我的眼淚流了出來，我睜開了眼。

爸爸有些驚訝，輕聲說：「你沒有睡著？」

我點頭。爸爸看著我。

我也看著他，我說：「你爲什麼要承認？明明不是我寫的，你也從來沒有教過我。」

爸爸想了想，說：「爸爸承認了，只是爸爸自己的事，就沒有你的事了。你還小，別人只能找爸爸，你好好上你的學。」

我說：「不是我寫的，你爲什麼要承認？」

爸爸苦笑，說：「等我死了，你老了，你就會明白。」

我說：「媽媽呢？」

爸爸說：「媽媽出去了。」

我說：「幹什麼去了？」

他說：「不知道，反正出去了。」

說完，爸爸緊緊地摟著我，並說：「你也緊緊地抱著爸爸。」

我伸出雙臂，也緊緊地摟著爸爸，他身上充滿著汗味，還有油彩味，我覺得我從來沒有跟爸爸抱得這麼緊過。

7

奇蹟有時會在愛之後發生。

我與父親緊緊地摟著，白天終天來了。我所說的奇蹟與白天是一起來的。

我像往常一樣地來到了學校。

當我走進教室的時候，我發現校長已經到了我們班。而且，他對我的態度有了明顯的變化。他仔細地看著我說：「你長得不像你爸爸，像你媽。」

我覺得奇怪，校長爲什麼會這樣講話。

我長得不像我爸，像我媽，這一切跟他有什麼關係呢？

以後，過了若干年之後，我想起來這個細節，心中就會猛地疼痛著。北京話說操你媽。你想，當你媽被你的校長操了，她是爲了保護你和爸爸去幹的這件事，你能說什麼呢？說你媽是妓女嗎？

班主任老師在講臺上說：「今天全校的各個班都要進行一次測試。我們每一個同學，都要拿出一張紙，在正面寫打倒二字。在反面寫毛主席三個字。聽清楚了，在正面寫打倒，在反面寫毛主席。不能寫在同一頁上，誰要是寫在同一頁上，誰就是反革命。」

這時，黃旭升走了進來。

她陰沉著臉，就像是烏魯木齊永遠沒有陽光。她緩緩地走著，來到了我身邊，坐在了椅子上。

郭培清看著黃旭升，說：「剛才我說的話妳沒有聽見，再重複一遍，給你們一張紙，正面寫打倒，反面寫毛主席三個字，不能寫在同一頁紙上。」

黃旭升仍是低著頭，她沒有看任何人，只是看著自己的腳。

郭培清說：「發紙。」

紙被發到了每一行課桌的前排，每個人都取一張，其餘的就往後傳。傳到我這兒時，我拿了一張，我看著黃旭升，她像沒有看見傳到了她桌上的白紙。

她身後的人說：「快點。」

黃旭升聽到有人催她，就本能地翻了一下白眼。

我說：「妳往後傳呀。」

她又衝我翻了一下白眼。

我忍不住地笑了。她竟也衝我笑了起來。

我拿著這張白紙，竟有些激動，我覺得還是有道理可以講的，眼前的辦法就很科學，每個人的字體都變不了，這是最有意義的測試。可是，僅僅在昨天，他們還非要逼著我承認，是我父親讓我寫的。我又想，昨天是陰天，今天出太陽，看來晴天就是比陰天好。

我低著頭，拿著紙，想寫又有些猶豫起來。我真的要完全用自己的筆體寫嗎？我可以改變一下自己。又一想，覺得自己這是在耍小聰明。這時，周圍很多人已經寫完了，我也不能再拖，於是，我按照要求在寫了那五個字，分別在紙的正面和反面。

老師開始收，他讓每個人還按剛才的方式傳回去。

當我們所有人都交了之後，只有黃旭升還在楞神。她把紙用身體壓在自己的桌上，沉靜在幻想之中。

郭培清走到了她的跟前，說：「妳寫完了嗎？」

黃旭升點頭。

「那給我吧。」

黃旭升看看老師，又搖頭。

大家都笑起來，覺得從她爸爸自殺之後，她的確有些不正常。

老師大聲說：「別笑。」

然後，老師伸出了手，像是一個乞丐那樣地說：「給我。」

黃旭升漸漸地把身子抬起來，把那張紙交給了郭培清。

老師接過那張紙，只是隨便看了一下，然後，突然他大叫了一聲，呵——

我朝老師蒼白的臉上看去，他完全喪失了自治力，眼睛變得散光，那張紙在他手中顫動。

全班的目光都湧向了那張讓老師失去理智的白紙，上邊僅僅在正面寫著五個字：

打倒毛主席。

老師過了不知道多久才從慌亂中緩過來，高叫著：「抓現行反革命。」

全班人聽到召喚，全都起身朝黃旭升衝過去。黃旭升哭起來。

我感受著大家的熱氣，渾身發麻，像是被風吹出了雞皮疙瘩。

第二節課是英語課。

王亞軍進來時，沒有人喊起立。黃旭升已經被拉到了校長辦公室。

大家興奮地說著話，就好像根本沒有看見王亞軍這個人。

王亞軍站在講臺上，他看著我們。眼神中有著無奈。他等了很久，大家沒有想靜下來的意思，他走到我跟前，問我：「黃旭升呢？」

我說：「她是反革命，已經到了校長那兒了。」

王亞軍聽後，急匆匆地走出我們教室。

8

半年一晃就過去了。

從那天開始，我們又不學英語了。

我們不僅不學英語，而且，我們都不上學了。

學校又關了門，那座淡黃色的樓上充滿了塵土和陽光照耀的蜘蛛，裏邊安靜極了，像是一座鬼樓。

現在回想起來，在記憶中一片模糊，我們爲什麼不學俄語，不學維語，要學英語，現在又爲什麼停課，讓我們成了一群沒有人管的孩子，這其中的底細我是無論如何也說不清，我們不能決定任何事，無論被誰生下來並且在哪出生這樣的大事，還是學什麼，不學什麼這樣的小事，我們都無權決定。

不上學的日子眞好，你早上起來，看著窗外，心裏一片輕鬆，沒競爭和自尊的壓力，沒有想在同學面前顯露一下的骯髒心理，沒有，什麼都沒有。

我在這樣的情況下，忘了阿吉泰，也忘了王亞軍。

偶爾，我看到王亞軍從學校的樓裏出來，挺拔地走著，穿著還是那麼講究。他朝遠處走去，他是去幹什麼呢？在我們童年的內心裏總是會有這種疑問：這些大人，他們每天走來走去，他們倒底是在幹什麼？

9

湖南墳園成了我們的樂園。我們天天在打仗。

這種玩法現在說起來很沒有意思。一群男孩子分成兩邊。

分別躲在兩道圍牆的後邊，用石頭攻擊對方。我以爲我這一生都會這樣地打來打去，直到有一天我長大了，就跟大人們一樣，也開始走來走去。

李垃圾是靈活的孩子，他是唯一的一個敢在圍牆上抬起頭來觀察對方的人，因爲他機警，所以當對方的石頭扔過來時，他總是能看著石頭，閃過去。這一招別人不會，所以李垃圾成了英雄。可是英雄也有眼睛不好的時候。

李垃圾那天剛抬起頭，還沒有來得及觀察什麼，石頭就已經打在了他的左眼睛上，聽到哇的一聲，李垃圾大哭起來。

我吃驚地看著身邊用手捂著眼睛嚎叫的李垃圾，血從他的手指縫中滲了出來。

兩邊的戰鬥停止了，大家都圍著李垃圾。李垃圾疼得咧著嘴。

我說：「快送門診部。」

在門診部裏，我竟然意外地又看到了黃旭升。

她正在打針，看見她我眼睛一亮，已經有很多天沒有在樓裏再看見她了。從她成了現行反革命之後，神經就開始有毛病了，醫院檢查說她得的是神經官能症。在那些天傳說很多，有人說她會被送到大洪溝煤礦，有人說她會被送到南疆的巴楚縣去勞改，有人說她是小孩子，十五歲以下殺人都不犯法……

我說：「這麼久，妳去哪兒了？」

她說：「昨天剛從湖南老家回來。」

她問我：「怎麼了？」

我說：「李垃圾的眼睛被打傷了。」

她有些鄙視著我，說：「你還玩這些？」

我說：「那我玩什麼？」

她說：「我天天都在看英語課本。」

我說：「我的課本丟了。」

她說：「你爸爸不打你？」

我說：「妳爸爸才打妳呢。」她不再理我。

我知道自己說錯了，其實，我本來並不想提她死去的爸爸。其實，我想對她說：「學校都關了門了，還學什麼英語呢？」

我想了想，又說：「剛才我們在湖南墳園，我看到妳爸爸的墳了。」

黃旭升的眼睛裏立刻就充滿了不幸，她不說話了。

我去包紮室看李垃圾。

他的左眼睛上蒙著一塊紗布，在他臉上又恢復了那種興奮和輕鬆。

我站在一邊看著他。

他說：「看，有什麼好看的？」

我笑了，說：「看你眼睛瞎了沒有？」

他突然說：「我那天看見阿吉泰了。」

我的內心一顫，說：「阿吉泰？」

他說：「她的屁股更大了，好像個子也比原來高了。」

我說：「你在哪看見的？她在幹什麼？」

他說：「不告訴你，免得你要流氓。」我不吭氣。

現在回想起來，那是個非常重要的日子，因爲在那一天，幾乎讓我忘掉的阿吉泰又出現了。

我們離開了衛生所，在黃旭升憂傷的目光下，我挺直著走，就像王亞軍一樣。

我們回到了湖南墳園。

我們倆爬上了一棵歪扭的老榆樹上，坐在那兒，看著遠方的雪山。

我說：「阿吉泰不是去南疆了嗎？我聽說他去了喀什，她媽媽的老家。」

李垃圾說：「你是不是球漲了？」

我說：「你才球漲呢。」

他聲音自然地說：「我的球就是漲，每天早上，不到七點，我就睡不著了，我想起來阿吉泰，我的球就漲起來。」李垃圾說出了我的感覺。

跟他一樣，每天早上七點，甚至更早些，六點多鍾，我甚至還在夢裏的時候，就會有他說的那種感覺。烏魯木齊時間，比內地總是要晚兩小時，我說的七點，相當於你們的五點，六點相當於四點，以此類推，減去兩個小時。一個孩子，他在四點鐘的時候，就開始像大人一樣地出現黃色的夢境，這多可怕？

10

那天晚上，我失眠了。

在我的眼前總是出現阿吉泰，她的胸部，還有她的腰，她的皮膚。

我想著她，就忍不住地一直摸著自己的生殖器，我覺得只有這樣才舒服。

第二天，六點鐘，我就從睡夢中醒來，我發現李垃圾說得對，我們眞是一群球漲的孩子。

吃過早飯，爸爸媽媽剛走，我就朝商店跑去。

商店還沒有開門，我在很遠就看到了那兒圍著一群男孩子，他們有說有笑。

我湊過去時，李垃圾最先看到了我。

他說：「你來幹什麼。」

我說：「我，我買瓜子。」

他說：「你買球的個瓜子，是來看阿吉泰的嗎？」

我說：「你才是看阿吉泰的呢。」

孩子們都笑了。

商店門開了，我們衝進去，可是阿吉泰還沒有來。

我們無聊地在這個小商店裏閒逛。

這時，李垃圾指著一個玻璃做的器皿問我：「這是什麼？」

我說：「是吸奶器。」

他說：「吸奶器是幹什麼的？」

我對李垃圾說：「就是你媽生了你妹妹，她的奶太多，就跟牛奶太多一樣，就拿這個吸奶氣，把奶吸出來，不然，她的奶太漲，就疼。」

櫃檯裏邊的阿姨笑起來，說：「現在的孩子，什麼都知道。」

李垃圾說：「你媽的奶才漲呢。」

阿吉泰就是那個時候出現的，她從裏邊的門走出來。像陽光一樣照在商店裏。

我們這些小男孩兒都呆住了，全都看著她。

我發現在所有這些男孩子裏，除了像我和李垃圾是一個班的，還有別的班的，還有外校的，大家都湊在這兒，假裝看著商品，卻把另一隻眼睛投向阿吉泰。

阿吉泰走過來，她似乎認出了我，說：「你來買東西？」

我一時不知道說什麼才好，張著嘴，半天還是呵著。

阿吉泰笑了，說：「你英語學得怎麼樣？」

我說：「國際音標都學了。現在忘光了。」

她說：「我聽說學校又要上課了，你們又能學英語了。」

我沒有心思聽她講學校的事，我只是注視著她的臉。我不知道自己爲什麼會那麼大膽地看她。

阿吉泰似乎有所感覺，被我這個孩子看得竟有些臉微微紅起來，然後她又重複著說：「聽到了嗎？學校又要上課了。」

在那時，我的眼睛裏只有阿吉泰一個人，李垃圾和所有的其他男孩子都在瞬間消失了。我的眼中只有這一個阿吉泰。儘管她是一個大人，而我是一個孩子，但是異性的吸引沒有大小，這是永恆的眞理。

眞理就是眞理。阿吉泰就是阿吉泰。

第五章

1

秋天來了，我不知道該怎麼樣形容烏魯木齊的秋天。

紀曉嵐在他著名的《閱微草堂筆記》裏是這樣形容的，他說烏魯木齊的水很甜土地很肥，出北門幾里地就是湖南墳園。

其實，我很早就發現了我現在所寫的這個地方與紀氏在百多年前的筆記中所寫的……是同屬於一個地方。

他那時住在閱微草堂，他家幾乎就在烏魯木齊河旁邊，在這樣的秋天裏，鑒湖水中的倒影全是燦爛的金黃色，他在湖邊散步的時候常常像屈原一樣地在水裏照照自己的面容。他會發現自己有些老了，前途如何不知道，他最關心的是老闆是不是還會想念著自己，就像他紀曉嵐沒有一天不在想念著老闆，並等待著老闆的召喚一樣。他的期待讓他內心隱隱作痛，水裏的影子更顯得濕淋淋的，他的目光有些模糊，因爲水面始終在顫動，讓陽光變成碎片，斑斑駁駁，把天山高貴的輪廓攪得如同被這個世紀污染的一號冰川。可是，當紀昀舉目望去時，滿目的金黃色讓他安慰，他會對自己說也許你來的這個地方還眞不能說是世界上最差的地方了。因爲有鑒湖，有烏魯木齊河，還有湖南墳園……所以這些東西都在滋潤著他的生命，讓他在這兩年裏的心靈得到調整，於是花花世界和老闆一起都變得遙遙渺渺。他生活在烏魯木齊的時候可能心情眞是又壞又平靜。壞的是自己被老闆扔了，平靜的是，他可以像我一樣天天寫作。

這麼說吧，我和紀氏在那樣的地方同住，我們是鄰居。

紀曉嵐是我的鄰居，而王亞軍是我的老師。

我是想說，有這樣兩個人給我的精神墊底，那麼此生在這個世界上，還有什麼問題是我想不通的呢？

2

王亞軍再一次朝我走過來的時候，我甚至沒有看見他。

學校的大門終於打開了。我從正門走進去時，稍稍感到有些異樣。在這些天，從來都是只開靠近小樓那邊的一個側門，那些還住在裏邊的老師們都是從小門出入的。我進了大門口的廳，上了幾步臺階，然後走在了水磨石鋪就的過道裏。地面閃著光，幾何圖形和多種色彩被踩在腳下時，讓我有了一種走進殿堂的感覺，那種感覺讓我想起我卑微的父親，而且我認爲他很偉大。從湖南墳園的陽光下跑著衝進了學校裏那狹長陰暗的過道裏，任何人的眼睛也適應不了。我的面前總是模糊，泡沫斑爛的色彩像是風中搖晃的青苗，它們時隱時現，使我像是瞎子一樣地總是怕前方會碰著頭，那種感覺又使我想起了我偉大的父親，而且我認爲他很卑微。

夏天讓我的皮膚變得黑了，也奪去了我頭腦中幾乎絕大部份英文的單詞甚至於我在春天裏已經完全掌握了的國際音標。

想想眞是有意思，有時候你在春天裏得到的東西，還沒有經歷秋天，僅僅是在夏天裏，就丟失了。

當我最終認出了那就是王亞軍的時候正有一絲陽光從廁所開著的門裏射進來，把學校陰暗的走廊照亮，這種感覺讓我的記憶總是出現問題，也許陽光不是從廁所進來的，而是從王亞軍身上發出的，王亞軍像太陽，照到哪裏哪裏亮，哪裏有了王亞軍，呼兒害喲……他從黑暗的盡頭朝我走來，他走得很快，就像是要參加節日的慶典。

我走到他跟前時，有些靦腆，想躲過去，我擔心他已經不認識我了。

其實，小人物們常常誤解了大人物的記憶力，以爲他們是眞的記憶力不好了。不對，只除非他壓根就不打算再認識你，否則，他是不會忘了你的，就像是你也沒有忘記他一樣。我們原諒大人物記不住我們，是因爲我們懦弱，恐懼，還有，那就是我們與他們之間距離遙遠，就像是你把自己的一隻腳浸泡在春天的烏魯木齊河裏，那種冰涼讓你想起了他遙遙的源頭是天山深處的冰山一樣。他看看我，匆匆的腳步緩了下來，然後，他站住了。

不知道爲什麼，許多年之後，每當我想起來他停下的一瞬間，他的頭髮在晃動的刹那，我都會非常地感動。他眞的可以不認識我，就像是這個世界上從來沒有過一個大人跟一個孩子曾經有過對話一樣。就像是他身上的香氣從來沒有感染過那個孩子，讓他止不住地面對一個男人覺得自己骯髒。

他看著我，似乎在判斷我還記不記得他是我的英語老師。因爲時光過了一個季節，那可是整整的一個夏天。因此，我由於緊張和羞怯，而根本不敢叫他一聲老師。

我們就那樣地站著，有好一會兒，他才說：「復課了，你高不高興？」

我說：「我們還學英語嗎？」

他說：「我還是你們的英語老師。」

他的身上仍然散發出香水的味道，他說話時還是那樣地看著你，就好像他剛認識一個有意思的人，他顯得很興奮，精神很好，兩眼亮晶晶的，就像是在晴朗夜晚空中的星星，又像是天山上閃著遙遠光亮的石頭。

我今天幾乎很難想像一個大人會像他這樣，即使是在一個孩子面前，他也老是挺著，他累嗎？他的興奮是從哪裏來的？他始終在微笑，穿的乾乾淨淨，褲縫筆直，在豎直的衣領上露出一點點白色的襯衣。他總是這樣目的是什麼？是因爲愛情嗎？

老師的世界對於學生而言永遠是神秘的，成年人每天作的事情，是一個男孩子根本無法想像的。也許，他眞的是爲了愛情，在他附近有一個女人，他因爲愛她而每天都讓自己通體乾淨，散發出香氣。也許他沒有目的，僅是一種習慣，有的人天生愛洗澡，而有的人不愛。

我說：「我已經忘了國際音標了。」

他說：「全都忘了？」我點頭。

他說：「一個都記不住了？」我猶豫了一下，仍然點頭。

他堅定地說：「不要緊，我們再從頭學。」

3

教室裏再次充滿了歡笑，所有的人都像是剛度完假，從外地回來一樣，朝氣蓬勃，臉上長滿了陽光。

我們很快就把丟失的英語單詞撿了回來，學過的音標才不到一個星期就已經全部恢復了。我發現自己又能學著林格風的唱片一樣誦讀課文，王亞軍有一種豐收的喜悅，當場表揚我說：「劉愛有一種紳士風度，男生應該像劉愛一樣。」

班裏很靜，大家都忍不住地看起我來，紳士這個詞用得眞是太新鮮了，要知道那可是在烏魯木齊。

王亞軍在黑板上寫了「紳士」這個詞，然後又寫了英文的「GENTLEMAN」，他領著大家讀了幾遍，說：「紳士就是有教養的男人。」

我發現從那天之後，當我模仿著唱片上的口氣說英語時，大家已經不太笑了。

黃旭升明顯地對我產生了更多的尊敬。

只有李垃圾一個人，他還在故意笑，他甚至於當著全班同學的面，說：「你看他那個球樣子。」

我停下來，看著他，然後想了想，又開始繼續讀課文。

下課了，李垃圾在過道跟大家說阿吉泰，他說得自己神采飛揚：「阿吉泰下班了，我知道她每天在幾點下班，我在門口等她，那天等了半天，還不見她出來，我就進去了，她正在裏邊換衣服，她看見我，也沒有讓我出去，在商店後邊的院子裏，她穿得少，換襯衣的時候好只穿一件背心，我進去的時候，她正在穿，她把胳膊抬起來時，我看見她的那兒——」

李垃圾說著指指自己的腋窩，說，「就是這兒，我發現她那兒的毛特別長。反正比我姐姐和我媽的都長多了。」過道裏圍著他的男生們都大笑。

李垃圾說：「笑球呢，你們不信？」

有人說：「說，誰不信了。」

李垃圾繼續說：「阿吉泰看見我，對我說，『你們學英語學得怎樣了？』我說，球，英語沒球意思，還不如維語呢。她就笑了。又說，英語課——」

武光打斷李垃圾，說：「別老說球英語了，說阿吉泰，她沒說讓你跟她一起走？」

李垃圾：「當然說了，你們猜她跟我說了什麼？」

大家等待著，懸念產生了，李垃圾突然把聲音壓得很低，他有意看看周圍，然後悄悄地吐出了一句話：「她說，晚上你上我房子來，我房子就我一個人。」

大家哄的一聲笑了，都說李垃圾吹牛。李垃圾臉紅了，說：「愛信不信。」

我就是在那時走到了李垃圾的跟前，李垃圾看著我。

我說：「誰那個球樣子？」

李垃圾說：「你那個球樣子。」

圍著的一群男生看我有些急了，氣氛立刻變得緊張起來，大家閃開了，圍成了一個圈，把我和李垃圾擁在了中間。

李垃圾笑著說：「你看你念英語，那個球樣子，有哪個兒子娃娃像你那個球樣子。」

我感到自己有些無地自容，他的態度更進一步地激怒了我。

李垃圾說著開始學我，他學得很像，他竟然能把課文中的幾句話背下來，他太有模仿天才了，而且，他的記憶力極好，直到現在我都在想，李垃圾如果好好學英語，那他一定能成爲今天最好的外語節目主持人，他在學我的時候，已經顯示了他的字正腔圓，當他說：「There is radio on the desk」時，連讀，起伏竟然都跟我一樣，甚至於連我緊張時候的喘氣，都學得比我更誇張，卻又有我很標準的影子。

大家笑得更加開心，而這時，竟然連在一邊跳繩的女同學們也圍了上來，並一起笑。

李垃圾又開始學我擠眼睛，他每眨一次，大家都笑一次。

我看著他，猛然地抬手朝他的臉上給了他一拳。

李垃圾先是一楞，接著他明白了，先是捂了一下臉，接著就毫不遲疑地朝我撲過來。我們倆抱著，一直滾到了地上。

我們互相撕打著，最後當被班主任郭培清拉開時，我們的臉上竟然都是血。

郭培清讓我和李垃圾去廁所洗乾淨。

我們來到了廁所裏，我們不說話。

這場架反映出我和李垃圾的實力差不多，誰也不可能占更大的便宜。不像今天的美國和伊拉克，開始就能分出勝負。洗乾淨後，我們被叫到了校長辦公室。

還是那個校長，他正坐在那兒抽著一支煙，並看著一張人民日報，上邊的社論在吸引著他，他對身邊的老師說：「沒有錯，細細想想，法權思想很多人都有，就連我也不能例外。全面專政也提得很好。」

郭培清說：「校長說得對。」

校長：「什麼說得對？」

郭培清：「法權，還有全面專政。」校長笑了。

我和李垃圾站在他跟前好久，他才看了我們一下，當他仔細看清是我時，臉上出現了異樣的表情，他對身邊的郭老師說：「你先去吧，我跟他們談談。」

李垃圾看著地。我看著天。

校長說：「是你，你們打架？」

李垃圾說：「校長，是他先打我的。」

校長說：「閉嘴，我還沒有問你呢。」

李垃圾低下頭。

校長問我，說：「他說你什麼了？」

我看著校長說：「他說看你那個球樣子。」

校長像是挨了罵一樣地被激怒了，說：「李建民，你是這麼說了嗎？」

李垃圾說：「校長，我沒有說你那個球樣子，我說他那個球樣子。」

校長一拍桌子，吼道：「說誰也不行。」

李垃圾跟我都沉默著。

校長想了想，對李垃圾說：「你先回教室去，寫檢查，要寫得深刻，要觸及靈魂。」

李垃圾朝外走，到了門口，突然轉身回頭，看著校長，說：「校長，靈魂是啥？」

校長想說什麼，靈魂……他憋了半天，才說：「你先不要管靈魂是什麼，先回去寫檢查。」

李垃圾終於委屈地走了。

我當時也在想，靈魂是什麼？爲什麼要觸及靈魂？

校長卻對我溫和了許多，他說：「你坐下，劉愛，你是叫劉愛嗎？」

我點頭。

他開始抽一支煙，然後問我：「你媽最近好嗎？」

我楞了一下，他竟然會問我媽。他看著我，似乎在等待著回答。

可是，我又在想，他問我媽，爲什麼不問我爸爸？他心內心有鬼。

他狠狠地抽了一口煙，說：「你，你爸爸好嗎？」

我說：「不知道。」

他停了片刻，又問：「你媽最近在設計什麼？」

我想起來媽媽每天都在設計的圖紙，就說：「防空洞。」

校長說：「防空洞一定要修好，有你媽設計肯定不會差。不過，也是大材小用了。對了，聽說你在班裏有時很驕傲，還有愛出風頭的毛病？」

我不吭氣。

校長說：「謙虛使人進步，驕傲使人落後，要跟同學搞好關係，不要驕傲，特別是不要總想著出風頭，我聽說你爸爸就愛出風頭，結果怎麼樣？反動技術權威。」

我還是不說什麼。

校長問我：「我苦口婆心地對你說這麼多，聽見了嗎？」

我仍是不說話。

校長再次狠狠地抽了兩口煙，說：「你回去吧，對你媽說校長問她好。」

我出去時，李垃圾竟然還沒有走，他對著我笑了，顯然，他不是一個記仇的人。

我也忍不住地笑了。

他說：「校長跟你說了些啥？」

我說：「沒啥。」

李垃圾說：「沒啥？我都聽見了，他說要問你媽媽好，怪了，爲什麼不問你爸爸好，偏偏要問你媽媽好？」

我說：「不知道。」

他說：「讓你寫檢查了嗎？」

我說：「沒有。」

他說：「那爲什麼要讓我寫，還要觸及靈魂。」

我們開始朝班裏走去，過道幽深漫長，我又一次地想起了李垃圾問的那個詞：「靈魂是什麼？」

4

黃旭升還是坐在我的身邊，她已經完全正常，眼神裏又全都是聰明和幸福，她的爸爸已經被人們忘記了，甚至於連她好像也都忘記了。你就是偶爾讓她想起自己伸出舌頭嚇唬人的父親，她也不會對你生氣，更不會哭。

她媽媽又爲她找了一個後爸爸，據說她後爸對她挺好，李垃圾甚至從玻璃窗外看見她每天吃完晚飯都會坐在自己的新爸爸的身上。顯然，她是幸福的。

但是，對我來說，黃旭升最大的威脅不是別的，而是她正常了，那她就構成了我的最大的競爭對手，很有可能英語課代表會讓她拿走。我們不能忘記歷史，我的音標還是她教的。

王亞軍沒有立即確定自己新的課代表，他似乎有些猶豫，又在選擇。他的這種曖昧讓我想入非非，我期待著這次的機會能降臨到我的頭上。有時，他在帶領我們讀課文時，眼光偶爾朝我這兒看一下，就會讓我感到自己有希望。

現在想想眞怪，我眞是一個熱愛文明的孩子，當別人對英語不感興趣的時候，我就想學好，而且，從小我就是那麼渴望權力，當不上班長，也想當課代表。特別是英語課代表，我爲什麼會那麼渴望？是因爲我對英語這種語言天生有一種好感嗎？那些遠在天邊的美國人和英國人應該高興了？一個在天山腳下，烏魯木齊的孩子在他童年時那樣的年代裏，竟然喜歡這種語言，這是什麼原因呢？英語是靠什麼力量征服我們這些在迷矇中的孩子的？

有那麼些天，王亞軍總是自己回去拿留聲機，他即不叫黃旭升幫忙，也不讓我。

我在細細地觀察著黃旭升，發現她似乎並沒有爲此而傷心，可是，我卻不一樣，我很傷心。我渴望幫著他拿留聲機。我這是爲什麼？是因爲想學英語的激情在燃燒嗎？還是我就是想到王亞軍的宿舍裏去轉轉？

我有時會到王亞軍的宿舍外邊徘徊，期望碰見他，並對他說：「讓我當課代表吧。」

上學的日子總是漫長而無奈，只有英語課除外。

有一天，我在班裏突然舉起了手，當站起來後，全班的人都在注視著我，以爲我又要出什麼風頭了。王亞軍看著我。

我問王亞軍，我說：「在英語中，靈魂這個詞是怎麼發音的？」

王亞軍一楞，脫口而出：「SOUL」。

我又說：「是什麼意思？」

王亞軍顯得有些驚訝，反問我：「你是說 SOUL 嗎？」我點頭。

全班靜下來，連李垃圾也靜了下來。觸及靈魂這個詞每天都在折磨著我們。我們共同產生了一個疑問：「What is soul?」

王亞軍看著我，當他發現我們都是認眞的時候，他的喘氣漸漸變得平穩了，他說：「讓我回去查查，這個詞我也想過多次，我要好好查查，再想想。」

6

放學時，我跟黃旭升走在一起。

她突然說：「你是不是特別想當英語課代表？」

我點頭。

她笑了，說：「男生裏邊還沒有像你這樣的人。」

我楞了，我沒有想到她會以這種方式表達自己對我的不滿。

她說：「你仔細想想，男生裏有沒有像你這樣的人？你和大家不一樣。」

我說：「我爲什麼要和他們一樣？」

她看看我，突然說：「長大以後你想幹什麼？」

我說：「幹革命。」

她又笑了，說：「人家沒有問你這個，人家眞的是問你想幹什麼？」

我說：「聽我們樓上的嘎哩哩說，車床工挺好的，晚上八個小時以後，是你的自由。」

她說：「那學英語就沒有用了。」

我想了想，說：「那你想幹什麼？」

她說：「我想像你媽那樣，當一個女設計師，我最喜歡你媽媽的樣子了，比我媽文雅多了，她在外邊總帶著微笑，跟別人說話也聲音很小，她不急，還有你媽穿衣服，也跟一般人不一樣。我聽說你媽原來在大學是校花，你爸爸到學校講課認識的你媽，他們是師生戀，是嗎？」

我楞了，說：「我不知道，誰告訴妳的？」

黃旭升說：「我媽說的，我覺得我媽嫉妒你媽。」

我說：「我媽在家裏跟在外邊不一樣，她經常對我發脾氣，妳長大了，別跟我媽一樣。」

黃旭升楞了，說：「那跟誰一樣？」

我說：「跟阿吉泰一樣。又漂亮，又溫和。」

黃旭升說：「阿吉泰對你們男生溫和，對女生不怎麼樣。不像王亞軍，對男生對女生都一樣。」

我說：「還是對女生更好些，他給你單獨補課，就沒有給我補過。」

黃旭升已經對這個話題不感興趣了，她突然想起什麼，說：「我去湖南之前，有一天晚上在校長辦公室看見你媽了，我媽帶著我去找校長請假，敲了半天門你媽才從裏邊出來，我看見你媽好像哭了，臉很紅。你媽平時臉都很白的。」

不知道爲什麼，黃旭升這話突然讓我感到不舒服。儘管那時我才十二歲，但是，我隱隱感到媽媽與校長之間似乎有些什麼。有什麼呢？我不願意多想了，即使是那時的我，也知道男人與女人單獨在一起時，可能會發生什麼事。

她說：「你不高興了？眞的，我沒有騙你。第二天我就想告訴你，可是，我第二天就去了醫院，以後回湖南了，就忘了。」

我說：「你會當英語課代表嗎？」

她說：「我想當，王老師想讓我當，我媽不讓，我媽說王老師像流氓，大城市來的人思想品質都不好。」

我不想說話了，心裏更加不高興。

黃旭升看看我，說：「我跟王老師說說，讓你當，好嗎？」

我的眼睛裏刹那間發出了光輝，我抬起頭，看著黃旭升，說：「眞的？」

她點頭。

7

爸爸打開了收音機，他一聽見是一個女人在唱京戲，就氣急敗壞地把收音機給關了。

媽媽說：「你換個台，聽聽新聞。」

爸爸說：「有什麼新聞？都是那一套。」

媽媽說：「你別總是當著劉愛說這話，他出去胡說。」

爸爸不吭氣了，他拿出來自己當年設計民族劇場的圖，開始抽著煙自我欣賞。

媽媽鄙視地看了他一下，其實媽媽過去也曾多次跟他一起欣賞這幅對他們而言的傑作。那時，她這個比爸爸小十多歲的建築系的學生總是用崇拜的目光看著他的。眼前的這個男人，雖然不是什麼達官顯貴，可是他有魅力，他懂得音樂，更懂得建築，他也懂女人，他能長時間地跟類似於媽媽這樣的女人說起普希金，要知道劉承宗是能夠背誦詩歌的人。媽媽當時在他言語中那種特殊的音樂味裏激動，與他一起騰雲駕霧。

媽媽此時看著自己的丈夫劉承宗，眼光中有明顯的不滿與輕蔑，敏感的父親早就能意識到那種眼神的可怕，但是他儘量裝作不知道。媽媽在爸爸吐出的煙霧中故意咳嗽起來。她有意識地顯示出很嗆的樣子，爸爸抬起頭，看了她一下，仍然看著自己的圖紙，並說：「我爲什麼會有這樣的才能？爲什麼？在我今天看來都是那麼不可思議。」

沒有人理會他，只是他自己在那兒說。

他又說：「我多麼希望再給我一次機會，讓我工作，我不求別的，就是讓我工作。」

其實父親天天都在工作，他在畫像，這是神聖的，他這樣說話無疑是反動的。

他卻還在說：「可是，我現在沒有工作，我天天畫著愚蠢的東西，就像上刑一樣。」

母親顯得有些絕望，她看看我，又起身看著窗外，並把窗戶打開，外邊的喧嘩聲傳來，是高音喇叭在響，純正的普通話從遙遠的地方傳來顯得有些含糊其辭。但是，足以淹沒父親像傷感女人一樣的自言自語。

父親可能有些嫌吵，他抬起頭來，看看窗戶，又看看媽媽，然後他把頭低下來，繼續看圖，但是他的眼神也有些可怕，那種亮光明顯閃了一下，這是一個信號。可是，媽媽並沒有把窗戶關上，她等待著爸爸說什麼。可是，爸爸什麼也沒有說。

媽媽顯得有些無奈，就也拿出了自己正在設計的防空洞圖紙，開始看起來，她邊看邊說：「湖南墳園這塊過去一直是濕地，地下水太多，要把防水作好。」

爸爸不理她。

媽媽對他說：「你說這種土質在結構上怎麼處理才更節約一些？」

爸爸不屑於去談什麼防空洞，說：「好了，不要拿防空洞來折磨我了。」

媽媽說：「怎麼是折磨？防空洞是爲了打仗時保護人的生命，也是有價值的。」

爸爸冷笑起來，那聲音像是喜鵲在叫一樣，他說：「打仗？天天都說打仗？跟誰打？跟蘇聯？挖什麼防空洞，勞民傷財。節約什麼？天天都在像犯罪一樣地浪費，還說要節約。」

媽媽不理他了，她放下圖紙，去打開收音機，他開始聽京戲，並學著唱了起來，媽媽有很好的音樂感覺，她學得很像：「我年齡十七不算小呀呵，爲什麼，不能幫助爹爹操點心，好比說，爹爹的擔子有千斤重……」

爸爸突然再次笑起來，說：「妳十七？妳還十八呢。」

他說完，就衝上去把收音機再次關掉了。

我以爲媽媽會再開開，可是她沒有。

餘下的就是最沉默的時間，有很久誰都不再說一句話了。

我在拼著英語單詞，當拼到母親這個詞時，我輕聲念了一下：「MOTHER」，然後突然想到了什麼，對媽媽說：「媽，校長今天讓我問妳好。」

媽媽的臉在瞬間就變得不自在了，她看看我，說：「嗯，好，你繼續學英語吧。」

爸爸卻突然站了起來，他看著我，忍了好半天，可還是走到了我的身邊，對我說：「你在哪兒看見的校長？」

我說：「在校長辦公室。」

他說：「你到校長辦公室幹什麼去了？」

我猛地緊張起來，猶豫著，不想說眞實的原因。

爸爸走得離我近了。媽媽也緊張得朝我這邊靠著。

爸爸再次說：「你到校長辦公室幹什麼？」

我說：「我，我打架了，我今天念英語……」

我的「英語」兩個字還沒有落地，父親仇恨的手就朝我打來，他狠狠地打在我的脖子上。他打完了第一下，又打第二下。

我沒有躲閃，心中只有委曲與仇視，我盯著父親，狠狠地看著他，儘管他打我打得很疼，我也仍然看著他，我想起了烈士們面對敵人的樣子，內心充滿了對抗到底的決心。

父親眞的被大激怒了，他跳起來，始在屋內尋找可以打人的東西。父親不善於打人，他在我小的時候，從來沒有打過我，他本身是一個溫文爾雅的知識份子，但是今天他簡直是想殺人了。

他在屋子裏轉著，像是在跳舞，他的脖子上抽著筋，完全跟一隻公雞一樣地渾身上下的羽毛都在發著抖，他終於在床底下找著了一個雞毛撢子，那撢子上的金紅色的美麗的毛在像風中的晴蜓一樣地在飛翔。父親拿著它就像是拿著兇器，朝著我撲了過來。

我突然也衝過去，抓住他手中的雞毛撢子，說：「你如果再敢打我，那我就去告你，說你……」

父親楞住了，他看著我，說：「你說，我我說什麼，你說？你告我什麼。」

我說：「我就說你說，你每天畫的都是愚蠢的東西，像上刑一樣。」

母親突然衝過來，朝我臉上猛地打了一巴掌，她打得非常狠，就像打蒼蠅一樣，只聽啪的一聲，屋內回音蕩漾。

父親驚訝，不解，委屈，恐懼地看著我，就好像他是第一次見到我這個人。

媽媽費勁地挪過來，擋在我和他之間，乞求的目光看著父親，說：「要打就打我吧，別打他了。」

父親的手高舉在頭上，他看著母親，自己的嘴唇卻在顫抖，眼淚一直在眼眶裏閃，像一個高明的演員一樣地沒有流出來。

我撫摸著自己的脖子，感到很疼。但是我沒有再看父親一眼。

8

也就是在那時，突然有人敲我家的門。

黃旭升正在外邊高興地喊我。我沒有動。

只聽見外邊叫著我的名字，並喊著：「快開門，有事告訴你。」

我有些害怕父親再次咆哮，但仍去開了門。

黃旭升與我一起站在過道裏，她走近我一看，說：「你的脖子怎麼被打破了？」

我不吭氣。

她說：「王亞軍老師說讓你去他那兒拿留聲機，他同意讓你當課代表了。」

我看著她，卻高興不起來，父親的神經質與母親像小偷一樣軟弱的表情老是在我的面前晃動。

這時，父親突然出來，要拉我進家門。我堅持著不跟他進去。

他無奈而絕望，竟然衝著黃旭升喊叫：「妳以後不要再到我家裏來了。」

母親也衝了出來，她對父親說：「你怎麼能對別人家的孩子這樣呢？」她說著溫和地看著黃旭升，並用手輕輕摸摸她的頭髮，又回頭對我說：「劉愛，回家。」

黃旭升看著父親發紅的眼睛，有些不知所措，她微微張著口，就像是眼前的這個男人不是我那麼體面，教養的爸爸，而是一隻貓頭鷹。

媽媽這時先是把父親拉進了屋子。

我不好意思地看看黃旭升，說：「妳先回去吧。」

黃旭升看看我，說：「你們家怎麼了？」

我不理她，進了屋，關上了門。

屋裏的沉寂讓人難受，這時，外邊再次有人敲門。

爸爸媽媽抬起頭，互相看了一下，顯得有些緊張。

我是眞的渴望現在家裏邊能來人。

但是，爸爸媽媽誰也不說話，他們想裝出家裏沒有人的樣子。

門仍然在被敲響，而且越來越重。

爸爸說：「是不是黃旭升她媽媽找來了，那我就向她母親道歉。」

這時，一個男人的聲音喊起來：「劉承宗，劉總。」

爸爸楞了，現在的人能叫他劉承宗就已經不錯了，還叫他劉總，那是總工程師的時代，這個人是不是發瘋了，他來自天外。

媽媽也顯得有些糊塗，她看看爸爸，看看我，然後去開門。

9

進來的是范主任和一個解放軍。

范主任介紹說這是馬蘭基地的領導。他們在家裏坐下。

范主任看見了扔在地上的雞毛撣子，又看看媽媽臉上的淚痕，再看看我的表情，說：「夫妻吵架打孩子了？就是嘛，別人都說咱們這些知識份子文明，家裏不吵架，跟工人農民不一樣，其實有什麼不一樣，吃的都是五穀雜糧，穿的也都是棉布，我經常開玩笑說，我和工人農民早就打成一片了。哈哈哈哈。」

解放軍也跟他一起笑起來，說：「不過老范，你們這些知識份子吵架和我們這些當兵的是不一樣，你是北大畢業的吧？」

范主任說：「不，說起來不好意思，是清華。最早是美國鬼子辦的學校。起來眞是不好意思，當時就想考高分，結果就考了高分。當時還自命清高，現在想想，眞幼稚。我們眞是要好好改造思想。」

解放軍說：「都是爲人民服務，范主任，你也不要總是自責。好了，跟劉總說說吧。」

范主任認眞起來，他的表情讓我再次想起了那天打爸爸耳光的時候，他說：「組織上有個決定，昨天就想告訴你，可是沒有時間。簡單說吧，基地要蓋試驗大樓，需要總工程師，你劉承宗即懂建築，又懂結構，所以我們選定的是你，你有經驗，又是技術……現在不能說再說什麼技術權威了……」

解放軍這時突然嚴肅地說：「但是，我們也需要技術。」

我在一邊聽著，從那時起，我對解放軍的印象就永遠是很好，他們天生不是爲了打仗的，他們天生是來作好事的。他們在今天抗洪，明天地震救災，當年他們進了我們家，我們家就得到了解放。

爸爸開始變得不知道如何是好，他雙手時而互相搓著，時而他又站在那兒來回搖晃，他想爲他們倒茶，家裏卻又沒有茶葉了，他顯得著急。

范主任笑了，說：「劉承宗是個書呆子，他就是這樣。」

解放軍也笑了，他說：「我們就需要這樣的人。」

媽媽只能爲他們倒了杯白開水。

范主任說：「你去了基地，一切待遇都按照部隊的，工資，服裝，還有補助的白沙子糖，每月一斤清油。」

父親的眼神裏湧出了無限的希望，他問他們：「試驗大樓的建築和結構都由我負責？」

解放軍和范主任都點頭。

我這時看著爸爸，突然又覺得他很偉大。

爸爸眼睛裏漸漸地顯現出感激的光輝，他說：「謝謝組織上對我的信任，可是我有一個要求。」

解放軍說：「什麼要求？家裏有困難儘管提，我們部隊儘量幫你解決。」

爸爸臉上產生了像革命烈士就義前的微笑，他說：「我要求不給我任何待遇。只讓我工作。」

許多年都過去了，父親的話此時此刻還是像寒冷的北風一樣地從很遠的地方吹過來，它們盤旋在我的書桌上，把我的紙和筆都吹得來回動著，使我抑制不住它們的抖動。

爸爸的嗓音在顫動：「讓我負責整個大樓。」

整個大樓。整個大樓……

10

深夜裏，我被一種聲音從睡夢裏吵醒。再次聽見了父親母親的大床發出的吱吱扭扭的聲音，先是媽媽叫，然後是爸爸叫。

然後，我聽見爸爸對媽媽說：「我這輩子不求別的，就想一直工作到死。我就是累死，也要死在自己的辦公桌上。」

媽媽笑了，那笑聲在我聽來無論如何都顯得有些淫蕩，她說：「那我一定要想法爲你買一張新辦公桌。」

爸爸咳嗽起來。那是幸福的咳嗽。

第六章

1

王亞軍正對我解釋著靈魂這個詞。

那是在我爲他把留聲機送回了宿舍之後，我正想離開時，他讓我先不要走。

然後，他說：「你們不是想知道『SOUL』這個詞嗎？」

我一楞，先是不解，然後漸漸明白了，我都忘了，過了兩個月了，可是他竟然還記得。

其實，我現在並不關心這個詞了，我們當時的好奇與這個詞本身的意義在今天，在昨天看來都是不同的。

他的語氣很重，就好像這是個很大的詞，他的態度嚴肅，就好像如果不以這種面目對待，他王亞軍就不是他了。

而我那天恰恰有些疲倦，總是想打哈欠，卻又不好意思張嘴，我是一個愛面子的男孩子，不能對像王亞軍這樣的人沒禮貌。

他說：「你好像精神不好？那以後再說吧。昨天晚上沒早早睡覺，你幹什麼了？」

王亞軍只是隨便一問，可是，我卻不知道該怎麼回答他。

昨天晚上我去幹什麼了？說來不好意思。我竟然悄悄地跟蹤我自己的母親，我對她的懷疑天天在加重，特別是父親離家去基地的這三個月裏，我總是覺得母親有些怪異，她甚至於在某一個晚上穿上了她多年不穿一直放在箱子裏的高跟鞋。父親不在，她穿給誰看呢？

母親出門時，讓我早早睡覺，她態度溫和，剛梳過的頭有些濕。我似乎感到了她身上也有某種香水的味道。

我說：「妳幹啥去。」

她說：「有事。」

我故意裝著沒有看她穿著的高跟鞋，但是，那鞋像是月亮一樣地閃著光。

她說：「媽媽一會兒就回來。」

我點頭。當她一出去，我就立即伏在了窗前，看著她出了單元門，然後朝學校的方向走去。我也下了樓，並遠遠地跟在了她的身後。

進了學校的大門時，我有些猶豫了，我這樣作好嗎？但是，高跟鞋的聲音從遠處傳來。那是說明媽媽已經上了樓，朝二樓的某個角落走去。

我跟在後邊，在昏暗的過道燈光下，看見媽媽修長的身影正在搖晃，她的個子比以往任何時候都要高。她本身就是一個高個子女人，現在穿上了這雙鞋，就顯得更高。在夜色裏，別人是不會注意她穿著高跟鞋的，在那樣的年代裏，她竟然穿上了這種鞋，她眞是瘋了。

母親走得漸漸快了，當她走到了校長辦公室門前時，腳步竟然停了下來。然後，母親還沒有敲門時，那門就開了。我聽見了校長的聲音：「怎麼才來，我剛才已經在樓下等妳半天了。」門關上了。我悄悄地到了門前，仔細地聽著裏邊的動靜。

母親說：「這鞋好看嗎？」

校長不說話。

母親說：「你那麼著急幹什麼，我就是因爲要找這雙鞋，才這麼長時間。」

然後，沒有人再說話了，似乎聽到裏邊的地板上咚咚地響著，然後，就聽到了母親的呻吟聲。儘管聲音很小，可是我卻聽得淸淸楚楚。

我肯定能想像出裏邊發生的事，我應該喊叫起來，可是我呆若木雞。

許多年後，母親對父親懺悔，說她當時是被迫的，她是爲了保護我和父親。因爲反標是要槍斃人的。她說她雖然不乾淨了，但是卻是由於愛才這樣作的。

父親相信了她的懺悔，原諒了她，並更加尊重她，對她比一往任何時候都好。因爲在父親的理解中，母親雖然這樣作了，可是她的內心卻在滴血，一個女人在這種時候所受到的折磨，遠遠超過了她們在受刑時的程度，比如說江姐在監獄裏，別人拿針朝她的指甲縫裏紮，那不過是肉體上的疼痛，而母親卻受到的是精神上的催殘，母親承受的是我們這個民族的災難。

父親是個傻逼，他其實是個大傻逼。他被人騙了，並長時間地戴著綠帽子，卻還想著一個國家和一個民族的疼痛，你說他是不是個他媽的大傻逼？

爲了安慰父親，心疼他臉上一再增加的皺紋，我始終沒有告訴他，母親那天是穿著高跟鞋去的，母親在那些日子裏沒有被摧殘，她只是在享受。

母親在那個秋天裏，卻享受著春天裏的東西，她在三十多歲時，卻體驗著二十多歲的激情，這其實是我人生中最重要的秘密，今天我把它說出來了，不管你們這些內地人聽了這段故事之後，靈魂裏是什麼感覺，反正我這個新疆人烏魯木齊人是從靈魂裏開始輕鬆了。

2

一個人對他自己的母親這樣說三道四，眞是不好，很不好。

可是，故事就是在那個時候發生的，那個時候父親不在家，他已經走了三個月了。他經常給母親寫信，母親也經常給他寫信。這些信我以後也都看了，裏邊充滿思念，當然不能說那都是假話。但是，只是想問，如果你媽跟我媽一樣，發生了這樣的事情，你們會像我這樣說出來嗎？或者這樣說，通過對於一個像母親這樣一個被扭曲形象的描寫，道出了一個時代的非正常狀態，如果我沒有把它們定性爲那是一個民族的悲劇，你們會罵我嗎？那我能怎麼辦，我最好還是不說，讓它成爲一個永遠躲在墳墓裏的東西，就像是湖南墳園裏躺著的那些冤鬼，他們或者她們有多少有趣的，委屈的事？當時沒有什麼人說，以後只有少部份讓紀曉嵐給說了。

那是不是母親一生中最愉快的時候？

我不能隨便下這樣的結論，因爲她也是學建築的，她不如爸爸那樣出名，她清華大學畢業後沒有留蘇，她年紀太小，她只能作爲爸爸的學生輩，在爸爸大談自己的體會時，瞪著大眼看著爸爸，並且眼裏全是柔情和好奇，當然也有敬仰。她肯定當時就已經徹底地垮了，她知道自己愛上了這個有激情的老男人，儘管這個老男人也才三十歲多一點。其實母親那個時候正在與另一個女人暗中爭奪誰是校花，她善於在舞臺上詩朗頌，而還有一個女人，母親有她的照片，她善於在藍球上表現。其實那個時候已經不太說校花這樣的詞了，可是她自己卻偶爾津津有味地說著，就好像別人眞的在當時很關心她的風度與美麗一樣。其實，她長得比阿吉泰差得遠了。不過，那是我的標準。

總之，母親就是在那種心境下認識了父親，他像是英雄一樣地走過了自己的母校清華，同時，在自己的身後背著一個籮筐，母親只是跟在他的身後觀察了一小會兒，然後一陣風過，她與他開始相互致意，就被他裝在了身後的那個籮筐裏。她談不上狂熱，只是心裏覺得這個從新疆回來的男人身上有種大師的風範。不僅僅是因爲他的名氣，還由於他的品德。他在跟母親談起建築中的人性時，不光是說起了音樂，還說起了文學，甚至於哲學。他說了很多像母親這樣的女人根本沒有想過，也從來沒有注意過的名字。都是外國人。這是以後母親的日記告訴我的。

父親的成功是那天晚上，他把母親帶到了圓明園，在那幾塊象徵著中華民族無限恥辱的石頭上，父親向母親發起的進攻卻取得了偉大的勝利。他不光是親吻了母親的嘴，而且還差點把母親的褲子全扒下來。我在這裏用扒這個詞，無非是想說明大師的粗魯之處。在勝利旗幟的飄揚下，有母親的眼淚（那是一個少女的眼淚，一個女大學生的眼淚），還有她心中掠過的一絲陰影。她以自己敏感的內心體差到了父親粗魯或者說粗心的一面。

那時，太陽西下，山邊上一片火紅，當然，那是北京的山，不是新疆的山。新疆烏魯木齊比北京要晚兩個小時，圓明園裏將要進入傍晚了，夕陽已經像是將熄的炭火了，而我那天山腳下的老家還是陽光燦爛的時候。

母親在日記裏說，父親當時沒有太注意她的感受，使她感到了這個男人有些自我中心，他的激情有些自私。其實，她早已作好了準備，讓父親把她的長髮盤起，並為她作好嫁衣。可是，父親的手在朝她那兒伸的時候有些急，把她弄疼了。

然後，是長時間的接吻，其實，母親的日記顯示出了一個像她那樣的少女的自我中心和粗心，甚至於粗魯。

父親的日記裏，也清楚地記下了圓明園裏的那個傍晚。

爸爸作為一個進攻者，他似乎並沒有描繪太多的園內的景色，諸如夕陽呀，青草呀，他只是強調了自己對於跟母親頭一次接吻的失望。他說，沒有想到與她接吻是那麼讓我失望，濕漉漉的，遠沒有想像中那麼好，爲什麼在她的嘴裏會那麼濕，這是他想不到的，令他驚訝無比。然後，當他開始把手伸向母親身體深處的時候，母親開始反抗，他說自己最多只摸了一下，就想去洗手。

父親心中的陰影是那麼巨大，他的感覺並不良好，他的激情在那個時候已經受到了打擊。可是，母親卻只是想到了自己類似於失身的委屈，她眞是粗心，一點也沒有想到了另一個男人在與她頭一次接吻並摸了她的私處之後的委屈。

敏感的男人和敏感的女人彼此是那麼不重視別人的委屈，而只想著自己，這是不是他們在以後的日子裏特別需要思想改造的理由或者基礎。

然後，圓明園裏漸漸變得黑了，遊人都已經走了，只有熱戀中的父親和母親還呆呆地站在那兒，他們覺得有些冷，他們作完那事之後，有很長時間都沒有看對方的眼睛，好像是互相一看就都會變成瞎子。

他們兩個人都在日記裏寫下了晚上吃的是北京的炒疙瘩。上邊有一層油，而且油並不太新鮮。父親把母親送到了校園門口，他本來還要求把母親一直送到她的宿舍樓門口，但是，母親拒絕了，她的內心很亂，需要自己早點想想，她想獨自安靜一會兒。父親在回到自己的住處後，肚子不舒服，他拉稀了。

看來男人和女人的日記角度會經常不同，父親寫了自己肚子不舒服，晚上去了三次廁所，可是母親沒有寫。

父親和母親多年來恪守著一個規矩，他們都有自己的獨立空間，他們從來不互相看對方的日記。他們都有著自己的抽屜。而且，他們從不隨便打開，即不打開自己，更不會打開對方的。但是，他們以後有了我，一個他們愛情的結晶，是個男孩子，他長著母親瘦高的身材，有著她那樣白皙的像是女人一樣的皮膚，卻有著像父親一樣複雜的心腸。而且，這個男孩子從來不考慮父母的隱私權，他在很年輕的時候就打開了他們彼此的抽屜，把他們那點破事看了個夠，他作著這麼沒有原則的事情竟然絲毫不感到羞恥，沒有認爲自己不要臉，這是不是物種的退化？

一個人在小的時候會偷看很多東西，你沒有成人的權力，就只好在任何事上都當小偷。這幾乎改變了他的一生。其實那個時候很多孩子都是在這種情況下走路的，他們的一生就該那樣走，像小偷一樣走。

不要以爲我在這兒有多麼悲憤，想控訴那個社會，就像是今天的少年老是想控訴教育制度一樣，沒有，我沒有父親進攻母親的激情。我只是想說明自己是個小偷，因爲沒有很多權力，所以每樣東西你都必須靠偷才能獲取。

我想，偷這個詞是這部作品的關鍵詞之一，我不知不覺地把我故事流動的血液引向了這裏，是我的講述快成功了的標誌，記住這點很重要。我就從來都沒有忘記，我不能大言不慚地說，我曾爲偷而深深懺悔，但是我記住了那個字眼，就像是我記住了母親人生的汚點一樣。

她為什麼要去作那種事，就算開始是被迫，她為了救我和父親，因為反標的事情把我們家徹底壓垮了，可是，後來呢，後來她一次次地朝那兒跑，還能說是被迫嗎？再說，校長是她的校友，他跟母親同出自一所大學。儘管在學校裏他們並不認識，但是他們肯定用過同一個圖書館，甚至於借過同一部蘇聯人寫的小說。他們先後來到了新疆維吾爾自治區烏魯木齊市，他們都是這塊土地上的精英，校長是不是不那麼自我中心？他面對母親時內心的節奏是不是更讓女人感到能接受，透出了某種內在的文雅？於是母親在一種特殊的情境之下朝他那兒跑，並在夜色中在沒有人能看清她的情況下，穿上了高跟鞋，那時可是沒有人穿這種鞋的，大家都穿著膠鞋，布鞋，我甚至想不起來有沒有人穿皮鞋，當然，只有王亞軍除外，阿吉泰除外。

那天晚上，母親進家時，我裝著睡著了。她輕輕地走過來，站在我的身邊，看了我一會兒，那時她的身上香氣襲人，那是一種多年從來沒有在她的身上感受過的味道。在這種我十分排斥的香味之後，有一種我童年時那麼熟悉的皮膚的清香，這種躲藏在後邊的味覺讓我心酸不已。我害怕自己會忍不住地哭出來，就裝著對於燈光無限反感地轉了個身，繼續睡著。母親關上了燈，然後，她回到了自己的屋裏。我就是在那個時候下意識地摸了摸自己漸漸流出眼淚的臉。不能讓自己的母親看到自己流淚，而且，淚水裏蘊藏著許多對於這個叫作母親的女人的憂怨和茫然。

3

父親回來了。

他走在我們湖南墳園大院裏的路上，穿著軍裝，甚至還有領章帽徵。他穿的眞是解放軍的衣服，只可惜他沒有一點點那種風度。他的個子不高，戴著眼鏡，挺著脖子，背還有些駝。我想，有的人一穿類似乎於像軍裝這樣的衣服就會顯得威風凜凜，而父親則是相反，這種衣服幾乎把他壓得爬下了。

但是，父親的臉上是充滿驕傲的，很有一些小人得志的意味。他走著，一上一下很有彈性，儘管渾身上下沒有一個地方是伸直的，可是他還是朝氣蓬勃，好像早晨八九點鐘的太陽希望全都寄託在他的身上。我那時就常想，人是不能太得勢的，不能太走運，人只要是一走運，就會變。

現在變得是我穿上軍裝在馬蘭基地設計大樓的父親，明天變得就會是我。

我是他的種，又能好到哪去？

父親的這種走路的姿勢本應該成爲大人們的笑柄，可是沒有人笑他。很多人竟都恢復了以前對他的稱呼，叫他總工程師。

那時，我們正在上課，黃旭升對我說：「你看，你爸。」

我看著從遠放漸漸放大的那個黑點，感到一點也不像。就笑了，說：「那是個當兵的。」

黃旭升驚訝地說：「你連你爸也不認識了？」

我再次看看，還是沒有發現那是爸爸。這時，下課了。

黃旭升大聲說：「你們看，劉愛的爸爸。他成了解放軍。」

這時，大家都湊到了不同的窗戶跟前，一睹解放軍的風采。

我從那眼鏡片的閃光上認出了父親，他走得近了，他本來就黑的皮膚現在顯得更黑，只是兩眼有種神氣的樣子。

大家都叫起來，說：「劉愛，你爸爸眞的成了解放軍了。」

只有李垃圾一個，他看著父親走路的樣子，說：「他的軍裝像是偷來的。」

有幾個人跟著李垃圾的話語笑起來。

我看著走過來的父親，竟有些激動。我想喊他一聲，嗓子像是被堵著，嘴都有些張不開。我心裏著急，現在的父親不是那時天天畫像的父親，當時他縮著脖子，現在他挺著脖子，當時他挨人打，現在說不定他就可以打別人。黃旭升甚至問，你爲什麼不叫爸爸。我不說話。也不看她。她對我說，要是我，我就叫。說著，她的眼睛竟然紅了。我知道那是因爲她想起了她死去的爸爸。

班裏的許多同學似乎都對這個穿著解放軍衣服的男人感到興趣，他們圍在我的身邊，就像是我成了明星，而舞臺在窗外，裏邊只有一個演員，在他的四周是佈景，原來我們從來不太注意的老榆樹，還有長在屋前的駱駝刺，以及鋪灑在父親身邊的光線和他腳下的陰影，一切都顯得極其不同凡響。

父親沿著校外的大路，朝我們這邊走，有那麼一刻，他朝我們這個窗戶看了一眼，我以爲他看到了我，我的內心有些感動。三個多月了，我都沒有見到他。可是，父親沒有看到我，他的目光朝這邊掃了一下顯然是有些漫不經心的。黃旭升說：「你爲什麼不叫。你再不叫，他就走了。」

我仍然沒有叫，我只要想像一下自己在父親面前叫的樣子，就會羞愧難當。

父親進了學校的大門，我想他是穿越學校的過道，從西到東，從另一個大門出去，那是他設計的房子，他熟悉這兒的黑暗。

我們紛紛離開了窗戶，剛才由於過於激動，所以一剎那間我感到了累，就像是剛剛參加完一場校隊的比賽。我坐在那兒，看著前方，想起了李垃圾說得話：「他的軍裝像是偷來的。」心中開始產生怒火，我看了看李垃圾，心裏知道他不過是想說句俏皮話而已，但是我還是感到自己受到了侮辱，我猶豫著是不是找他算帳時，他卻走了過來，說：「我剛才不知道那是你爸爸。別生氣。算我胡說。」

李垃圾的道歉當時是讓我吃驚，以後是讓我終生難忘。然後他又說：「穿著軍裝的人眞是威風。咱們院子很少有穿上軍裝的人進來。我長大了一定要當兵，穿上軍裝，拿上槍，去霍爾果斯。」

突然，奇跡發生了，父親竟然出現在了我們教室的門口。穿著軍裝的他正在不停地看著我們班裏的人，他的目光掃視著，想發現我在哪裏。

黃旭升悄悄地爲我讓開了路，我朝他走去。在那時，我的心都要跳出來了，我更覺得自己像是一個演員。一路上我都看著父親的眼睛，希望他也能看我的眼睛。可是，直到我走到了他的跟前，他也沒有認出我來。當我站在他的胸前時，他的眼睛還在朝遠處看，他甚至於認出了黃旭升。我站在他面前，推了他一下。他低下頭，楞了片刻，忽然他意識到這就是他想見的兒子劉愛時，臉上出現了笑容，並說：「你好像變矮了？」

我一時不知道該跟他說什麼。也許是父親眞的長高了。

他又說：「把家裏的鑰匙給我。」

當我把鑰匙遞給他的時候，他笑了笑，說：「你好像就是變矮了。」

4

父親轉身時正好碰見了王亞軍。

王亞軍向他點頭。父親也向王亞軍點頭。

在那個瞬間之後的幾年裏，王亞軍曾多次對我說那是兩個紳士之間的致意。

王亞軍看著父親穿著軍裝的樣子開始顯得有些驚訝，但是很快地他就明白了，並且接受了父親有某種尊嚴的現實。他首先對父親笑著，然後伸出了自己的右手。

父親先是楞了一下，然後，也微笑著伸出了自己的手。

我在小的時候就對大人們握手的習慣表示懷疑和不滿。如果他們剛拉完屎呢，如果他們剛擦完屁股而又把屎沾在了手上呢，如果他們沒有洗手，或者洗手又沒有洗乾淨呢？這種事很有可能發生在大人之間。

爸爸的手與老師的緊緊握著，好半天都沒有鬆開。他們兩個人的目光都是堅定的。我覺得他們兩個人在那一刻都有些學著周恩來，目光堅定，手勢有力，抬頭挺胸，而且握手時還在有節奏的上下搖，那種不減的力度很像是俄羅斯人鋼琴協奏曲中的最後樂章的高潮，能堅持得住，而且一環比一環要往上往前推，爲什麼叫高潮，那不是射精，而閉著氣，並使氣息不斷地向下向上，向左向右鼓舞，並久久地堅持住，不是說泄就泄了。

反正爸爸與王亞軍握手讓我記住了一生，那是這兩個男人在我眼前的第一次交匯。就像是兩條河流終於在這兒碰到了一起，也許他們還會各自流向別處，因爲他們本不是同一條河流，也許他們的歸宿還眞的是大海，可是他們在這兒相遇，並很有禮貌地笑著，神采中的浪花飛濺起來。直到父親的手與他慢慢鬆開，轉身走向他自己設計的黑暗的過道。

我想我在這兒反覆說他設計了黑過道，不是在有意地貶低他，而在向你們說明他是一個設計師，不知道你們記住了這點沒有，記住這點很重要。

王亞軍臉上的笑容沒有消失，他對我說，只是聲音比平時要顯得興奮一些。他邊說邊從口袋裏拿出了鑰匙，說：「你去拿留聲機，今天講新課，要聽唱片的。」

不知道爲什麼，看著那鑰匙，我激動起來。他竟然相信我，把鑰匙給我，他不怕我隨便拿他房間的東西，他相信我品德高尚，是一個文明的好孩子。

我幾乎是衝到了他跟前，接過了鑰匙，沿著黑暗中的過道，朝王亞軍的宿舍跑去。在快到校長辦公室門口時，我再次與爸爸相遇。他看著我，正想對我笑時，校長從辦公室裏出來了，由於陽光的照耀，他的臉上顯得很有朝氣，白裏透紅，全然不是父親的黑瘦的感覺。

爸爸看著校長，眼睛裏閃現了一道冷光，然後，他的表情平靜下來了。

校長看著爸爸，沒有認出來，他只是把爸爸當作一個普通的解放軍了，但是，穿軍裝的份量不同一般，所以校長禮貌地微笑著。

爸爸看著微笑的校長，竟然主動地伸出手去。

我倒吸一口涼氣，再次看著兩個大人的手握在了一起。

校長是突然認出爸爸的，他在那一刻裏，他顯得有幾份緊張，也就在同一時刻，他也看到了在一旁看著他們的我。

校長渴望儘快結束握手，但是，爸爸似乎不肯，他還是緊緊地握著校長的手，在他的臉上仍然有微笑，但微笑後邊藏著殺機，而且就在那一會兒，爸爸的眼睛開始變得有些紅了。兩隻手仍在握著，就好像他們是因爲親熱而不願意鬆開。

然後，是校長說：「要不要進去坐坐？」

爸爸說：「好。」

爸爸說完，就主動拉開了校長要關上的門，就像要進自己家一樣地走了進去。

校長好像一時有些猶豫，被動地跟著父親走進了自己的辦公室。

那時門還沒有關上，我朝裏看著。發現父親正在來回地審視著這間屋子，而且，他的目光先是停留在窗簾上，然後他四面尋找著什麼，也許是在找床，但是，讓父親失望的是裏邊竟然沒有一張床，他不知道看腳下，他沒有意識到自己正踩在木地板上，有些事情就是在木地板上發生的。

那是從天山深處伐來的紅松，劈開之後加工成兩公分厚十公分寬的板材，一根根地很長地從這頭鋪向那頭，地板溫暖而柔軟，就像是山上的草原一樣，散發出松木的氣息。那上邊經常有兩個清華大學畢業的老畢業生，一男一女在上邊滾。

今天，又來了一位穿著軍裝的清華畢業生，而且還是從蘇聯回來的留學生，他想瞭解什麼，卻只是望著天，沒有想到地下。

我也湊到了門口，我看著父親，希望他的目光能衝著我，我說不定會以目光告訴他某些秘密，但是父親沒有看我，他臉上還帶著微笑，接過校長遞過來的一支煙，說著我不會抽煙，卻也抽了起來。

我張開了嘴，不知道該怎麼辦的時候。門被突然緊緊關上了。

父親抽完那支煙後與校長究竟說了些什麼，這是我永遠沒有弄清楚的事情。兩個男人在裏邊能說些什麼？父親會對校長怎麼樣？

父親打校長，他可能不會是校長的對手。儘管校長顯得比父親和氣，可是他比父親高得多。儘管父親有時會暴怒，甚至於自己打自己的耳光，那不過是神經質而已。校長不用那樣，他只是平和地微笑著，就可以把全部的事情都作了。這其中包括與父親的老婆睡覺。

不知道，永遠也不可能知道了。

5

我悻悻地朝前走去，來到了王亞軍的宿舍。

香水味從地下的門縫裏鑽了出來。

我打開門，首先看見的又是那本大詞典。似乎那本書會發光，或者說它本身就能奏出某種我從未聽到過的音響？要不爲什麼它能在那一瞬音就吸引我的目光。讓我朝它走過去？

它其實很平靜地躺在書架上。

我看著它，心裏感到這是一部與自己有關的書。在這樣的思索中，我開始在宿舍裏轉悠，就好像我是一個茫然的閑漢，不急著去作什麼，而是要在這間屋子裏像今天的女人逛街一樣地消磨時間。我對王亞軍的很多東西都發生了興趣。指甲刀，紅色的襯衫，鞋油，毛巾，藍色的牙刷和牙膏還有他床下放著的一個棕色的皮箱。

所有這一切都在吸引我。

這時，我又看見了他平時經常穿著的一件衣服，質地很好，說不定就是毛料的。深灰色，很挺，這樣的感覺你只有看見周恩來在接見外賓時才有，我想起王亞軍平時穿著它從大院中走過。他就是靠這些東西在引人注目的。

我拿起了那本詞典，開始翻著。我似乎忘了時間，直到黃旭升突然推開了門，她走了進來，她對我說，「你怎麼了？王老師都著急了，大家等著聽留聲機呢。」我慌忙把那個大詞典放回了書架。

她過來，看著大詞典說：「王老師曾說過，如果我好好學習英語，那他有一天說不定會把大詞典送給我。」

不知道爲什麼，黃旭升的這句話讓我特別生氣，我幾乎有一種憤怒的感受，今天想起來，這分明也是一種性別歧視。他竟然會把這本書送給她，憑什麼，不就是因爲她是個皮膚很白的女生嗎？女權主義知識份子們，請妳們注意，在男權社會裏，當一個男老師面對妳們女生的時候，妳們眞是受寵，男人對女生好是因爲有目的，他需要女人身上的東西。男老師對女生好，也是一樣，他們也需要女生身上的東西。那是東西和東西的交換。

黃旭升說：「快走呀，大家都等著呢。」

從王亞軍宿舍出來，我們經過了校長辦公室。

我抱著留聲機，突然站住腳，本能地朝裏邊望著，聽著。

黃旭升說：「你爸爸已經走了，我看見他從裏邊出來。」

我看著黃旭升，跟著她走著。

我們才走了幾步，黃旭升突然又說：「好像你爸爸臉上有點血，他用手絹在擦，但是沒有擦乾淨。」

我楞了，問她：「眞的？」

她說：「他的嘴角上紅紅的，就是血。」

我把留聲機遞給了黃旭升，轉身朝校長室走去，剛走到門口，又感到不對。我衝進了廁所，我記得裏邊有一截破鋼管，是換水管時扔在那兒的。我在裝手紙筐的後邊找著了那根管，我抓起了它，就朝校長室跑。

黃旭升竟然還沒有走，她仍然站在那兒，看著我，她問：「你怎麼了？」

我站在校長辦公室門口，用腳踢了一下校長室。

門開了，校長的腦袋探了出來。我舉起鐵管，朝校長打去。

只聽哎喲一聲，還有噗的一下，我感到有血濺了出來，陽光從室內照在過道裏，讓血的顏色分外好看。黃旭升嚇得尖叫起來。

校長捂著頭，一時有些慌亂，他還沒有意識到發生了什麼事。當我把鋼管再次舉起來時，校長似乎有了反應，他躲過了我的打擊，一把抓過鋼管，狠狠地從我手中奪過去，然後，他用另一隻手把我抓住。他的力氣很大，我感到自己不是他的對手，我等待著他的報復。

校長的臉上流出了血，他顧不上擦，先是看著黃旭升，對她說：「不許對任何人說這件事，說了我就處分妳。快回班上去。」

校長說這話時，陰暗的過道裏十分安靜，只有讀書聲傳來，黃旭升嚇得抱著留聲機朝教室快步走去。

校長回頭看看我，眼裏充滿了殺氣。我也看著他，內心充滿仇恨和恐懼。

他說：「你先回家去吧。」

我楞了，以爲自己聽錯了，我以爲他要把我朝死裏打。現在鋼管在他的手裏，權力也在他的手裏。他可以想怎麼打我，就怎麼打我。我早已作好了挨打的準備。

校長再次說：「快回家去吧。」

我這次認爲自己沒有聽錯，我開始後退，但是仍然驚慌地看著他，怕他改變主意，我剛才在憤怒之下的勇敢早已經飛到了九天之外，我神經質的衝鋒不過是病人的掙扎。我不是英雄，我是爸爸的後代，爸爸的軟弱和突然狂燥的衝動顯然已經傳到了我的身上，我其實是一個膽小的人。我那麼熱愛學習英語和普通話，就說明了我不是一個「兒子娃娃」，我雖然長著球巴子，卻不是一個眞正的男子漢。

校長又說：「走吧，別回班上了，明天再來上學。」

我開始朝後退，眼睛還在看著校長，等待著他隨時改變了主意我挨打時能挺得住。

校長也掏出了手絹，開始擦自己臉上的血。

我慢慢地退著，當離開他有十多米時，突然，我轉過身去跑起來。

過道裏昏暗的燈光照著我腳下的木地板，我正在逃離死亡。我越跑越快，並感到了周圍有風，還有王亞軍在領著大家念英語，留聲機夾在他們的聲音中間。

那可是眞正的林格風英語。

6

我進了家門。

父親正坐在他和媽媽房間的椅子上。

看到了爸爸，我突然覺得自己身上又有了力量，我走到了他身邊，想看看他臉上的血擦乾淨了沒有。

父親臉上沒有一點點血，他只是坐在那兒楞著神。他沒有穿軍裝，只是穿著襯衣，並把脖子那兒的扣子開著。

我站在他的身邊，半天沒有說話，想要看著他，漸漸又有些不好意思。

爸爸說：「你怎麼了？」

我不說話。

他開始認眞地看著我，說：「你爲什麼不繼續上課。」

我說：「班裏沒有課了。」

他說：「你們不是有兩節英語課連著上嗎？」

我說：「不上了。」

他顯得有些憤怒，我撒謊的口氣激怒了他，他突然說：「到底發生什麼事了？你爲什麼不上課？」

我緊張起來，說：「我，我……」

父親站起來，走到了我的跟前，他抓著我的脖領子，說：「告訴爸爸，是不是學校又整你了？」

我搖頭。

父親的目光變得殘忍起來，他已經準備好要打我了，可是，他還是問：「發生什麼事了？」

我說：「我用鋼管打了校長的頭，把他的臉打破了。他流血了。」

父親驚訝了，他張開了嘴，想說什麼，卻說不出來。

我又說：「黃旭升告訴我，說你的臉上有血。我知道是被校長打的。」

父親低下了頭，他重新坐在了椅子上，他沒有看我，只是坐在那兒。

我站在他的身邊，不知道是該離開呢，不是繼續站著，我等待著他的判決。

突然，父親抬起了頭，他看著我，我看見他的眼睛裏充滿了淚水。

這時，從食堂那邊傳來了豬的慘叫聲。

7

晚上，食堂吃紅燒肉，豬的慘叫聲總是給人帶來好運。

母親回來後，我們一家三口又去食堂排隊，跟上次不同的是父親穿著軍裝。這使他在食堂裏十分顯眼，即使是王亞軍進來，他穿得那麼洋氣，人們的目光也仍然是停留在父親的身上。

母親在排著另外一隊，她看著父親，眼光中有某種驕傲。

晚飯後，我總感到家裏會發生點什麼事。爸爸會對媽媽說什麼，也許會問她什麼。

可是，爸爸什麼也沒有說。他的心情挺好，說了一些在原子彈基地的事。

媽媽聽了也覺得有趣。

那一夜家裏很平靜，我也早早睡著了，只是在睡夢中，眼前老是出現血，父親臉上和校長臉上的血。

第七章

1

父親走的那天恰好再次把鑰匙送到了教室裏，這次他穿著軍裝的樣子沒有像過去那樣誇張，相反我從他的眼神裏看到了某種憂傷。他的脖子不再朝前伸展，像是一隻瘦鵝那樣，而且他走路的速度也慢了些。他把鑰匙在教室門口給我的時候，我覺得他似乎有很多話要對我說，這使我內心緊張起來。

早上，我剛從他的口袋裏偷偷拿了五元錢。這在當時是大數字，就像是現在的五萬一樣。拿你父親的錢算是偷嗎？這個問題值得每一代人探討。

當你恨一個人的時候，去偷他的錢。當你愛一個人的時候，去偷他的錢。……

我把這些句子排開來，就是說此刻我有了寫詩的激情，因爲你悄悄地從一個人的口袋裏，在他不知道的情況下，你拿出了錢。這是一種複雜的感情，一般人不善於總結，只是想讓這事很快就過去，或者說，讓他成爲往事之後，他們一邊笑著，一邊爲往事乾杯。

那種動不動就說要爲往事乾杯的人，眞是頭腦簡單操蛋透頂。他們把自己的浪漫強加到了那些還記著仇的人身上，以爲自己的小資情懷可以打動天下一切人呢。

他們是我的父母，他們的錢本來就應該是讓我花一部份的，可是，他們從不這麼想，他們代替我買了一些基本的東西，他們以爲這就夠了。我不能同意他們，從小我就知道，錢只有從自己的手裏花出去，才會有快感，才是自己支配的錢。

我以爲父親發現了，他戴了綠帽子心情不好，正在找著某種機會表達自己的情緒，也許他會追到學校裏來打我，或者當著同學的面把我羞辱一番。

但是，他沒有說，他只是在轉身的時候，突然說，「秋天了，你要多穿一些。」

我看著他的憂傷，點點頭。我意識到了從我把校長的臉打出血了之後，他忽然變得多愁善感起來，他從來也沒有對媽媽發火。甚至也沒有對媽媽說什麼。他沒有像談別的事那樣，比如說音樂，或者建築之類，他也沒有跟媽媽談男人和女人的事，儘管這次他探家住了最少也有一個星期，可是我沒有看見他對媽媽發火。

他用憂傷和平和對待內心的流血，並且對待母親和我。

對了，你們從小有聽房的習慣嗎？

不知道爲什麼，我在很小的時候，就養成了聽房的習慣，當父母以爲我睡著了，其實，我在那個時候比任何時候都要清醒。我總是能趴在他們的門前，去聽母親與父親的嗓音。但是，這次，直到父親走的前一天，也就是昨天晚上，他才與母親在床上互相叫著對方的名字。父親在最後的呻吟中說：「我眞是沒有辦法，我愛妳」。母親什麼也沒有說。

接著聽到了父親重復地說著剛才那句話：「我眞是一點辦法也沒有呵，我愛妳，妳聽見了嗎？」母親還是沒有動靜，她好像哭了，但是聲音太小，可能母親像許多我今天認識的職業女人一樣，在雲雨一番之後，帶著享受的身體和心境，流出眼淚，她流的是幸福的淚水，她流的是懺悔的淚水。

父親不停地重復地說著廢話，像是對著世界解釋：「一個女人，你愛她，你怕她，你能拿她怎麼樣？」

這似乎是一句名言。一個女人你愛她，怕她，你對她無可奈何。我以後聽過一代代的人都說過這句話，這說明了它的份量。母親一直沉默。

2

父親轉身的時候，他的背影還是年輕的，即使他的憂愁也反映在了背上，可是年輕就是年輕，一個三十多歲的男人，他就是被某件事情打垮了，可是，他也仍然能夠從他的背上顯示出他與四十歲的不同。

父親沒有想到他一轉身就與王亞軍面對面地相互擋住了對方的路。

父親以自己的敏感很快地意識到了王亞軍身上的香水氣息，這使他皺了皺眉頭，就好像是他突然被一種強勁的風在毫無思想準備的情況下吹著了一樣。以後，他多次對我說過，「你看，在那樣的時候還抹香水，能不出事嗎？」

王亞軍友好地對父親笑著，但是他的眼神中也有著某種讓人摸不清的東西，他好像知道什麼，又好像不知道。但是，顯然，他對父親是尊重的。

父親還是首先伸出了手，王亞軍猶豫著，也把手伸出來。

父親先開了口，說：「聽劉愛說，你教得很好。他這個年齡是該學英語了，再不學，一輩子就擔誤了。」

王亞軍說：「現在他是我的課代表。他很認眞，他喜歡英語。」

父親說：「對他管得嚴一些。」

王亞軍笑了，他之所以笑是因爲明白父親在跟他說客氣話，或者說就是沒話找話。

父親似乎不知道王亞軍爲什麼要笑，他有些疑惑地看著他，然後，也跟著笑了起來。

王亞軍突然歎了一口氣，說：「現在學習環境太不好了，他們什麼資料都沒有。」

父親說：「什麼時候有機會到口裏看看，我回南京老家，或者去清華找找老同學。」

王亞軍斬釘截鐵地說：「口裏也沒有，我在上海看了。沒有，什麼都沒有。」

父親聽王亞軍這樣說，本能地有些緊張，他儘管穿上了軍裝，現在雖然是戴著綠帽子，那也是戴著綠帽子衣錦還鄉，這種大好形勢來之不易，他要珍惜這一切。他看了看周圍，然後說：

「我得走了，去基地，下次回來，歡迎你上我家來。」

王亞軍點頭，他們再次握手，然後各走各的。王亞軍以後多次跟我批評過這種動不動就握手的習慣，他認爲這樣很不好。不好的事爲什麼天天都要發生呢？

我跟王亞軍一起走進了教室，我問他：「今天拿不拿留聲機。」

他像是在想別的事，沒有聽到。

黃旭升給我讓了位置，我剛坐下，父親又再次地推開了門，他向我招手。

我看看王亞軍，他已經在黑板上寫著什麼了。

我無奈而又緊張地出了教室門，看著父親，等待著他的判決。

他沒有看我，只是在掏著自己的上衣口袋，然後，他拿出了十元錢，對我說：「拿著，自己想吃點什麼就買，你太瘦了。」

我猶豫著，心裏突然有些感動，我不知道他是什麼意思。

他說：「昨天爸爸晚上親你，你知道嗎？」

我搖頭。他轉身走了。

拿著這錢，心潮澎湃。我說過了，當時的五塊就是現在的五萬，那當時十塊，就是現在的十萬，顯然，我已經是一個富人了。

我推開了教室的門，正要進去，囉嗦的爸爸再次喊我，就好像是他這次一走就不回來了，他捨不得離開我，要跟我永別一樣。

我看著他，等待著他說話。他離我有三四步遠的距離，目光中充滿了王亞軍所說的仁慈，他問我：「你現在一共有多少錢。」

我楞了一下，說：「十塊。」

他說：「我是說一共。」

我猶豫了片刻，還是有些含混地說：「就是十塊。」

爸爸的眼睛裏放出了燦爛的微笑，他說：「是十五塊，我知道。」

3

天黑了，起風了。我還在外面瞎轉著，我在焦急地尋找著黃旭升，她剛剛從家裏跑出來。她的母親正在過道裏痛苦地哭泣。

剛才，當我還站在過道裏的時候，我看著難過的阿姨，知道有罪的是我，因爲是我這個黃旭升的同班同學，從小就在一起的夥伴才讓她跑出家門的。顯然，她媽媽已經在外邊找了很久了，可是大人們永遠不會知道孩子們會在什麼時候並在什麼地方哭泣。

黃旭升母親哭的表情有些特別，很像是在笑，她哭得越傷心的時候，就像是她笑得越厲害的時候，請我們都回憶一下，看看自己身邊是不是有這樣的人。她哭的時候，先是把嘴咧開，然後把眼睛眯上，然後斷斷續續的聲音從嘴裏發出來，使你覺得她已經開始笑了。然後，在眼淚流出來之前，她笑得更加厲害，臉上所有的肌肉都在朝著歡樂的方向滑行，直到她的眼淚大量地流出來時，你才會被她的這種傷心方式震驚，那時哭泣就眞的來臨了。

黃媽媽就是這樣引得我想笑出來，我往旁邊看看那些站著勸慰她的大人們，發現他們都是在極力忍住自己的笑容，他們也和我一樣地注意到了阿姨的這種表情。

4

我當然要尋找黃旭升，她是因爲我而跑的。

5

她母親早已從自己丈夫死亡的痛苦中得到了解脫，最近正在談戀愛。一個戀愛中的女人是富有激情，無論哪個時代都是一樣的。唯一不同的是面對的男人不同，比如她上吊的前丈夫是一個國民黨的將軍，而她現在的男人則是一個眞正的共產黨員。我見過那個男人一次，那是我有一天忘了帶英語作業，在課間我回了一趟家，剛進過道，就發現了她媽媽帶著一個高個子男人匆忙地走著，然後很快地進了她們家。他們經過我身邊時，由於激動和興奮，甚至都沒有意識到我的存在。我悄悄地來到了黃旭升家的門口，我說過了，我有聽房的習慣，隔著門在聽著裏邊的聲音。果然，黃媽媽和我媽媽一樣的呻吟聲很快地傳了出來。

說不淸什麼原因，那竟是我一生中最受刺激的事件之一。我當時感到自己已經不行了。我甚至於就想隔著門縫一邊聽著一邊就摸自己的那個東西。有時，我想，我這一生中爲什麼老是留戀那些比我大一些的女人，我老是愛她們愛得死去活來，我在黑夜裏無比渴望她們身上的氣息，那是一種成熟女人身上散發出的香氣，裏邊有著清清樹葉加著紅燒肉的味道，而對於純潔的少女們，我總是感到沒有意思。我發現她們身上的味總是有種狗尿一樣的味道，我是說純潔少女的味道像狗尿，你們家養過小狗嗎？它在一個清新的早晨撒完尿後你快去聞聞，你那時就會知道我是什麼意思了。

我站在那兒，聽著黃媽媽的叫聲，不願意離開。

樓道裏很靜，大人們在上班，孩子們在上學。

只有黃媽媽在和高個子男人享受著他們彼此的身體。

回到了教室裏，我看黃旭升正在背著英語課文。她說，王亞軍對她說學英語不能光記單詞，更不能光學語法，而是要背誦課文。要培養出一種語感。更爲重要的是，還要漸漸形成一種用英語思維的習慣。

我說：「這是他跟妳一個人說的嗎？」黃旭升點頭。

我立刻被某種嫉妒征服，心裏對王亞軍產生不滿：「王亞軍他媽的他從來沒有對我說過這些，儘管我還是他的課代表。」

我當時就在想這是操蛋的男老師對於女生的額外報答。

但是今天黃旭升沒有對我說這些廢話，她在聚精會神地學著，她已經把課文背得滾瓜爛熟。

我悄悄地對她說：「妳們家出事了。」

她像是受到了驚嚇一樣，眼睛睜得比平時大，似乎儘是眼白，而沒有黑色的眼睛珠。她就那樣看著我，使我覺得不能跟她說這些。

我於是改口說：「沒有，我騙妳呢。」

她說：「沒有，你現在才是騙我。你說，我們家出什麼事了？」我不說話。

她說：「是不是我媽被人打了？」我說沒有。

她說：「那有什麼事。」

我說：「妳自己去看吧。」

她放下英語書，就朝家裏的方向跑去。

在下一節課上了一半的時候，她滿臉紅著回到了教室。當她在座位上一坐下之後，就有些憤怒地對我說：「你騙人。我們家什麼人都沒有。」

我一時不知道該跟她說什麼。只是聽她再次重復著說：「你騙人。」

那時的王亞軍正在講現在完成時，他說：I have just ——

然後，他打斷了黃旭升對我的抱怨，向她提問：「妳給大家總結一下，什麼是現在完成式。」

黃旭升說：「就是剛剛完成的事情。」

我幾乎忍不住地想笑出來，還說我騙人，這個時態不就是在說她媽媽剛才作完的那件事嗎？

王亞軍讓黃旭升上黑板上舉例來說明這個時態。她起立走了上去。

下課之後，她抓著我不放，問我，爲什麼要跟她開這樣的玩笑。

我說：「我沒有開玩笑。」

她說：「那我媽媽發生了什麼事。」

我只好說：「我看見你媽和一個高個子男人進了你們家。」

她只是楞了一下，說：「那又怎麼樣？」

我說：「就這些。」

她說：「那你爲什麼要說我們家出事了。」

我說：「我……」

她說：「我什麼？我什麼？」

我不想說了，我不願意刺傷她了。

她看著我，對我說：「你以後不要這樣。」

我說：「好，不這樣。」

她想了想，又說：「看你的樣子，又不像騙人。你說，我媽跟那個男人怎麼了？」

我說：「那我不知道。」

她說：「你肯定知道。」

我只好說：「放學後，晚上吧，我告訴妳。」

6

你看見我媽跟那個男人幹什麼了？

黃旭升問我這話的時候，我們正在放學回家的路上，不知道我前邊說過沒有，我們學校離我們家所住的那棟新四樓只有幾百米遠，即使走得很慢，也不過是幾分種就能到家。所以，黃旭升顯得有些急燥，她希望在路上，在能看到天山雪峰還沒有被陰影遮住的時候，她就能搞清楚她媽跟那個男人究竟幹什麼了。看著她好奇的眼神，我眞的笑出來了。

她說：「你笑什麼？」

我說：「妳說我笑什麼？」

她說：「不跟你說這些，你說，他們幹什麼了？」

我說：「妳說他們還能幹什麼？」

黃旭升好像突然明白了什麼，她楞了半天，才突然眞的生氣了，她看著我，狠狠地盯著我，突然她大聲說：「你思想複雜。」

黃旭升說完這話，就開始瘋跑起來。你有過這樣的女同學嗎？她聰明，數學好，長得瘦，跑起步來飛快，連我們這些男孩都追不上。此刻的黃旭升就是這樣地跑著，她委屈地邊跑邊哭，即使我在後邊想拼命追上她，也顯得有些力不從心。

我們就是這樣的一前一後地進了過道。

黃媽媽正好在過道裏站著，把剛曬成了乾片的蕃茄從處邊收回來，準備爲自己的女兒做飯。我從她的臉上看到了一個女人在享受了歡樂之後的幸福，因爲她正在隨意地哼著一首新疆維吾爾民歌，歌詞大意是撒拉姆毛主席。

黃旭升看著她媽。她媽停止了歌唱，有些奇怪自己女兒的眼神。

黃旭升大聲說：「妳是不是忘了爸爸？」

黃媽媽楞了，她一時不知道該如何回答女兒的問題，她低下頭，看著站在眼前的小女孩子，無論如何也想不通她會提出這樣的問題。她張張嘴，手中裝蕃茄的盆有些傾斜，已經成爲乾片的番茄馬上就要灑出來。

黃旭升突然衝到母親跟前，充滿仇恨地說：「妳這個女流氓。」

黃媽媽幾乎不需要任何反應，抬起手就朝自己女兒臉上打了一巴掌，而且非常重。挨了打的黃旭升像是被踩了尾巴的野貓一樣，尖叫著跑了出去，她的書包掉在了過道裏的地上。

黃媽媽去追自己的女兒，她幾乎要抓住了黃旭升的襯衣，卻被黃旭升靈巧地一躲，她摔倒在地上，眼看著黃旭升跑得無影無蹤。

我站在一邊，不知道該幹什麼，只是後悔不應該對黃旭升說出我看到的秘密，幕色正在降臨，我的頭腦中一片空白。

突然，黃媽媽猛地抓住了我，嚇得我幾乎把腦袋都縮在了脖子裏。她氣喘噓噓地半天說不出話來，臉上的表情跟我爸爸生氣時完全是一樣的猙獰。我感到自己錯了，我以為她知道了是我告訴了黃旭升關於她的偷情，所以我緊張得沒有辦法，我想對她說我錯了，我請求她的原諒。我甚至等待著，瘋狂的黃媽媽會把我打死的。在這種恐懼之中，我閉上了眼睛。

意外的事情總會發生，並讓你驚喜，黃媽媽不但沒有打我，還分明在求我。開始我以為我聽錯了，接著我知道自己聽清楚了，她說：「劉愛，求你了，幫著我找找黃旭升，幫幫阿姨。」

我看著她，並在內心的喜悅之中，朝著她點點頭。

黃媽媽說完，就自己跑出去，喊叫著自己女兒的名字，消失在幕色蒼茫之中。

8

那時，我感到自己很餓，我回到家，媽媽沒有在，她當然不會在，因為她有了自己的事業。

我現在經常懷念那些放學後的時光。

爸爸走了，媽媽又很晚才回來。她的設計作品已經得到了權力的認可。范主任他們很欣賞母親的勞動成果，因為防空洞不光是要防止炸彈，更重要的是還要防止原子彈和氫彈。所以，要像建立一座眞正的要塞和堡壘那樣，要像巴黎城下的汚水管道一樣，過了幾百年，還是那麼先進。不能像有的城市街道一樣，挖了埋，埋了又挖。當年范主任的話曾使我那麼反感，可是現在我想起了母親的設計和范主任他們這些知識份子精英們的遠見。我曾經去專門看過河北的地道，那一看就是農民們應付日本人的豆腐渣工程，不是百年大計。

母親不一樣，她把每一項交給她的工作都當作她事業的夢想那樣作，昨天她想在烏魯木齊設計出超過十層的大樓，今天她又把全部的智慧和想像用在防空洞上。

她現在受到了極大的重視，她回家越來越晚了。開始我以爲她是又悄悄地跑到校長那兒去了，可是，我在連續幾個晚上觀察跟蹤之後，發現我錯怪母親了，她可能眞的是偶爾去那兒，她的全部心思都在工作和事業上。

她們把湖南墳園裏先是炸開了一個大洞，有十幾米深，然後他們用鋼筋和水泥搭起了穹頂，就像是歐洲的教堂一樣。然後，他們又把那兒用土堆起來，使外人看著以爲是一座小山。人們可以站在幾十米深的地下，望著輝煌的大廳，裏邊有明亮的大燈，然後從通往各個陣地的隧道中穿行而過，最後到達自己的位置。今天的撒達姆眞是應該選媽媽去當他的地下工事的總設計師，那媽媽一定會把自己的全部精力地都投入進去的。而美國人也不可能那麼輕易地進入巴格達。巴格達，柏格達，僅僅是一字之差，卻有著天壤之別。

巴格達是伊拉克的首都，而柏格達象徵著我的故鄉烏魯木齊。母親即使在那樣的年月裏，她也能靠自己的才能找著自己的位置。因爲母親忙，所以我有了自由。

9

我在家裏找了兩個玉米麵餅，朝上邊抹了點醬油，就狼吞虎嚥地吃起來，我邊吃邊想著黃旭升，我知道她媽媽不可能找著她。當我正想出去的時候，母親突然進了家門。她看著我，說：「你去哪兒？」

我說：「黃旭升跑了，她媽讓我幫她去找。」

媽媽說：「不行，你不能去。」

我說：「我已經答應人家了。」

媽媽說：「不許去，就是不許去。」

我站在門口，看著態度堅決的母親，有些進退兩難。

母親說：「天黑了，現在外邊亂的很，聽說最近有許多狼從阜康跑到了烏魯木齊。」

我已經完全沒有了出去的理由，我不怕從阜康來的狼，但是我怕愛我的母親。

我無奈地坐下了。母親就坐在我的對面。

我說：「爸爸給了我十塊錢，我想買一本英文詞典。」

媽媽一楞，說：「爸爸給你錢了？十塊？」

我點頭。

眼淚從媽媽的眼中流了出來。她說：「你姥姥病了，這幾個月的錢都寄給她了。一共給你爸爸留了十五塊錢。他又給你十塊，他只有五塊了。」

我內心一緊，突然感到心中難過，甚至有些後悔偷了父親的錢。他把錢都給了我，那他怎麼辦呢？

母親看看我，說：「現在買不著詞典，不要說是英文的，就是漢文的也買不著。」

我不說話，眼前只是想著父親縮著脖子，喪失了自信的模樣。他好像老是在我面前走動著，穿著那身永遠顯得不合體的軍裝。他的臉顯得黑瘦，戴的眼睛也像是別人的。

母親很快地擦乾了淚，又埋頭看起了圖紙。

我說：「能給爸爸寫信嗎？」

媽媽一楞，看看我，說：「你有什麼話要對他說嗎？」

我搖搖頭。

媽媽說：「他那兒是保密單位，一般不要寫信。」

我心裏想，我偷了他五塊，再加上他給我的十塊，爸爸現在身上沒有錢了。

10

一個小時以後，我再次聽到了過道裏的哭聲，那是黃媽媽的嗓音。

我開了門，下到了一樓，黃媽媽正在大聲嚎叫，她想以自己的氣勢激起全樓的人對她的同情。媽媽躲在門後悄悄地聽了一會兒，黃媽媽的哭聲實在刺激人，漫長而堅決，母親終於還是開了家門，朝一樓走去。我也緊隨著她下了樓，她回頭看了我一眼，沒有說話。

樓內的鄰居也都出來了，他們圍在可憐的黃媽媽身邊，商量著應該去哪兒幫她找女兒。蹲在地上的黃媽媽突然抬起頭來，大聲說：「我們都是好鄰居，我求你們了。一起幫我去找找女兒吧。」

說完，她跪在了地上。

母親上前把黃媽媽拉起來，她幫這個傷心的女人擦淚，並說：「我幫妳去找」。說完，媽媽突然回頭，對我說：「你回家去」。她說完，就往外邊走。

有許多大人都在回應著母親，他們紛紛朝黑暗中走去。

我猶豫著，最終下了決心，我要去找黃旭升。

我來到了湖南墳園，藍色的鬼火在閃，黑夜中似乎真的能聽見狼的呼吸，瞬息之間恐怖征服了我，我開始逃離這個地方，邊跑邊想，連我都害怕，黃旭升肯定不會上這兒來。

我在外邊又轉了一會兒，突然想起了學校後邊的一個地方，那兒有一棵樹，是我和黃旭升小的時候最願意待的地方。

那時，在夜色中倒處都聽見了大人們的叫喊聲，有些像是鬼哭狼嚎，從那麼遙遠的時光中傳到了我的書房裏，並在我的書架中盤旋。

第八章

1

父親把學校設計成現在這樣，有許多嫉妒他的同行都說他是受到了俄羅斯建築的影響，你要是從天上朝下看，我們學校完全是一個「山」字的造型。父親曾多次得意地說，知道爲什麼要設計成「山」字嗎？不是向蘇聯學習，而是爲了保護那些古樹。

在我童年的時候，烏魯木齊的確有許多古樹，從小我就有一個習慣，願意爬樹，乾瘦的我喜歡在樹上消磨時間。那時的樹跟現在長得不一樣。烏魯木齊的老榆樹們普遍長得不正，有點歪風邪氣的樣子。它會突然在不太高的地方伸長出另一枝來，緩緩地朝天下爬去，就像是通往天空的雲梯一樣。然後，經常會在某一個很高的地方分出三股叉來，我正好坐在其中，安全而愜意。這是我和黃旭升從小最喜歡的地方。

父親在自己設計的許多方案中，選擇並說服領導用了這個方案，那就是在學校牆體的臂彎裏，盡可以多地留下這些樹，他經常說：「因爲它們已經在這兒生活了幾百年，不管你是漢族人，還是維吾爾人，都不要跟這些古樹去爭，它們知道我們的前生，也知道我們的身後。」

由於父親的妥協和堅持，許多樹都被保存了下來，可是，他沒有想到的是，就是因爲這些被保存的樹，才讓他的兒子，一個叫劉愛的男孩兒有了許多他永遠都沒有辦法忘記的經歷。

2

我就是在黃旭升出走的那個晚上想起了這些樹中的一棵。

不知道什麼原因，我離開了湖南墳園後，就斷定黃旭升會在這棵樹上與我相遇。那棵樹在山字一樓與二樓之間，它可能是所有這些樹中的老者，多次被雷劈過，被閃電燒過，可是它卻那麼能活，粗大的身體分成了幾部分，似乎是一個樹幹變成了三個樹幹，可是，它粗大的枝叉卻能向四面八方伸去，有一枝甚至伸到了二層的一個窗戶上。

我來到那這棵樹下的時候，朝上看著，沒有任何人爬在上邊，我有些失望，黃旭升連這兒都沒有來，那她能上哪兒去呢？我想著，就朝樹上爬去，當我坐在了那個最高的樹叉之間時，月亮出來了。我突然有些難過，我很後悔告訴了黃旭升她媽媽的事情。可是，有什麼辦法呢？有的人總是喜歡說他媽媽是世界上最好的媽媽，好像別人的媽媽都不如她媽媽好。在我一生的每一個階段都會碰見這樣的傻子，黃旭升就是其中的一個。

我坐在樹上，看著月亮，想起了小的時候，我們剛上一年級那年，是她爲我戴上的紅領巾，也就是在我入隊那天，我們又一次地爬上了這棵樹，她坐在高枝上，我坐在矮枝上。那天她對我說了她的理想，長大以後要當一個老師。她問我有什麼理想時，我正好從她的裙子下邊看見了她的褲衩，是白色的，那是我第一次看到一個女孩子的褲衩。

黃旭升來了，就好像她眞的能猜到她正出現在我的回憶中一樣，她來了。

她站在樹下，仰頭看著我的樣子就像是在早晨看天上的太陽一般，顯得有些誇張。

我看著她。她也看我，說：「你怎麼知道我會上這兒來？」

我說：「我就知道。」

她說：「我就知道你知道。」

我說：「妳能上來嗎？」

她說：「我還沒吃飯，你呢？」

我突然又感到了餓，就說：「吃了，沒吃飽。」

她說：「我走以後，我媽哭了嗎？」

我說：「哭了，現在樓上的大人都在找妳。」

她站在樹下開始哭起來。

我在上邊看著她哭。當她的哭泣變得輕微些的時候，我說：

「妳是不是上不來了？不會爬樹了？」

她竟笑起來，說：「我當然能上來。」

說著，她開始爬樹。直到今天我都記得黃旭升爬樹的樣子，她先是跳起來，抓住一棵可以依賴的樹幹，然後爬上屬於我的這棵枝叉。像是一隻貓一樣地很快地來到了我的跟前。看起來她眞是英雄不減當年。那時，我們更小的時候，她從不跟女生一起玩，總是跟我們這些男生在一起。此時，我們享受著共同的三叉樹枝，她問我：「你都看清楚了嗎？」

我說：「我錯了，我騙妳呢，妳媽沒有跟那個高個子男人在一起，是我騙妳呢。」

她說：「我知道，你現在騙我。」

我說：「妳知道男人跟女人他們在一起幹什麼？」

她不說話。

我說：「我就知道他們幹什麼。」

她忽然說：「我冷，咱們回家吧。」

我說：「我把我的衣服給妳。」

她穿上我的衣服以後，說：「你的衣服上有股臭味。」

我說：「我媽沒時間給我洗，她天天設計防空洞。」

她說：「我還是冷，你把我抱住。」

我的臉突然燒起來，然後我把她抱住。她緊緊地靠在我的懷裏。

我更加清晰地聞到了她身上的薄荷香味，而且，我感到她的胸脯上很軟，而且有兩處地方顯然高起來。就說：「妳們女生都這樣嗎？」

她說：「我比她們都高，別看我別的地方瘦。」

我感到了刺激，渾身上下都熱起來。

她說：「你出汗了，你眞的出汗了，你爲什麼這麼熱。」

就在我一時不知道該怎麼辦的時候，突然，在我們身邊的窗戶亮了，很刺眼的燈光照射到了我們的臉上。

我和黃旭升都忍不住地閉上了眼睛，當我們睜開眼朝窗戶裏看時，我們驚呆了：王亞軍和阿吉泰在窗內明亮的燈光下，他們的臉上充滿喜悅。

我過去從來沒有想過，這棵老樹竟然在王亞軍的窗戶旁邊。

3

黃旭升也在看著，她的臉色一下變得蒼白起來，即使當我把她母親的事告訴她的時候，也沒有這麼蒼白。她看著窗戶裏邊，一動不動，就好像稍微有什麼動作自己都會掉到樹下去。其實，這個時候我竟然有些失望，因爲，我沒有在王亞軍與阿吉泰的行爲中發現任何相同於我幻想的東西。

王亞軍的臉上始終有著我所熟悉的笑容，兩隻眼睛顯得很是明亮，幾乎都從屋內照射出來，穿過夜色，直到無盡的天空。他讓阿吉泰坐下，阿吉泰笑起來。

她的笑容很燦爛，就好像月亮今天晚上沒有出現在夜空裏，而出現在阿吉泰的臉上。

王亞軍讓阿吉泰坐下的時候，不知道嘴裏說的是什麼，反正他的動作顯得有些誇張，他作著手式，那是不是就是一個紳士的手式，朝外一擺，隨著手式他還微微彎腰，那時他的頭髮也恰到好處地有些晃動，由於我和他的距離太近了，他的頭髮在離開了原處之後，使他的前額過多地露了出來，呵，那是列寧或者是毛澤東的前額。現在這樣的前額它就出現在王亞軍的頭上，那頭離燈光不遠，就像是在陽光下新疆大地上一座奇特的山峰。

阿吉泰一直笑著，我不知道一個像她這樣的女人的臉上有了這樣的笑容對於一個男人的一生意味著什麼，後邊的故事當時都還不可能發生，而且沒有任何預感。阿吉泰邊笑，邊看著王亞軍，然後，在他爲自己倒一種咖啡色的飲料時，她開始審視起這間屋子。她走過來，走過去，然後，她突然抓起了那本英文大詞典。

我的呼吸似乎在那一刻都停止了，阿吉泰能看懂這本詞典嗎？我知道，那時候的烏魯木齊肯定只有一本這樣的英文大詞典。現在它就在阿吉泰的手裏。阿吉泰只是把它當作一般的東西，她隨意地翻著。我的眼睛看著阿吉泰，她翻到了某一頁，似乎突然認起眞來，她看得很仔細，微微地皺起了她好看而潔白的眉頭。她在思索著，就好像其中的某一個英文句子或者辭彙讓她想起了非常嚴重的問題。終於阿吉泰把那本字典放回了原處，她又拿起了另外的一本書。

我的緊張過去了，隨著阿吉泰在看另一本書的時候，我鬆了一口氣，大量地呼吸了一下，然後，我的注意力又回到了王亞軍的身上。

他已經爲她把那種咖啡色的東西調製完了。在桌上放著一個好看的罐頭盒，上邊有彩色的商標，顯得十分奢侈，但是它太高貴了，簡直影響了我一生的審美。還有一個瓷罐，裏邊肯定是方糖。在我童年的時候，如果一個人能有方糖，那我除了能說這個人就是貴族而外還能說他是什麼？他把這兩樣東西倒在了一起，並用暖瓶朝裏邊倒了開水，那飲料熱氣騰騰。

王亞軍似乎又想起了什麼，他走到了窗前。他朝外看了看，就是在那一刻，我覺得自己的目光與他碰到了一起，我們互相凝視著，約有好幾秒。我以爲他要跟我說話了，即使是隔著玻璃，那也很刺激。可是，顯然，他以爲自己看到的是黑夜，他不會想到我跟黃旭升會在黑夜裏的樹上，正拼命看著他與另一個漂亮的女人調情。他的目光離開了窗外的我們，他低下頭拿起了一個玻璃瓶，裏邊竟然有牛奶，我們新疆人管那叫「奶子」。「你喝牛奶嗎？」不這樣說，「喝奶子嗎？」這樣說。

王亞軍肯定是有準備的，要不他這兒爲什麼應有盡有？他一定是在早晨，就去把奶子打回來，然後，放在這兒，對了，他肯定燒開了，否則會壞的。那時沒有冰箱，美國有沒有我不知道，反正我們烏魯木齊沒有。他把牛奶兌進了咖啡色的杯子裏。

他的嘴開始動了，他一定是在說：「喝吧。」說著，他把那飲料朝阿吉泰端過去。

阿吉泰接過飲料，一時有些不好意思喝。

王亞軍再次說了句話。阿吉泰用小匙攪動著，然後輕輕喝了那麼一小口。

王亞軍以詢問的目光看著她。她顯得愉快而又不好意思地笑笑。

王亞軍拿出了一個很漂亮的糖盒，這種東西我們家過去曾有過，可是被別人拿走了。現在這種東西也只有他們上海人才有的。他打開盒蓋，自己並不直接去拿，而是把糖盒遞給阿吉泰。阿吉泰搖頭。

王亞軍就從裏邊抓出了幾塊糖，他小心地剝開其中一塊，並不把糖紙去掉，他的手絕不挨著糖，而是只托著糖紙，把糖留給阿吉泰自己去拿。

王亞軍是這麼的講衛生，我大吃一驚，因爲母親曾經爲這事與父親吵過架，可是父親仍然作不到這點，而我隨父親，在這些方面不太在乎，母親不得不曾經在我們家的幸福時光裏爲這種事傷心。

阿吉泰似乎有些猶豫。王亞軍再次屈身，作了個優雅的手勢。

阿吉泰接過了糖，放進了嘴裏。王亞軍看著她吃，顯得很開心。

他們不停地說著什麼，似乎在講他們剛剛看完的一場電影。他們看什麼了呢？肯定就是《列寧在十月》。要不，就是《列寧在一九一八》。或者是看了一部新聞片。裏邊的西哈努克親王又在宴會上跟周恩來幹什麼了？要不就是江青與他滿面春風地說著什麼。

我發現王亞軍離阿吉泰近了。

阿吉泰坐在床上的時候，王亞軍還站著，現在他也坐在了床上。然後，當他興高采烈地與她說著什麼的時候，他有意識地坐得離她更近了，最後，幾乎是要挨著阿吉泰了。

阿吉泰在王亞軍幾次靠近的時候，禮節地朝後邊挪著，她顯然不想與他坐得那麼近。

可是，王亞軍卻一點點地忍不住地把自己的身體朝她挪著。

阿吉泰臉上的笑容漸漸地沒有了，她看著王亞軍開始一言不發。

王亞軍仍是離她很近，又說起了什麼，顯然是個笑話，因爲他自己一直在笑著。

可是，阿吉泰沒有笑，她的臉色有些冷。

最後，我這一生都不願意看到的事情終於發生了：「王亞軍把阿吉泰的肩膀扶著，然後開始摟她。」阿吉泰掙扎著朝後靠。

王亞軍把她用力拉了過來，他把自己的身體與她的正面碰到了一起，當他把她的頭扶著，開始把自己的臉伸向阿吉泰的時候，勉強留著最後一絲笑容在臉上的阿吉泰，突然變得氣憤了，她在瞬息之間，伸手在王亞軍的臉上打了一巴掌。似乎有響聲，因爲我們在窗戶外邊隔著玻璃，都聽到了。

王亞軍楞了，他沒有伸手去捂自己的臉，剛才還顯得很紳士的他現在有些狼狽。他看著阿吉泰。阿吉泰也看著他。

兩人互相對視，有很長的時間誰也沒有說話。突然，阿吉泰轉身走向門口，她開了門，然後沒有回頭再看王亞軍一下，就狠狠地關上了門，走出去了。

留下王亞軍一人站在屋內，那時，咖啡色的飲料還在冒著熱氣，糖紙留在了桌子上。

在王亞軍挨打的時候，只聽到輕微的咔嚓一聲，黃旭升竟然從樹上掉了下去，她靈活地抓著了下邊的一棵樹枝，像猴子一樣靈活地在我身下搖盪著。然後，她抓起了一棵樹幹，慢慢地滑了下去。我連忙跟著她一起跳下去，當我回頭最後看著窗戶裏邊的時候，我發現了王亞軍顯得很孤單。

他站在屋內的地板上，眼睛裏充滿了憂傷。那是一種與我父親一樣的表情，我當時還不明白，男人們爲什麼總是那麼憂傷，是因爲在這個世界上有女人嗎？

我跳到樹下時，看到黃旭升站在黑暗中，似乎是在等我。我走到了她跟前，藉著月光看到了她的臉，卻發現她已經是淚流滿面。

我們就那樣站著，剛才的情景還沒有離我們而去，月亮已經升在了天空，爲什麼旁邊沒有雲彩。

那時我聞到了黃旭升身上散發出的狗尿味，有點清新。是一個少女的清新。

第九章

1

開始我並不知道爲什麼那天李垃圾仍留在教室裏，他從來都是一下課就跑到外邊，更不要說放學了。可是，那天他在。他像有事一樣地，仍然爬在桌子上寫些什麼，當我想過去看的時候，那件事就發生了。的確，那是我親眼看見的。

在我的敍述裏，有些是我親眼看見的，有些不是，記住這點很重要，我以後不再囉嗦。

當時教室已經沒有什麼人了，只有黃旭升和我，我們在作值日，還有一個那就是李垃圾。

王亞軍走到了楞神的黃旭升跟前，問她：「爲什麼不來補課？」

黃旭升先是不說話，突然，她幾乎是大叫：「不想，就是不想。」

王亞軍的臉上顯出了驚訝，他停了一下，才說：「對老師有意見？」

黃旭升不理他，拿起書包，起身離開桌子，就朝外走去。

留下滿臉不解的王亞軍，李垃圾，和我。

我看著王亞軍，等待著他的發怒，可是他沒有發怒。這讓我感到奇怪，女生可以在男老師面前發脾氣，這是不是說明了男老師作了什麼對不起她們的事？

王亞軍站在黃旭升的座位旁，轉過臉來看著我，說：「是不是黃旭升家又出什麼事了？」

李垃圾看著王亞軍，臉上有明顯的不滿，說：「她爸爸上次死了，是不是希望她媽媽也死？」

王亞軍顯得有些生氣，說：「不要拿別人家死人的事當笑話說。這樣作，不善良。」

李垃圾不吭氣了，過了一會兒才說：「善良？什麼意思？」

我卻在想，爲什麼這樣的辭彙即使是在那種時候也會經常從王亞軍的嘴裏說出，比如仁慈，善良……等等，這是不是因爲他是英語老師的原因？

王亞軍仍然在看著我，等待著我的回答。

我的臉上出現了那種神秘的表情，我今天想起來，總是爲我臉上的這種表情而慚愧，就是那種像是小人或者說像現在電視劇中經常在太監臉上出現的表情，我這種表情有時能在自己驕傲的父親臉上看見，有時能在自己媽媽的臉上看見，我清了清嗓子，看著王亞軍有些猶豫，我不知道該不該對他說：「黃媽媽跟那個高個子男人在上午，當別人都在工作的時候，她們卻在黃旭升家，在她爸爸遺像眼神的注目下做大人常幹的那種事。」

因爲猶豫，我顯得有些呑呑吐吐，我說：「可能，可能她們家，她們家出了點事，我不知道。」

王亞軍說：「她最近的情緒的確有問題，你們住一個樓，又是同桌，她沒有對你說過？」

此時我似乎明白了什麼，我堅定地說：「不知道。」

王亞軍說不出是失望，還是茫然，他站在窗前，看著天山，很久都沒有說話。

那時，李垃圾已經走了。教室裏只有我和王亞軍。

我也感到再待下去，沒有太大的意思，就也想出門，他卻突然對我說：「走，你帶著我再去她家。我問問她媽媽。」我眞正地感到了猶豫。

他說：「走呀。」我還是站在那兒。

他問我：「你怎麼了？」

我說：「黃旭升她媽，她媽，那個人有些厲害。」

王亞軍說：「看著一個素質優秀的學生這樣，必須去。」

我說：「你忘了上回她媽媽罵你了嗎？」

他聽我這麼說，就猶豫了。

2

我回到了家，媽媽還沒有回來，我拿出飯菜票，正打算自己去食堂，剛走到一樓，就聽到黃旭升尖銳的哭聲。黃媽媽的罵聲從裏邊傳來，我到了她家門口，正想聽，突然，門開了。黃媽媽站在我的面前，說：「我正想找你呢，能不能幫阿姨去把你們英語老師找到家裏來？」

我有些拿不定主意。

她說：「你不是英語課代表嗎？去吧。」說著，她轉身從裏邊拿出了一個大包子，是白麵的，塞到了我的手裏，說：「去，就說黃旭升媽媽找他有事。」

我拿著包子，咬了一口，發現是肉的。就感到了幸福，那時這樣的包子是輕易吃不上的，這說明黃旭升家的地位已經提高了。能吃上肉包子了。我意識到自己已經被收買了，但還是說：「我怕我媽罵我。」

黃媽媽說：「不會的，我給你媽媽也留一個大包子。」

我飛快地跑到了學校，在過道裏看見了正要出去的王亞軍。

我說：「黃旭升她媽媽讓你上她們家去。她說有話對你說。」

王亞軍一楞，說：「那她爲什麼不來呢？」

我說：「不知道。」

王亞軍想了一下，說：「我當然也可以去。」

3

這件事有些不合情理，作爲家長要找老師，當然得親自登門，可是，她卻讓王亞軍來自己的家，這多少說明王亞軍心中有鬼，否則他是應該生氣的。

他走在過道裏，燈光都開著，王亞軍不說一句話。剛走到大門口的時候，阿吉泰迎面走來。

王亞軍有些緊張，他竟然站在那兒不動了，他沒有看阿吉泰，卻看著我，就好像他正想起了一件遺忘了的事一樣。

阿吉泰沒有看他，只是看著我，然後笑起來。她輕鬆地從我們面前走過，從她身上留下了女人的一種特別的香氣。這種香氣在今天蓋過了王亞軍身上的香水氣息。

我看著阿吉泰，心中湧起從未有過的幸福感，因爲她不理王亞軍，而是對我笑。看起來她那天晚上打王亞軍的那一嘴巴眞是打得好，打得及時。它打掉了王亞軍的威風，大漲了我這個倒楣孩子的志氣。

王亞軍沒有回頭看阿吉泰，他只是肩膀顯得有些僵硬。

在我仍然看著阿吉泰的時候，他說：「走。」

我們來到了我們樓前，陽光灑在門外的老榆樹上，王亞軍眯著眼看著陽光，說：「明天會下雨。」

我一驚，以爲他除了會說英語而外還能看天說話，知道氣象萬千，就說：「你會算命算天象？」

他說：「我對這些不感興趣。」

我說：「那你怎麼知道會下雨？」

他說：「我聽廣播，天氣預報。」我大失所望，然後笑起來。

他似乎沒懂：「笑什麼？」

我說：「天氣預報我也會聽。」

他更加不解了，像個呆子一樣地說：「我沒有說你不會聽天氣預報呀，爲什麼笑？」

我說：「就是好笑。」

他仍然認眞地說：「我怎麼就是想不通這裏有什麼好笑的。」我不吭氣。

他卻又問：「說說，你爲什麼覺得好笑？」

我想了想，說：「開始你說明天要下雨，我以爲老師會算命，能看風水，是一個無所不能的人，可是，你說你是從天氣預報上聽來的，你說，我能不笑嗎？」

他停下腳步，仔細地想了想，突然，他開始笑起來，而且笑得很開心。他這樣比別人慢半拍的笑，使我覺得他這個人眞是有些不可思議。

我以爲他笑笑就算了，可是，他自己笑得更加厲害，甚至於有些前仰後合了。

我看著他，感到他是一個怪人，神經可能也不太正常。

他還在笑，說：「幽默，幽默，眞是幽默。」

我卻突然緊張起來，我說：「老師，你聽，黃旭升她媽媽在唱歌呢。」

歌聲從過道裏傳來：「呵，敬愛的中國呵，我的心沒有變，他永遠把你懷念……」

黃媽媽唱得很動情，就像那天她在過道裏的哭聲一樣。

王亞軍仔細地聽著，說：「西哈努克親王的歌詞寫得很有眞情實感，所以這歌很多人都愛唱。」

歌聲還在傳來，像流水一樣，我們聽著。

王亞軍說：「她媽媽爲什麼這麼高興？好，我們聽她把歌唱完，讓她盡盡興。」

我說：「不知道，從她爸爸死了以後，她媽媽就總是這麼高興。」

我並沒有意識到自己說了一句很深刻的話。王亞軍仔細地看看我。

黃媽媽唱完了一段，又開始唱譜子：「索—拉索米索拉多—拉索米索西拉—索米來多拉多米—」

王亞軍笑了，說：「她唱歌不存在音不準的問題。」

我說：「其實你也可以不來，我就說我沒有告訴你。」

他說：「不能這麼想問題，最重要的是怎麼樣才能幫助黃旭升。其實，她不叫我，我也想再來。」

我們來到了黃旭升家門口，門開著。我正想朝裏走。王亞軍拉住我，並站在開著的門前敲門。

有人走到了門前，是黃旭升，她先是看見了我，目光裏有高興的東西，接著，她看見了王亞軍，黃旭升的眼中立刻就出現了難過，反感，失望，她開始關門。儘管我在用力把門推開，可是黃旭升卻開始跟我較勁。

門就這樣地被推來推去。王亞軍站在那兒沒有動，只有我和黃旭升在來回推著那門。我當時明顯地感覺到黃旭升不想讓王亞軍進自己家，但是，我並不知道她是想保護自己的英語老師。

終於，響動聲引起了黃媽媽的注意，她問：「是誰？」

說著，黃媽媽走了過來，她一眼就看見了王亞軍，就說：「是你？你還眞的來了？」

王亞軍說：「我能進去說話嗎？」

黃媽媽對黃旭升說：「妳進裏屋。」又看看王亞軍，說：「好。你進來吧。」

黃旭升卻仍然固執地用門關上的力量把王亞軍朝外推。

黃媽媽有些奇怪，她看著自己的女兒，說：「把手鬆開。」

黃旭升不聽，仍是把門用勁拉著。

黃媽媽說：「鬆開，妳聽見了沒有？」黃旭升仍在關門。

黃媽媽抬手給了自己的女兒臉上一掌，打得不輕。黃旭升臉上有了血印。

王亞軍生氣了，對黃媽媽說：「你爲什麼打她？她沒有犯什麼錯，你不能這樣打她。」

黃媽媽看著鬆開了手，跑進裏屋的黃旭升，說：「對孩子就像對待反動派一樣，你不打，她就不倒，掃帚不到，灰塵照例不會自己跑掉。」

當我們坐在黃旭升家的時候，王亞軍說：「我今天來就是想問問，黃旭升爲什麼最近總是沒有心思學習，她的病不是治好了嗎？我覺得她最近的神情有問題，想來問問妳。」

黃媽媽仔細地盯著王亞軍看著，說：「我還正想問你呢，你說她爲什麼這樣？」

王亞軍像是電影裏的外國人那樣聳聳肩，我看得出來，他這種動作激起了黃媽媽極大的反感。

王亞軍在聳肩之後，說：「我來就是想跟妳探討一下，這是爲什麼。」

黃媽媽開始抽煙，她把煙直接無禮地朝王亞軍的臉上噴去。

王亞軍開始咳嗽。

我儘管覺得有些可笑，但是我不想走，想看看後邊會怎麼樣。

黃媽媽又吐了幾口煙之後，突然對王亞軍說：「你是她們班主任嗎？」

王亞軍搖頭，說：「不，不是，班主任是郭培清老師。」

黃媽媽說：「我知道你不是班主任。既然不是班主任，你管那麼多幹什麼？」

王亞軍說：「我只是覺得她是個好學生，智力超過一般的學生，她如果好好學習，等今後正常了，她會有前途的。而且，她學英語，比一般的人學得好，她的發音準，她模仿力強，我是一個有經驗的英語老師，我知道的。」

黃媽媽說：「問題就在這兒，你明明不是班主任，僅僅是個英語老師，你的關心過頭了。」

王亞軍楞了，他說：「妳這話是什麼意思？我喜歡這個女生，我覺得她有問題。」

喜歡這個詞激怒了黃媽媽，她狠狠地看著王亞軍，對他喪失了最後的耐心。

黃媽媽說：「不要裝糊塗了，今天即使你不來，我也要去找你。你來了，就說明你心中有鬼。人家都說你作風不好。你自己還裝什麼傻呀？」

王亞軍的臉紅了，他一時不知道該說什麼。

黃媽媽說：「今後不要再讓黃旭升走進你的宿舍一步，你也最好不要讓其他那些女生到你的宿舍去，什麼補課呀，我可是知道你們這些作風不好的人是怎麼想的。」

王亞軍喃喃道：「怎麼想的？」

黃媽媽：「歪門斜道。黃旭升學不學英語不要緊，只要她今後不再跟你來往，我就放心了。你走吧，不要讓我待會兒把你趕出去。我們以後不學英語照樣爲人民服務。」

王亞軍說：「她學不學英語不要緊，我以後也可以不爲她專門補課，你們說我作風不好也行，我今天來只是想問妳，爲什麼她最近的情緒不穩定，妳是不是需要帶她看醫生。我認識一個醫生，他對神經方面和心理方面的問題很有研究，他也是被從上海罰到新疆來的，他叫吳承恩……」

黃媽媽說：「好了，別提你們這些上海人了，我眞是看見你們這些上海人就夠了。」

王亞軍無論如何也想不通爲什麼黃媽媽會這麼無禮，就連我也想不通，在我們樓道裏，黃媽媽平常不是這樣的。

黃媽媽說：「你走吧。劉愛可以留下。」

王亞軍說：「我能直接問問黃旭升嗎？」

黃媽媽說：「你要是再纏著她，我就對你不客氣。我能告你。」

王亞軍說：「你告我什麼？」

黃媽媽說：「你是來裝傻的嗎？自己作的事，自己心裏不知道？」

王亞軍歎了口氣，說：「我問心無愧，我爲妳女兒補課，可是我沒有絲毫的惡意。妳這樣對我說話，我只能說妳沒有教養。」

黃媽媽開始掃地，塵土瞬間裏充滿了房屋。

王亞軍大聲說：「妳是一個沒有教養的女人。」

他說完，正想走，突然，從裏屋出來一個男人。這是一個高個子的男人，他比王亞軍幾乎高了一個頭，他穿著一身黃色的軍裝，沒有領章帽徵，但是他顯得異常有力量。

王亞軍一看這個人，竟顯出有幾分害怕，他喃喃地叫道：

「申總指揮。我不知道你在這兒。」

高個子男人緩緩地到了王亞軍跟前，他一把抓住我這位英語老師的脖領子，說：「你以爲她們是孤兒寡母就好欺負嗎？」

王亞軍說：「我沒有這個意思，申總指揮。今天，是黃旭升她媽媽讓我來的。」

男人說：「不，是我讓你來的，我讓她們叫你來，我的身份不太合適出現在你們學校。你說，你想對黃旭升幹什麼？」

王亞軍顯得更加慌亂，他說：「我，我，我只是覺得黃旭升最近情緒不對，想幫幫她……」

高個子男人突然大聲說：「你這個流氓成性的傢伙。下次不要讓我再聽說這件事，當心你的狗命。」他說著，幾乎是把王亞軍拎起來，提著，從家裏扔到了過道的地上。

我眼看著王亞軍摔倒在地上，就像是一個沒有骨頭的人一樣，不知道是被嚇的，還是真的被像塊石頭一樣地扔在了地上的。

門重重的關上了，我再次聽到了黃旭升的哭聲。開始，我一直以爲黃旭升的哭聲是因爲恨，可是，隨著歲月的流逝，我漸漸地明白了，那是因爲愛。

出門之後，王亞軍問我：「你說，我們今天來黃旭升家是不是來錯了？」

我說：「不知道。」

王亞軍說：「可是，黃旭升的情緒變化的原因，我卻還是沒有弄淸楚。」

我看著滿身是土的王亞軍，覺得他有些可憐。那時，我想起了那天晚上當王亞軍在屋內的燈光下被阿吉泰打了一巴掌，而差一點從樹上掉下去時，心裏隱約有著某種判斷。可是，我不願意對王亞軍說，他知道了我爬在樹上看他，會怎麼想？

我什麼也沒有對王亞軍說，但我心裏知道，黃旭升的態度，與她看見了王亞軍與阿吉泰在一起有關。

但我還是想說幾句題外話，那就是關於這個申總指揮，他是很有名的人物，曾經指揮過整個新疆最大的一次武鬥。要知道，那是我的童年時代，而這個高個子男人是烏魯木齊的革委會副主任。儘管，我是這麼不情願在這個故事裏用這樣的稱謂，可是不用就無法說清楚。高個子是副主任，那就說明他擁有無限的權力，他如果眞的想讓王亞軍死，那我們的英語老師就絕對活不到今天。

在以後我與王亞軍單獨交談的時光裏，我曾問過王亞軍：「你是不是眞的很害怕申總指揮？」

王亞軍說：「我怕。」

4

還是在英語課上，王亞軍的眼神有些變了，儘管仍然在微笑，可是，他時時地會看著窗外的遠方，在目光裏有著某種憂傷。確切地說，他的這種眼神是出現在阿吉泰打了他的耳光之後。儘管，他仍然時時地給一些女生補課，可是在這些女生之中，沒有了黃旭升。

黃旭升的眼神也變了，開始大家並沒有太注意，但是一兩個星期以後，她的這種表情開始讓許多人覺得可疑。

漸漸地，一種不滿的情緒滋長起來，當然，不是對著黃旭升的，而是對著王亞軍。

她有時會突然在人們面前喊一聲，「流氓，眞流氓。」

於是一個疑問產生了：她究竟在罵誰？是罵她媽嗎？還是在罵別的什麼人。

李垃圾會笑著問她：「罵誰呢？」

我也在想，她是在罵誰？是罵自己的母親嗎？因爲她的母親有了一個高個子的男人，還是罵王亞軍？因爲王亞軍曾經總是爲她單獨補課。

聰明的李垃圾把這個疑問指向了王亞軍，因爲他曾多次給黃旭升補課，有時的確是單獨爲她，可是現在她不去了，而且，她的表情很讓人難過，像是受到了傷害一樣。

王亞軍這個習慣眞不好，招人恨。許多男老師都喜歡單獨給女生補課，可是在目前這種情況，就是大人們經常處於緊張的情況下，男老師們都有所收斂，只有王亞軍，他就好像是從天外來的，就好像他們這些來自上海的人，跟別的地方的人都不一樣。這是不是因爲上海過早地成爲了美國人的地方，而美國人又培養了上海人的某種與眾不同的習慣呢？

王亞軍從不解釋，微笑沒有離開過他那總是被剃鬚刀刮得發青卻又能顯出紅潤的臉上。而他的憂傷總是在眼睛後邊很深的地方。

5

笑聲還是從王亞軍的宿舍裏傳出來，那是女生們在笑，也是王亞軍在笑。王亞軍並不會笑出聲，但是，我能想像出他微笑的面容。那裏沒有了黃旭升，卻仍有周晏，有王慧，有高原（原來叫高燕），白央，劉海蘋……

我現在回憶起這些同班女生的名字時，心中會產生一種快感，甚至也會有些憂傷。就是時時出現在王亞軍眼神深處的那種東西。

我發現自己在這兩天裏很喜歡用這個詞，就好像這個詞裏有著某種巨大的詩意。父親在離開我們，去原子彈基地的時候眼睛裏就是這種憂傷，而王亞軍現在也開始了。

沒有人意識到王亞軍的眼神裏有什麼，大家似乎都開始猜測，是不是王亞軍曾經對黃旭升動手動腳。

當許多人開始對這個來自於上海的英語老師產生了懷疑而議論紛紛的時候，王亞軍本人卻像什麼都不知道。

那是一天下了課，我拿著留聲機，跟著他進了他的宿舍，我一眼就看見了那個裝著咖啡色飲料的罐頭盒，還有那本英語詞典。

王亞軍在我出門的時候，突然問我：「黃旭升爲什麼不願意來參加補課了？」

我說：「我不知道，你應該知道呀。」

他沒有再問。

我也沒有了再待下去的理由，我於是出門。就在我將要把門關上的一剎那，突然，我不知道從哪裏產生了勇氣，回身開了門，再次走進他的宿舍，像個小太監一樣，壓低了聲音，像是他的朋友那樣問他：「你是不是對黃旭升動手動腳了？」

王亞軍沒聽清楚，問：「你說什麼？」

我說：「大家在後邊都說，你在給女生單獨補課的時候，對黃旭升動手動腳了。」

王亞軍把眼睛睜得大了，他看著我，說：「大家？哪些大家？」

我說：「同學，還有別的老師。」

他看著我，眼睛還是很大，說：「是你們班主任嗎？」

我點頭，並說：「聽我媽說，校長也這麼說過。我媽問過我。」

王亞軍的眼睛漸漸小下來，他說：「你看我像這種人嗎？」

我看著他，半天才說：「我不知道。」

他像洩了氣一樣，看看我，然後走到了窗戶邊上，那棵老榆樹就在他的眼前，它們伸過來，像是在對他招手。

我覺得自己的話已經說完了，就開了門，正要出去的時候，他對我說：「謝謝你把這件事告訴我。」

出門後，我如釋重負，感到自己有生以來，作了一件很大的事，傳了一句閒話。

6

再也聽不見女孩子們的笑聲從王亞軍的宿舍裏傳出來。

白央，周晏，高原們都不去了，而黃旭升她只要是看見了王亞軍就會躲著走。

在放學的路上，我覺得黃旭升似乎有話對我說。

我問黃旭升：「妳咋了？」

她說：「李垃圾給我寫條子了。」

我說：「寫的什麼。」

她不說話。

我說：「他是不是寫的喜歡你。」

黃旭升搖頭，說：「他是用英語寫的，只有一個字，愛。LOVE。」

我一時說不出話，李垃圾從來不好好學英語，卻能用這個單詞造句。

我說：「那你怎麼想？」

黃旭升說：「我看見他，就像看見蒼蠅一樣。」

我看看她，不知道她說的是眞話，還是假話。反正，當時，我竟然從黃旭升的臉上看到了絲絲得意。現在回想起來，女孩們眞怪，她們從小就很複雜，其實她們就沒有眞正地小過。

我說：「妳打算怎麼辦？給他回信嗎？」

她說：「回信我已經寫好了。」說著，黃旭升站住，從書包裏拿出了一張紙，那上邊寫的全是英語，意思是我們是長在紅旗下的好孩子，不應該這麼早地想這件事。

我說：「妳用英語寫這樣的信，李垃圾又看不懂。」

她說：「我想也是的。」說完，她竟把這封信給撕了。

我們走到了樓門口，她突然站住了，對我說：「我要利用李垃圾。」

我望著黃旭升蒼白而乾淨的臉，感受著她身上的清新氣息，說：「怎麼利用？」

她說：「我想把我媽和那個男人一起毒死。」

我的頭皮發麻，看著她，張著嘴，說：「殺人是要被槍斃的。」

她說：「我知道。」

我說：「妳不是最恨王亞軍嗎？」

她搖搖頭。

「王亞軍是不是對你動手動腳了？」

她一楞，說：「沒有呀。」

我說：「那大家都這麼說，妳看妳媽對王亞軍那樣。」

黃旭升說：「王亞軍壞，我媽比王亞軍還壞。總有一天，我要報應她。」

我說：「既然，王亞軍沒有對你動手動腳，你爲什麼不對大家說呢？」

她說：「沒什麼好說的，他活該。」

我突然問：「是不是他對阿吉泰好，妳恨他？」

黃旭升的眼淚出來了，她看著我，點點頭。

7

李垃圾是我童年裏最有詩意的一個人，他因爲窮，天天撿垃圾，當時說窮人的孩子早當家，李垃圾的確早當家。他放學之後，總是這樣的，先撿垃圾，再到鍋爐房後去撿煤渣，他的臉經常是黑的，可是，我並不知道他內心卻深藏著愛情。

我現在之所以要說說他，是因爲他作的一件事，與王亞軍，我和黃旭升都有關。

那是在一個晚上，母親又是很晚都沒有回來。

我一個人在外邊實在沒有意思，就又來到了學校後邊的那棵樹下，快走近的時候，我突然聽到了聲音，是黃旭升在對李垃圾說話。

黃旭升說：「找著老鼠藥了嗎？」

李垃圾說：「我從我爸爸管的庫房裏拿了一包。」

黃旭升說：「那你什麼時候放？」

李垃圾說：「我知道他們總是在上午剛上課的時候上妳們家去，妳明天早上把鑰匙給我就行了。」

黃旭升說：「光把那個男的毒死就行了，不要毒死我媽，讓她活下來。」

李垃圾說：「爲了妳，我什麼都能幹。妳就像天上的月亮一樣。」

黃旭升笑了，說：「你說，天上的月亮這個詞該怎麼說？」

李垃圾說：「王亞軍沒有教。」

黃旭升說：「怎麼沒有教？MOON。」

李垃圾學著，說：「母呢。」

黃旭升笑起來，說：「你長大想幹什麼？」

李垃圾說：「當土匪，抗日，打游擊。」

8

第二天頭一節課就是英語。

當王亞軍在黑板上書寫新單詞的時候，李垃圾平靜地走進教室，沒有人注意他。

黃旭升的臉上緊張起來，她看著李垃圾。

我的內心也是充滿恐懼。

當放學了，我一直有些緊張，我對坐在那兒拼命抄英文單詞的黃旭升說：「妳不回家？」

黃旭升說：「你先走。」

我看看坐在那兒不動的李垃圾，知道他們有話說，就自己先離開了教室。

剛走到了我家的樓門口，就聽到了黃旭升她母親高亢的哭聲。

我知道，樓裏又死人了。

過道裏有保衛科的人，他們在拍照現場。

可是，他們無論拍了多少張照片，最後都沒有查出來是誰給黃媽媽和高個子的男人下了毒，赫赫有名的申總指揮死了，從此不可能再來黃媽媽這兒偷情。據說，最後連烏魯木齊公安局都來人了，他們想破案，因爲我說過，那個高個子男人當時很有地位，是個了不起的人。他們懷疑是王亞軍幹的，但是王亞軍正在上課，有不在場的證據。他們也懷疑過是黃旭升，可是，他們誰也想不到這是李垃圾幹的，而且，是因爲他對於黃旭升的愛情。

少男少女的愛情，一個很完整的中學生早戀的故事。

9

黃旭升被多次審問，她反復說：「我不知道。」

長大以後，黃旭升曾對我說：「她覺得自己當時就跟江姐和劉胡蘭一模一樣。」

然而，當時黃旭升顯得並沒有她說的那麼勇敢，她就是哭。

當大人們因爲審訊而不讓她睡覺，問她爲什麼那段時間，她的情緒很不正常。他們問的問題實際上是跟王亞軍完全一樣的，只是目的不同。前者是爲了破案，後者僅僅是一個老師想讓他的學生情緒穩定，能學好英語。

黃旭升最後爲了睡覺，就違心地說了一句話。當大人們啓發她，是不是王亞軍在給她單獨補課時對她動手動腳時，她說：「他對我動手動腳。」

10

也就在那天晚上，黃旭升的母親，突然敲開了我家的門。

她淚流滿面地求我媽媽，想跟我們家換房子住。她說，她剋男人，是不是與住在太靠西邊的房子有關？如果換了房子就會好的。

我媽媽有些吃驚她的這種想法。

黃媽媽充滿懺悔地說：「爲什麼男人跟我在一起一個，就死一個，不管他是共產黨，還是國民黨？」

媽媽也楞了，說自己從來沒有想過這樣的問題。

黃媽媽突然說：「妳相信有神嗎？」

清華大學畢業的母親笑了，說：「我是一個無神論者。」

黃媽媽又說：「妳相信有鬼嗎？」

媽媽笑得更厲害了，說：「既然妳已經這樣了，那咱們兩家就換房子吧。」

第十章

1

那天清晨，我很早就來到了教室，把黑板擦乾淨了。然後，我站在黑板前，欣賞著自己的勞動成果。第一節就是英語課，王亞軍是一個對於黑板的整潔有著近乎潔癖的人。教室就我一個人，安靜讓我感到了無聊，我拿起粉筆，在黑板上先是寫了「SOUL」，「LOVE」，「HOUSE」，「CHANGE」……然後，我又一個個地看著這些單詞，想像著他們的意思，又用板擦一個個地擦掉它們，當只留下最後一個詞「LOVE」時，我沒有擦，而是把它留在了黑板上。這時，李垃圾正好進來，他看著這個單詞，突然臉顯得有些紅，問我：「你是什麼意思？」

我說：「你是什麼意思。」

他不說話，只是奪過黑板擦，把那個詞擦掉了。

「SOUL」這個詞，擦得不太乾淨，李垃圾把它重新描清楚了，問我：「這個詞是什麼意思？」

我說：「靈魂。」

李垃圾又笑了，說：「從小到大，我不知道寫了多少觸及靈魂的檢查。可是，我眞是不知道靈魂是什麼。你知道嗎？」

我說：「我也不知道。他們說你死了以後就知道什麼是靈魂了。」

李垃圾笑說：「你才死了呢。」

我也笑起來。就好像死這個字眼眞的挺好玩。

李垃圾說：「哪天東山公墓槍斃人，咱們再去看，說不定在那兒能看到靈魂。」

我沒有理他，把那個詞也擦了。

2

上課鈴打了半天，沒有見王亞軍進來。

我們都奇怪，守時的王亞軍總是比鐘錶還準，就是他偶爾生病，也不願意誤課，而是掙扎著繼續以他那林格風的腔調對我們說著英語。

我對黃旭升說：「爲什麼他今天到現在沒來。」

黃旭升不吭氣。

當我反復問她，她就煩了，說：「我咋知道，我又不是他的小老婆。」

小老婆這個詞用得很別致，那個時候曾看過《半夜雞叫》。裏邊有周扒皮的小老婆。可是，黃旭升今天用這樣的詞，眞是讓我大吃一驚。

一會兒，校長與郭培清進來了。

校長板著臉，說：「從今天開始，你們不再學英語了。」大家一楞。

有很多人歡呼起來。他們高興得說，「太好了。」只有我心中充滿難過。

校長說：「因爲王亞軍犯了嚴重的錯誤。」

我不知道爲什麼，心中竟然異常悲憤起來，大聲說：「最好連漢語也不學了。」

校長很快地看了我一下，他的目光與我的目光對視。顯然，他是有些袒護我的。他很快地把目光從我的身上移開。又說：「這節課大家先自習，以後怎麼安排，等學校作出新的決定，再說。」

3

下課之後，我飛快地跑到了王亞軍的宿舍門口，想透過那個有著花紋玻璃的門看見什麼。可是，裏邊很黑，我爬了半天，什麼也看不見。

過道裏充滿了歡樂，笑叫聲不斷地傳來。

我站在門前，突然忍不住地叫了一聲：「王老師。」

裏邊沒有動靜。我又喊了幾聲。仍是沒有任何反應。我有些失望地準備走了。

就在那時，門竟然開了，王亞軍站在我的面前。

我看著他，他也看著我。他把門開得大些，讓我進去。

裏邊很暗，像是壞人的房間，我頭一次發現他的房間裏沒有香水味。

他的臉有些灰，儘管仍用剃鬚刀刮得很光，可是那種感覺就是一種灰色水泥的感覺。

我坐在了椅子上。他仍站著。

我想問他什麼，但是他臉上的灰色讓我害怕，我頭一次感覺到這個我童年世界裏唯一會說英語的人顯得有些猙獰。我甚至有些後悔來他這兒。

他看看我，說：「你們不學英語了？」

我點頭。

他說：「是誰宣佈的？」

我說：「是校長。」

他說：「大家有什麼反應？」

我猶豫了一下，說：「大家都很高興。」

王亞軍一楞，似乎沒有想到是這樣，漸漸地眼淚快要從他的眼睛裏流出來了，但是，他很快地就控制住了，我以爲自己看錯了，但是那分明是淚水。

他的淚水讓我更加感到了恐懼，我眞不希望他也是個會哭的人，難道這種行爲眞的在他身上發生了嗎？

我不想看他哭，當時就是想離開這個沉悶而又壓抑的屋子，可是我又不好意思走。在一個人在你面前哭泣的時候，你眞的會沒等他擦拭完淚水就離開他嗎？我坐也不是，站也不是，顯得十分尷尬。

他的淚水流得很少，在眼睛裏顫著，然後很快地自己就乾了。沉默了一下，他突然就提高了說話的聲音，嚇了我一跳。

「其實，我並不難過。」

我看看他，站了起來，對他說：「那我走了，馬上要上體育課了。」

他說：「你不是不愛上體育課嗎？」

我點頭。同時，心裏也奇怪，他爲什麼會知道我不愛上體育課呢？

他停了一下，說：「體育課時，我看你經常站在那兒，也不踢球，你總是像在想什麼。」

我說：「王老師，我走了。」

他點頭。

當我要出門的時候，他突然說：「站住。」

我再次被嚇了一跳，眞的非常害怕他就是一個壞人。

他走到我面前，把我拉進屋，然後關上門。

我不知道他想幹什麼，就像是等待著審判一樣地看著他。

他似乎有些猶豫，沉吟著，然後慢而小心地問我：「黃旭升爲什麼恨我？」

我不說話。

他又說：「她爲什麼會恨我？」

我吞吞吐吐地說：「她沒對我說，她恨你。」

他看看我，當確定我沒有什麼話想對他說之後，就重新拉開了門，對我說：「你走吧，以後不要上我這兒來了，對你不好。」

我出了門，回頭看看他，在那一刻，我意識到了自己的內心受到了「以後不要再上我這兒來了，對你不好」這句話的刺激，突然湧出了憂傷。我眞想對他說，黃旭升是因爲你喜歡阿吉泰而恨你的。

可是，我仍然就那麼沉默地走了，我什麼也沒有對他說。

過道裏仍是很暗，我的內心更暗，我眞是有些仇恨爸爸的這種設計風格。我討厭黑暗，我渴望陽光。

4

沒有了英語課，我就像是沒有了靈魂。這個時候才想起了當時非常流行的話語：「一天不學問題多，兩天不學走下坡，三天不學沒法活。」有的人就是聰明，他們善於總結，把人類心裏的話，只用很少的字，就能說透。我可能就是沒法活了。

在上其他課的時候，我時常拿出我自己曾經作的一張張英語卡片，反復地看著上邊的單詞，和自己爲這些辭彙畫的漫畫。比如「FACE」這個詞，我會畫一張李垃圾的臉，並有意識地無限放大。比如「FATE」這個詞，我會用閃電來說明命運。比如「FATHER」，我就會畫一隻爸爸的有些斜的眼睛。反復看卡片的時候，我的內心裏總是又甜又苦。

窗外又下雨了，天山在水霧中看不見了。

黃旭升看著那些卡片，她想拿其中一張看，我不同意。在課桌下，在郭培清講課的時候，我們倆爭著那一張卡片。突然，它被撕破了。

我竟然忘了這是在課常上，氣極敗壞地大聲對黃旭升說：「去你媽的。」班裏的同學都驚呆了，在他們的印象裏我總的說來是一個文明孩子，爲什麼竟然在課堂上，在班主任老師的眼皮底下，說粗話。

黃旭升不吭氣，流出眼淚。

郭培清讓我站起來。我站了起來。

他說：「你爲什麼罵人？」

我說：「她撕了我的卡片。」

郭培清過來撿起了那張卡片，說：「鳥？會飛的鳥，英語的鳥，外國人的鳥……看起來你中的毒不淺。」

突然，郭培清憤怒地打開了窗戶，雨霧衝了進來。我的臉立刻全都濕了。

郭培清把那卡片扔了出去。

那寫著英文單詞的鳥朝天空中升著，像風箏一樣地被刮得很高很高了。

郭培清關上了窗戶，說：「下課。」

過道裏的電鈴響了。郭培清走了出去，他沒有再找我的麻煩。

我正感到有些輕鬆，李垃圾就走到我跟前，要約我單獨出去打架。

看見李垃圾眼睛都紅了的樣子，我竟然有些害怕他，於是就坐在那兒不動。

李垃圾就站在我們身邊。

我不出去，也不看他。

李垃圾說：「你是兒子娃娃嗎？」

我仍是不說什麼。

我們雙方就這樣僵持了一會兒，直到黃旭升對他說：「你回去。」

李垃圾這才看看我，又看看她，然後他聽話地回到了自己的座位上。

我重新撕了一張卡片，寫了「BIRD」這個單詞，我說：「鳥，他媽的鳥。」然後我又畫了一隻鳥，展著雙翅，在天山中的雲上飛著。

那個時候，我又看了一眼天山，它在雨中顫抖，就好像在吸收了濕潤的空氣之後，有些過份的反應，患了某種疾病。

5

媽媽的設計開始實施，防空洞在湖南墳園裏開挖了。

那時候的人很聰明，爲了防止侵犯我們的外國人，他們在貧窮的情況下，卻能把事作得十分有想法，有創意：先是平地用石頭壘起碉堡，在上邊用土堆起一座很大的土包，又栽上樹和草，然後在衝著西的一個側面，像開窖洞一樣地留下一道廊，延伸進去，再朝下挖。遠處看就像是一座山，從高處看，就像是一座墳。

這眞是媽媽的傑作，在沒有爸爸的參與下，她這個清華大學建築系的畢業生頭一次顯示出了她的才能和想像力。據說，母親第一次看到她在紙上的圖紙變成現實的時候，她哭了。就像是很多經過了曲折最後的成功者一樣，她流的是幸福的淚水。

我忘了帶鑰匙那天，去防空洞的現場去找媽媽，她正忙著，就是看見了我，也沒有太理我。因爲，她正在與范主任他們商量著什麼，顯得又認眞又有些著急。她站在幾個男人中間很有些女權主義知識份子的味道，她與他們爭論，那時她的臉有點紅，就像草原上盛開的鮮花。沒有錯，工作使母親變得美麗無比，我用鮮花去比喩她是沒有錯的，知道嗎？烏魯木齊往北的草原上只要是過了七月就會有許多花兒怒放，那時天山腳下的回民們就會唱起花兒。如果你聽過一首用手風琴拉過的獨奏曲你就會知道我是什麼意思了，媽媽對待范主任他們幾個男人的微笑說明了手風琴好聽，鮮花美麗，還說明了人是不記仇的，與樹不一樣，樹有年輪，它們記載自己的歷史極其客觀，而人不一樣，媽媽就好像從來不知道范主任曾經打過爸爸的耳光，她因爲工作而忘了私仇。

我站在一旁，等待著媽媽發現我，並聽我說我沒有帶鑰匙，並且，我餓了。那時我的饑餓就像天空一樣深藍，遼闊，無始無終，無邊無際。它總是在吃過飯還不到一個半小時，就像雲彩那樣地向我襲來。

我思考著如何打斷媽媽與那幾個男人的討論，我想我應該把話說得簡短一點，就兩句話：「家裏沒有菜票，飯票了——」這是第一句。然後，我要說，「我忘了帶鑰匙，把妳的鑰匙給我。」可是，媽媽的熱情使我感到即使是這兩句話，我也無法讓她聽清楚，把自己的設計變成現實這件事眞是太有刺激了。

我從小就明白了這點。創造的實現，可以使一個優秀的女人暫時忘了自己的後代。這麼繁忙的地方把我襯托地像是一個遊手好閒的人，一個顯得比周圍的大人們更冷靜，更深沉的孩子。我意識到母親不會馬上理我時，饑餓的感覺一下子就輕了許多。一個十多歲的孩子有沒有權力在他母親面前撒嬌？對這點我沒有把握，也不抱希望。

6

我開始在防空洞的現場轉悠，像個考古學的專家一樣，我認眞地看著那些從地裏被挖出來的東西。其中有很大的貝殼化石。我又一次地認識到他們說得沒有錯，新疆過去就是一片海。

而如今海水散去，有的地方就變成了沙漠。

爲什麼一定要變成沙漠呢？這種疑問讓我的心開始發疼。那時的我，還沒有見過海。對於海的想像使我內心裏愁緒陣陣，我也就是在那個時候看見了正從防空洞裏出來的王亞軍。他明顯地黑了，瘦了。而且，沒有穿那麼講究的衣服，他竟然穿上了土黃色的仿軍服，而且腳上還穿著一個大膠筒，這使他的樣子像是變了一個人，有點像是卓別林扮演的那個流浪漢。

當我有些激動地朝他走過去的時候，他竟然沒有認出我來。

我站在他面前，說：「我是劉愛。」

他看看我，眼光有些懷疑，說：「你長高了。」

我說：「防空洞是我媽設計的。」

他說：「能看出來，這是專業人員幹的事。」

我說：「你爲什麼穿雨鞋？」

他說：「下邊的地下水很多，我們站在水裏朝前挖。」

我說：「很累吧？」

他點頭，說：「很累。」又說，「你還在學英語嗎？」

我說：「都快忘光了。」

他說：「黃旭升還好嗎？」

我說：「好。她參加了學校的宣傳隊，天天排練。」

他說：「排什麼？」

我說：「草原和北京心連心。」

他笑了，說：「草原和北京怎麼能心連心？」

我說：「你還會回來教英語嗎？」

他的眼神有些黯淡，說：「恐怕回不去了，下個月我可能就要搬出學校了。其實，我很喜歡那間宿舍，窗外就是樹，能看到西山，過道裏總是有學生歡樂的笑聲。」

我說：「我想讓你回來。」

他顯得有些感動，看了看我，這時，母親竟然來到了我和他中間。

母親看看王亞軍，對他客氣地點點頭，又對我說：「你來幹什麼？」

我正想回答母親，這時有人叫王亞軍，他轉身走了。

我看著他的背影，突然朝他跑過去，我擋住了他的路，站在他面前，他看著我，摸摸我的頭。我說：「看見你穿著這樣的衣服我有些難過。」

他沒有說話，看看自己的身上，然後，又摸摸我的頭，把我移開，朝地下走去。

母親把我拉到了一邊，說：「那麼多老師，你爲什麼偏偏愛跟他在一起？」

我說：「他是英語老師。」

母親說：「可是，他作風不好。」

我說：「什麼叫作風不好，誰的作風好？妳的作風就好？」

母親伸手打了我一下，她出手的時候因爲憤怒而有些狠，可是手在空中時，她控制了自己的力度，當那一下打在我的脖子上，就已經很輕了。

我轉身跑了，甚至於忘了拿鑰匙和要錢買飯菜票。事後想起來，那天我一定是掃了母親的興，她在自己的工作中，忘了許多，而我又把她拖進了自己的體驗和過失之中。我跑得很快，一會兒就回到了學校。我走在過道裏，聽到了從小會議室裏傳來了歌聲。

呵，親愛的中國呵，我的心沒有變，它永遠把你懷念……

我從門縫裏望著，黃旭升和幾個女孩子在跳著，唱著，她們的姿態優美。我好像看見了她瘦瘦的身體在寬大的黃衣服裏晃著，當她轉過身來時，我發現了她的胸部比前幾天又高了。我想起了那個晚上，我們坐在樹上，我無意中碰到了她胸部的感覺，突然，渾身上下都感到了熱。但是，看她又唱又跳的樣子，我想起了王亞軍，我的內心裏產生了一種仇恨。

我就在這種複雜的心境下看著她們排練，直到黃旭升她們從裏邊出來。我躲在一根水泥柱子的後邊，看著她們慢慢地離開。而黃旭升一個人，進了女廁所。她從裏邊出來時，已經用涼水洗了臉，她的頭髮有些濕，臉上的水也沒有擦乾淨。

我朝她迎了上去。她看看我，沒有說話。

我說：「妳知道王老師在哪兒嗎？」

她看著我，等我說。

我說：「他在挖防空洞。」

她仍然不說話。

我說：「是妳把他整成這樣的。妳得想辦法。」

她說：「我在跳舞。」

我說：「妳只要到校長那兒告訴他，說他沒有對妳動手動腳過，就行了。」

黃旭升的臉紅了。

我又說：「他現在很可憐。」

我們朝防空洞的工地走著，黃旭升一直跟在我的後邊。我走得很快，她幾乎在小跑著。我能看到她額上的汗。

她隨著我一起躲在了不遠處的一棵樹的後邊，我們只等了一會兒。

王亞軍就穿著一身沾滿泥水的衣服出來了，他沒有朝我們這邊看。只是像一個做作的哲人那樣望著天空，就彷彿他眞的被天上的某種東西給吸引了。

黃旭升的臉色一下子就變得蒼白，她沒有看我，只是一直盯著英語老師，像是一個偉大的母親那樣說：「他黑了，背也有點駝。」

7

我們再次來到了那棵樹上，在夜裏，我們商量該怎麼辦，應該說那是一次會議，是一次帶有轉折性質的會議。

天是陰的，看不見天上的任何東西，遠處的天山也被遮在了雲的身後，可能又要下雨了。

她說：「我有些冷。」

我就把自己的衣服脫下來給她。

她說：「這就是紳士，對嗎？」

我說：「王亞軍說紳士就是這樣的。」

她說：「別人都叫你紳士，你氣不氣？」

我說：「心中暗喜。」

黃旭升笑了，說：「我對不起王老師。」

這時，燈又亮了。從窗戶裏我們看到王亞軍的門開了，他走進自己宿舍的時候，眼光悽楚。

我跟黃旭升都看著王亞軍，見他站了一會兒，就開始收拾東西。

我悄悄對黃旭升說：「他們要把他從這兒趕走了，不讓他住這兒了。」

黃旭升的眼淚漸漸流了出來。

王亞軍有一個很好看的大包，他把一些小東西先朝裏邊裝著，從剃鬚刀，毛巾，牙刷……

直到那本英語詞典。

我的心又開始抖動，我眞是太喜歡這本詞典了。

他拿著這本詞典，站在那兒隨便翻著，然後，他好像看到了什麼辭彙，又坐下，顯得認眞的看起來，邊看邊念著，突然他笑了。

在我們倆的審視下，他笑得很厲害，是什麼辭彙和句子讓他如此高興，以至於都忘了自己的艱難處境？

突然，他像想起什麼事一樣，站起來，朝外走，走出去，又回來，在鏡子裏照照自己，然後換上那件體面的衣服，又從包裹，拿出香水，倒出來一點，灑在自己的身上，脖子上，他作這一切的時候，很仔細，有些從容不迫一絲不苟的樣子。

黃旭升看著王亞軍，她的臉上充滿了迷戀。

我從小就知道了一個女孩子愛上了她的英語男老師是怎麼回事，是什麼表情。

王亞軍在鏡子裏最後看看自己，然後開門出去了。

她突然說：「我想向他認錯。」

我說：「不要對他說，對校長說。」

她說：「萬一校長不管，那怎麼辦？」

我一楞，這事我眞的沒有想過。

黃旭升突然說：「應該讓全大院的人都知道，他沒有動手動腳。」

我說：「妳有辦法嗎？」

她想了想，失望地說：「沒有。」

我們都漸漸涼了下來。

就在我聽見母親喊我的時候，我突然有了辦法。我說：「有了。」

黃旭升看著我，目光期待著。

我說：「我有辦法了，咱們向毛主席那樣。」

8

黃旭升把一張大字報，貼到了辦公樓前。題目叫：「我的一張大字報。」內容很簡單：王亞軍老師從來沒有對我動手動腳過，我當時神經不正常，胡說了。我對不起王老師，向王老師道歉。我以後決不再冤枉好人。黃旭升。

這在大院裏是轟動的新聞，大人們都被震動了，這是沉悶生活裏的一個春雷。

許多人都在看，當然都是大人。

當王亞軍走過來時，他仔細地看了看內容。其他人都看著他，就好像他是一個外星人。

王亞軍看完之後，臉突然紅了。他一把撕掉了大字報，並把它撕得粉碎。

有人問他：「爲什麼要妨礙小將們的四大自由？」

王亞軍不理他們，獨自走了。

有人說：「知道嗎，他就是王亞軍。」

當時，王亞軍仍然穿著挖防空洞的大雨鞋，走在路上一拐拐的，在他身後的人群就像是舞臺上的幕布。王亞軍走得很快，他的後背瘦弱，他聽不見身後人們的議論，就好像他的耳朵裏充滿了音樂。

校長很快就找黃旭升談了話。黃旭長與校長之間的對話是這樣進行的。

黃旭升：「校長，王亞軍老師從來沒有對我動手動腳。是我胡說。」

校長：「那妳為什麼那時要說。」

黃旭升：「他們天天問我，不讓我回家，不讓我吃飯，不讓我睡覺，我當時煩了，就胡說了。」

校長：「王亞軍是不是每天都給妳單獨補課？」

黃旭升點頭，說：「不是每天，是有的時候。」

校長說：「那妳點頭幹什麼？」

黃旭升笑了。

校長說：「他跟妳說些什麼。」

黃旭升說：「英語。除了英語，沒有別的。」

校長說：「我們絕不冤枉一個壞人，但也不放過一個好人，妳要說老實話。」

黃旭升說：「校長，是絕不冤枉一個好人，也不放過一個壞人。」

校長說：「我就是這樣說的。」

黃旭升說：「沒有，你剛好說反了。」

校長看看黃旭升，說：「唉，現在的學生就是不太正常。」

黃旭升那時看著窗外，有半天沒有說話，突然，她的聲音提提高了八度：「假如我騙人了，就讓我像我兩個爸爸一樣的死。」

這話讓校長嚇壞了，他看看黃旭升，說：「不能這樣想，你們青年人朝氣蓬勃，像早上八九點鐘的太陽，希望寄託在你們身上。世界歸根結底是屬於你們的……」

黃旭升打斷了校長的抒情，說：「校長，你要是不讓王老師回學校，我就說你對我動手動腳。」

校長楞了，他張著嘴半天說不出話來，眼前的這個小女孩讓他刮目相看，他說：「妳，妳，妳……」

黃旭升說：「我說到做到。」

校長緩過來之後，問黃旭升：「是誰教妳這些的？」

黃旭升不說話。

校長像突然想起來什麼，說：「對，是誰讓妳寫大字報的？」

黃旭升想了想，認真地說：「毛主席。」

9

長大之後，我才漸漸地知道了校長與范主任的關係，他們都來自於清華大學，在運動開始的時候，一起造反，在一次由申總指揮操縱的烏魯木齊最大的武鬥中，校長曾救過范主任的命。就是打一中那天，如果不是校長，那范主任就犧牲了。所以，校長在大院裏也不是一般的人物。我從當時的會議記要裏查著了以下的記錄：

校長：「范主任，王亞軍沒有作風錯誤，那個叫黃旭升的小女孩子神經有毛病，她家連續死了兩個人，她不正常了。」

范主任：「王亞軍是誰？」

校長：「從上海來的，一個教英語的老師。」

范主任：「這些小事你們自己定吧，現在學校還上英語課嗎？」

校長：「停了。」

范主任：「英語還是要學的。北京的中小學都學英語，咱們烏魯木齊雖然離北京萬里遠，可是，英語還是要學的。」

校長：「那我就讓王亞軍回來吧。」

這是普通的會議記要嗎？這是戲劇中的重要對話，是一部作品的轉捩點，因爲這場對話王亞軍的命運被改變了，我的命運也被改變了，甚至於新疆維吾爾自治區烏魯木齊市的命運也被改變了。究竟是英雄創造歷史還是奴隸創造歷史，你說是英雄，我偏說是奴隸。從范主任到校長，還有王亞軍還有我和黃旭升，還有爸爸媽媽……他們中沒有一個是英雄，都是奴隸。

有的時候我常想：一個人的命運被決定就這麼簡單，是誰在決定我們的一生的命運？它推著我們從生到死，從挖防空洞這樣的大事，到學英語這樣的小事……我是說，在我這篇回憶錄裏，事情爲什麼要這樣發生，而不那樣發生？

10

王亞軍又走在了學校的過道裏，他再次穿上了那身灰色的毛布衣服，從他的身上再次散發出香水味。

過道裏的燈光很暗，可是王亞軍像太陽一樣地朝我走來。

王亞軍，像太陽，照到哪裏哪裏亮，

哪裏有了王亞軍呼兒害喲，哪裏人民得解放。

第十一章

1

我是怎麼得到紳士這樣一個綽號的？

人們都管我叫紳士，就好像這是一個很好玩的詞，它可以用來起外號。比如有的人叫鎮關西，有的人叫大刀，有的人叫母夜叉，而我叫紳士。我都弄不清是誰爲我起的這個外號，可能是李垃圾，也可能不是。

我變了，眞的變了。是英語讓我變的？還是英語老師王亞軍讓我變的？反正我眞的想作一個紳士，走自己的路，讓那些嘲笑我的人見鬼去吧。

我開始改變自己走路的姿態，有意識地學著王亞軍。我天生有很好的眼睛，根本不需要戴眼鏡，但是，我悄悄地去了當年在大十字的「亨德利眼鏡店」，現在叫「紅太陽眼鏡店」，我說我要配一付平光鏡。

店裏的老頭一楞，說：「誰的？」

我說：「我。」

他顯然被嚇著了，從他鏡片後邊射出了恐懼的光，說：「我們烏魯木齊沒有你這樣的孩子，過去烏魯木齊沒有，現在更沒有。」

我掏出了十元錢，說：「我想配一付。」

老頭搖著頭，笑了，說：「知道嗎？這是資產階級思想。有人問你，不要說是在我們亨德利，不，不，是紅太陽配的。」

我說：「是什麼配的？」

他說：「紅太陽配的。」

我又說：「誰配的？」

他自覺失語，又說：「現在的孩子眞聰明，引得我老頭子犯錯誤。」

我就是在那種情況下戴上了我的平光眼鏡，當我戴著它走在學校裏的過道和操場上時，從四面八方都傳來如同樹葉彼此磨擦般竊竊私語般聲音：「紳士。」

紳士之聲不絕於耳，我的眼鏡和走路的姿勢成了大家取樂的物件，就像是白求恩的求一樣，是在那段時光裏最幽默的因素。

2

我悄悄地把母親當年留在箱底的一瓶香水拿出來，打開瓶蓋，輕輕倒出一些，抹在了頭上。

我作這一切時，顯得小心翼翼，就像是春天裏的雨水悄悄地落在了地上。雨絲被風吹動，散落成一片，朝無邊的空間遊移開去。我的周圍開始彌漫出香味。

那是很奇特的香味，我好像從母親的身上，在我還是個嬰兒時，曾經體驗過這種香味。一個少年回想起他在嬰兒時期曾體會過的味道，就像是一個老人回憶起了自己的童年，這竟然使他無比辛酸。

我就是那個辛酸的少年。我沉浸在無邊的香氣之中，感到了有些暈眩。

那時秋天裏的陽光懶懶地落在屋內的地上，我能看見榆樹葉子已經變得枯黃。天空藍得讓我一次次地想起了自己的嬰兒時代，並一次次地感到心酸無比。脆弱是這個男孩子的天性，讓他在重溫的香水氣味中無比傷感。

我清楚地意識到自己生命中的一個階段結束，而另一個新的時期就要開始。這種認識讓我又興奮又惆悵。

我好像能回憶起母親的身體，那是白色的肌膚，還有她黑色的乳房頂部，就像是黑色的小蟲子，在空氣中飛舞。

香水的氣息讓我感到已經長大的我，是那麼孤立無援，我看著綠色的香水瓶，從裏邊又倒出一點液體，把它們擦在了自己的脖子上，然後我開始搖晃那瓶子，又把瓶口對著自己的臉拼命地聞著。那是我第一次偷偷地使用香水。

當我把香水重新放回箱子之後，我意氣風發地走到了樓外的大路上。烏魯木齊那時少有柏油路，處處是泥土，昨晚剛下過一場秋雨，滿地是黑色的泥巴，我走在那樣柔軟的泥濘之中，感到全世界都充滿了香氣。

我看著天山，它在陽光下神采飛揚，皚皚的白雪閃著高雅華貴的光芒，我被四溢的香味鼓舞著，就對天山說：「老兄，你好。」

母親在晚上一進家門，就聞到了香水的氣味。她今天的心情顯然又很不好，是不是她對於防空洞如何抵禦氫彈的設計方案沒有被通過？母親的臉色呈現出鐵一樣的灰色，這使她看上去像是一個骯髒的雕像。

她看著我，足有二十秒，說：「你翻箱子幹什麼？」

我不敢看她，說：「我，我沒有翻呀。」

母親上來就擰著我的耳朵，說：「你能不撒謊嗎？知道嗎，騙人，撒謊這都是最可恥的行爲。」

我說：「我沒有撒謊。」

她又衝我的頭上給了一下，說：「我一進門就聞到了香水味。你不翻箱子，能拿出來那香水嗎？」我的臉紅了。

母親說：「爲什麼作錯了事還要騙人？」我不吭聲。

母親去臉盆處拿了一塊肥皂，說：「我要用它給你洗嘴。」她說著把那東西朝我的嘴塞過來。

我轉過頭去，大聲說：「你不是也撒謊嗎？妳從小到大就沒有騙過人？」

媽媽一楞，接著突然變得冷酷地說道：「我從來不騙人。」

說著，她開始朝我身上亂打一氣。

直到今天我都難以解釋母親爲什麼是那麼狂燥，就像夏天裏沙漠上的龍捲風，母親是會吃人的呀，她的咆哮，以及她頭髮的顫動眞的是可以吃人的。

母親爲什麼會這樣，是因爲事業上壓力太大，還是因爲父親不在家，她缺少男人的撫慰？要不，就是她過早地進入了更年期，難以自控？

可是，當我今天算算，母親那時才三十多歲，還是今天的少婦們正瞞了歲數，裝小女孩子的年齡，她還沒有到更年期，爲什麼那麼可怕？

母親朝我走近一步，嚇得我連忙往後退，她說：「我一聞你滿頭都是那香水的味道，你沒有騙人嗎？你說我該不該用肥皂洗你的嘴？」

母親說著又看了我鞋子上的泥土，又說：「你還出去了？你就不怕丟人？」

我以沉默來反抗她。

她說：「你這孩子怎麼跟別人家的孩子就是不一樣？你的腦子裏天天想的都是些什麼？」

我無言以對，是呀我的腦子裏天天想的都是什麼？我說不清楚，我就是不清楚我天天想的是什麼。

母親突然提高了聲音，說：「你是跟那個英語老師學的嗎？他是不是愛往身上抹香水？」

我無法否認這點，的確，王亞軍身上經常有股香水的味道，那是不正常的，可是，它卻深深地打動了我。當王亞軍第一次從我身邊走過，那濃濃的香味就讓我似乎突然明白了，在這個世界上有什麼東西是美麗的。

香水是美麗的嗎？它來自哪裏？是中國還是國外，是東方還是西方？以後，在德國人均格拉斯的作品中，看到了種種香水的閃耀，我的內心卻充滿某種想哭的感覺。香水和英語連在一起，它們從 TEACHER 王身上發出來。

母親又說：「你不團結同學，積極參加集體活動，卻天天和那個英語老師混在一起，你究竟想幹什麼？我聽別人說，他作風不好，你知道嗎？你是跟他學壞了。」

母親說王亞軍作風不好，這激怒了我：「妳怎麼知道他作風不好？」

母親說：「我就知道。」

我說：「他作風很好。」

母親說：「別人都告訴我了，他這個人有很嚴重的思想問題。」

我突然大聲說：「誰？是不是我們校長？」

母親楞了，她沒有想到我會在這個時候提起校長，她沉默了一下，臉在那時漸漸變得有點紅了，然後，母親開始哭起來，她說：「我爲什麼這麼倒楣？」

3

第二天，我剛到學校，就聽見了一片吵鬧聲。

學校門口聚集了許多大人，他們都是學生的家長。

校長似乎在那兒對這些大喊大叫的人們解釋什麼。

我湊過去，知道他們是在抗議爲什麼讓像王亞軍這樣作風不好的人重新回到學校。

校長說得話我至今清楚地記得，他說：「他是一個很好的英語老師。那個女生因爲家裏連續出了事，所以她的神經有毛病。但是，當她正常的時候，她說出了實情。」

有人問：「聽說他經常給女生單獨補課，有這事嗎？」

校長說：「那不光是給女生，也有男生。」

校長說著看見了站在一邊的我，說：「劉愛，你不是每次補課時都在場嗎？你說說。」

我的臉紅了，一時不知道該說什麼，好一陣才說：「我有時在，有時不在，對了，我經常不在。」大人們都笑起來。

校長的臉也紅了，他不滿地看看我，說：「這樣吧，我保證，絕不再讓他給任何學生補課。」

家長走後，校長擋住了我的去路，他像我的親生父親那樣地望著我，說：「你的腦子是不是少根弦？」

我當時還沒有反應過來校長這話裏所擁有的絕對價值，但是幾年以後，有一件事證實了，我的腦子裏少了根弦，校長的敵人，我的父親也是在氣急敗壞的心情中這樣問我：「你的腦子裏是不是少了根弦？」

那也是以後的故事，留給我在以後再說吧。現在回到王亞軍身上。

英語課代表還是我，我仍然像是過去一樣地抱著留聲機，走在黑暗的過道裏。

4

我走進了英語老師王亞軍的房間裏，那兒過盛的陽光還是讓我暈眩。

他正站在視窗沉思，見我進來，他沒有動。顯然，他已經知道了在學校門口發生的一切。

我說：「預習完了，現在班裏絕大多數的人，都能用英語唱〈國際歌〉，只有李垃圾和少數人除外。」

他像是沒有聽到我說的話，只是看著窗外。

我說：「用英語唱〈國際歌〉挺好玩的，就是詞曲有時不太好配合，只有黃旭升唱得好。」

他沒有接我的話，突然，他說：「早上，那些家長說的話，你都聽見了？」

我點頭。

他說：「你怎麼看我？」

我說：「我覺得你作風沒有問題，不過……」

他說：「不過什麼？」

我說：「我也不希望你老是愛給女生補課。」

他開始有些發楞，盯著我看了半天，突然笑了，說：「你長大了就懂了，男老師愛給女生補課，很自然。任何事情都有個度。我能掌握的。」

我說：「他們說的太難聽了。」

他嚴肅起來，說：「只要讓我回學校，只要讓我當老師，只要讓我教英語。」

我說：「他們罵你都沒事嗎？」他點頭。

我又說：「那他們打你呢？」

他說：「不說這些了，你用英語給我把〈國際歌〉唱唱。」

我的臉開始發紅，我已經開始變聲，嗓音有些怪異，高音上不去，低音下不來。

他說：「唱呀。」

我說：「讓黃旭升來唱吧，她唱得好。」

他笑了，說：「〈國際歌〉是課本裏要求大家唱的，其實，我並不希望你和黃旭升唱。」

我說：「爲什麼？」

他說：「你問的爲什麼太多了，不過我喜歡你這樣。」

我仍看著他，等著他的回答。

他說：「你和黃旭升的英語都學得很好，你們喜歡英語，應該教給你們眞正的英語，但是，不要出去對別人重複我對你說的話，好嗎？」我點頭。

他想了想，又說：「眞正的英語歌，很優美的英文歌，每一句的韻節都很好，那是少數人唱的歌。是貴族唱的歌，從歌聲裏，你漸漸體會出典雅和高貴。」

他說的有些動情，顯然高貴的東西正在喚起他的衝動。

我說：「香水是高貴的嗎？」

他說：「香水有很多種。在國內，買不上好香水，沒有好的。」

我說：「我偷偷用我媽的香水擦了臉，我媽發現打了我。」

他笑了，說：「你還小，沒有到用香水的年齡。」

我說：「那什麼人該用香水？」

他說：「紳士。」

我說：「那你是紳士嗎？」

他的臉在那一刻竟然有點紅，他思索著，然後說：「你先回教室吧，我還有事，等以後，再慢慢回答你這麼多的問題。不過，你要答應我，千萬不要把我們說的任何話告訴別人，他是我們之間的談話，是我們的秘密。」

我點頭，並走到了門口，剛要出門，卻又想起了剛才忽略的一個問題，那時我們都聽到了上課的鈴聲，我把門關上，又回到了站在窗前的王亞軍面前。

他驚奇地看著我，說：「還有問題嗎？上課了。」

我說：「爲什麼你剛才說男老師喜歡給女生補課？這裏有什麼道理嗎？」

他再次笑了，說：「道理？總有道理，有的道理說得清，有的道理我也說不清。」

我又說：「是不是女老師喜歡給男生補課呢？」

他認眞想了想，邊笑邊說：「不，好像不。」

我說：「那爲什麼？」

他說：「我很難說清，這得去問佛洛依德，我是在英文廣播裏聽的，可惜他的書咱們這兒一本也沒有。」我看著他，等著他多說些。

他卻把話題一轉：「爲什麼這樣的問題，你不問你媽或者你爸爸？」

我說：「我媽很厲害，她會打我的。」

他笑了，說：「你媽是典型的知識份子，怎麼會有你說的那麼厲害？」

我說：「她眞的很厲害。」

「那你爸呢？」他說。

「我爸爸沒時間跟我說話，他總是壓力很大，有些事我不敢問他，還有些事不好意思。」

王亞軍說：「其實，你問我的這些事，他們都懂。」我轉身要走了。

他突然提高聲音說：「你媽知道你經常來我這兒嗎？」

我想了想，開始撒謊，說：「不知道。」王亞軍的臉上竟然有幾份失望。

在我有了很多的人生閱歷之後，我有時在散步的時候也常常會想起王亞軍那種失望的表情，他是眞的希望母親知道我經常來他這兒，並受到了他有益的影響，他以爲母親跟他一樣是知識份子，他們的心靈是相通的。其實，他錯了，母親從來沒有喜歡過像王亞軍這樣的老師，她只是害怕他這種人給她的孩子，以及她的家庭帶來危險。

5

有一首英文歌是這樣唱的：

Why does the sun go on shining
Why does the sea rush to shore
Don't they know
It's the end of the world
'Cause you don't love me anymore……

其實，這首英文歌不是王亞軍教我的，那是我在成年之後，在一個舞會上偶爾聽來自新疆烏魯木齊教育學院外語系的女孩唱的，她唱得很好，長久待在烏魯木齊的我，感覺那就是天籟，她的歌聲幼稚，讓人在絕望中，體會到某種死亡的詩意。也就是在那天，我突然想起了一首老歌，那是王亞軍在當年教我的：〈MOON RIVER〉

王亞軍是在一個下午，黃昏了，我來到了他的宿舍。裏邊仍是有香水氣息，他看著我，突然問我：「你爲什麼要幫我？」

我楞了，他那麼嚴肅，使我感到受了驚嚇，我不知道他問的是什麼意思。

他說：「黃旭升都對我說了。」

我說：「她說什麼？」

他說：「她說，是你讓她到校長面前承認她說了假話。」

我說：「我在防空洞跟前看到你身上全是泥水。我想學英語。」

他有些感激地看著我，說：「我教你唱首英語歌。」

就是在那個下午，就是那首〈MOON RIVER〉。

他在陽光的照耀下，憑著記憶用手爲我抄下了歌詞。

然後，他開始一句句地教我。我曾經說過，他每天都要把臉上的鬍子用剃鬚刀刮得乾乾淨淨，顯得臉上有些發青，在這點上，他太像是一個外國人了，只有外國人和維族人臉上的鬍子才有那麼多。王亞軍的鬍子很多，可是聲音卻很小，他唱歌的時候似乎顯得有些膽怯，但是音很準，在他的聲音裏，我感到了英國歌的美妙，我跟著他學，在我的記憶中那個下午的陽光永遠是閃亮的，而歌聲中的月亮河卻是那麼幽靜，就像是王亞軍的嗓音。

6

一個孩子和一個大人的友誼就是這樣開始的嗎？是從月亮河開始的嗎？是從英語課上開始的嗎？是從黃旭升和李垃圾的陰謀中開始的嗎？是從一個具體的英語單詞比如說：「SOUL」或者：「HUCKLEBERRY」中開始的嗎？

已經記不清爲什麼會對他提出那樣非分的要求

王老師，能把你這本英語詞典借我兩天嗎？

在那首歌裏有 My huckleberry friend。這樣的句子，我不知道什麼是 HUCKLEBERRY，就分別查了 HUCKLE 和 BERRY，那天我驚訝地發現他的詞典眞是內容豐富，裏邊甚至有一些讓我看看就臉紅的單詞。

7

那是一個星期天，學校裏沒有人，母親很早就出去了，她設計的防空洞因爲好，而獲得了上邊的表揚。

母親穿上了一件有色彩的衣服，她從箱子裏拿出了兩雙過去的皮鞋，一雙是高跟的，一雙是平跟的，與此同時，她也拿出了那瓶香水。

母親顯得特別猶豫，她站在那兒審視著這些東西，突然變得有些難過，她先是歎了口氣，然後，又把所有這些東西放了回去，當她轉過臉來時，我看到了母親的眼中竟然充滿了淚水。

我當時還眞不懂一個女人明明有辦法使自己漂亮卻又不敢時的心情，我爲母親的哭泣有些驚訝，她是一個硬而且狠的女人，儘管她有風度，在大學裏曾經參加過運動會，她在人們的面前總是微笑著，可是她回到家就總是怒氣衝衝，爸爸在的時候還好，爸爸不在，她就永遠是亢奮無比的女人。

她的眼淚，她望著好看的衣服，鞋，還有香水流淚這當然讓我驚訝，甚至感到好笑，我當時就不同情她，現在我仍然不同情她，因爲在我的少年時代，她實在太凶了。

母親還是穿著往日灰色的衣服去接受表揚，那是一次難得的嘉獎，場面非常熱烈，規模空前。

我們這些孩子都隨著自己的班級排著隊，十分有秩序地進了東風電影院。

主席臺上坐著顯赫的人物，下邊是群眾，還有我們這些孩子。

那是一次慶功會。當主持會議的人宣佈母親上臺領獎狀時，我的呼吸幾乎都要停止了。

母親青春地走上台，她臉上有微笑，她是那麼健康而瀟脫，在登上舞臺的一剎那，她簡直就是個運動員，長長的腿，只是輕輕一跨，像跳高那樣地，在一千多人的注目之下，她飄上了舞臺。

坐在主席臺上的人都看著她，彷佛她來處另一個世界，儘管她穿衣服與其它的女性一樣，可是她的風度全然不同。

我當時就想，爲什麼我長得不像我媽，而像父親，母親是好看的，而父親是醜陋的。我肯定是把父母難看的全部弱點都長在了臉上，身上，腿上。我就是短腿的男孩。

黃旭升看著我，班裏的幾個女孩都看著我，她們的眼睛裏有羨慕和對我的好感。

黃旭升悄悄對我說：「你媽眞好看。」

我沒有看她，只是感到臉上發熱。

她又說：「如果我媽像妳媽這樣就好了。」

這時，范主任讓母親說話。

母親拿著獎狀，半天沒有說出一句話來，突然，她激動得哭了。並斷斷續續地說：「感謝領導和組織給了我這次機會，人一生中只有很少的機會，我慶幸自己抓住了這次機會，設計好了防空洞，完成了黨和人民交給的任務，我還要繼續努力，徹底改造自己的世界觀，成爲工農兵的一員。」

母親的哭泣讓我無地自容，我害怕她的哭泣，特別是當著臺上台下的一千多人。

這時，臺上的領導高興地說：「我們落成的防空洞，不但能防導彈，能防原子彈，還能防氫彈。讓一切紙老虎在我們面前發抖吧。」

有人領著呼口號：「要準備打仗。」

我看看昏昏欲睡的班主任老師郭培清，感到是一個出去透透氣的時機，就忍不住地悄悄起身。

離開了會場，我鬆了一口氣，感到自己從燥熱走進了涼爽，在廁所裏撒了泡尿後，我飛快地跑出了作爲大禮堂的東風電影院。

8

不知不覺地我來到了學校。

走進黑黑的過道，我到了王亞軍的宿舍門口。

裏邊傳來了歌聲，是王亞軍在用英語唱〈月亮河〉。

我輕輕推開沒有鎖的門，發現他坐在椅子上，手裏翻著那本詞典。

我猶豫著走了進去。他看見是我，有些吃驚，說：「你沒有去開慶功會？」

我說：「我剛從那兒來，我媽領獎狀時哭了。我怕看她哭。」

王亞軍說：「她流的是激動和喜悅的淚。是幸福的淚水。」

我說：「防空洞眞的能防氫彈嗎？」

王亞軍沒有說話。

我說：「我爸在南疆幫著別人設計製造氫彈的大樓，我媽在烏魯木齊設計防空洞。眞的要打仗嗎？」

王亞軍搖搖頭，說：「我不知道。」

我說：「你害怕打仗嗎？」

王亞軍看著我，好久，才說：「怕。」

我說：「爲什麼怕？」

「別人比我們厲害。」

可是，我爸爸上次回來說，我們會有自己的氫彈。

王亞軍似乎在深思，一會兒說：「打仗會死很多人。最先死的就是我們這些人。」

我們沉默了一會兒。

突然，他再次唱起了〈月亮河〉。我也跟他一起唱。

一個孩子的聲音，和一個大人的聲音，兩個男人的聲音融在了一起，英語的韻節在屋子裏跟香水的味道一起迴蕩。

9

「能把你的英語詞典借給我用用嗎？」

「不行。」

「一天。就一天。」

「一天也不行，我每天備課都需要用。我的參考書很少，全靠這本詞典。」

很難想像一本書像詞典那樣地吸引我，它給我帶來的知識或者說是享受超過了任何一本別的書，這在我的成長時代也許是普遍的事，我們沒有什麼可讀的，就是那本英文詞典，只要是把裏邊的單詞以種種方式排列起來，那全世界的語言都會展現在你的面前，而且它們有韻味，用今天的話說，就是充滿音樂性。

直到今天我都被那次拒絕震撼著，當時我的臉像母親一樣地紅了。我甚至有些傷心，我想走，卻又不知道該怎麼跟王亞軍說。

我從床上站起來，猶豫著，腿很重，像是一個突然得了大病的老人。

王亞軍似乎很出了我的痛苦，他說：「你可以經常來我這兒翻詞典。」

我說「每天都可以嗎？」

「只要我在。」他說。

我最終沒有走，而是坐在了他的床上，現在我進他的房間已經不再緊張，命運把我們連在了一起，儘管，我們是大人和孩子的關係，儘管他不肯把英語詞典借給我，但是我發現王亞軍在宿舍裏對我很平等，完全不像是老師和學生，像什麼呢？忘年交，對了，這個詞很適合我們。我們就是忘年交。

我拿著他的詞典，仔細地翻看著，這眞是一部世界上最好的書，裏邊有很多讓人怦然心動的辭彙：「LOVE」、「HOME」、「SUN SHINE」。最後，我被一個辭彙吸引，翻成漢語至今都讓人不好意思隨便說：「自慰」。

我問王亞軍：「什麼叫自慰？」

王亞軍顯得有些吃驚，略有些不好意思。停頓了片刻，他說：「這不太好說。」

我說：「你沒有學過？你不會？」

他笑了，說：「這是我經常要作的事情，可惜還不太好告訴你。」

「這是罵人的話？是下流話嗎？」

「也不能這樣說。」

「那倒底是什麼意思？」

「以後我會告訴你的。」

只是記得那天離開他時，我的內心很失望，詞典他不願意借給我，「自慰」的意思，他也不願意解釋。

我走在烏魯木齊的原野上，天空中有風箏，是報紙糊的。它們在雪山的映照下顯得很平靜，像停留在天空中的大鳥，那時的我就明白，人是不平等的，今天是母親大喜的日子，她在眾人的注目之下領獎狀，可以激動得流下幸福的淚水，而我，卻像個孤獨的思想者，被我敬愛的英語老師拒絕，同時又被「自慰」所困擾。

望著遠處的柏格達峰和頭頂上的藍天，我無比困惑。

我是一個早熟的孩子嗎?我靈魂裏的東西比別人裝得更多?我曾經問過王亞軍什麼叫「SOUL」?我爲什麼和別人家的孩子不一樣?男孩子們總是那麼高興,他們鬧著,笑著,十四歲對於他們來說是玩的年齡,因爲他們仍然在高聲唱著那樣的歌:洪湖水呀浪打浪,丫頭子逼上長白毛,兒娃子手拿衝鋒槍,咕嚕咕嚕上戰場。

而我卻像女人那樣地憂傷。

10

每天早晨,不,應該說是黎明,窗戶上還充滿暗影,太陽還遠在天山背後時,我就陷入了一種又朦朧又清醒的狀態。在那時,我總是感到渾身很冷,我意識到自己需要人來撫摸我,確切地說是異性,是女人溫柔的手,她們輕輕地摸我的頭髮,然後摸我的臉。然後,我不敢想像她們會摸我的全身。

那是一段痛苦而又充滿柔情的日子,黎明變得有了詩意和浪漫,並且,撫摸我的女人也漸漸地變得具體而親切起來。

有兩個女人總是在那時悄然而至,一個是阿吉泰,一個是黃旭升。

我睜著眼,望著窗戶,期盼著她們的到來。她們經常會融化成一個人,走進我的房間。阿吉泰是美麗而豐潤的,她身上總是有種熱氣,黃旭升是弱小而敏感的,她身上有某種涼爽,她們總是一起進來,然後變成了一個人,圍在我的身邊。

許多早晨我都睜著眼睛等待，我意識到自己必須在那時睜開眼睛等待，機會是在瞬間中消失的，她們一定會來。如果我因爲不小心而在那時閉上了眼睛，我就會喪失自己一生的幸福。

每天的我都在焦慮中度過，充滿激情的我變得憔悴起來。

母親注意不到我臉上的變化，她不知道自己的兒子在每個早晨都因爲失望而哭泣，又因爲希望而亢奮。

我說過，母親是忙碌的，她從清華建築系畢業之後，防空洞是她最成功的作品，她因爲這個獲了獎，她要對得起那些爲她頒獎的人。

但是，面對母親我總是感到自己有罪，她生我養我，她很累，她緊張，她因爲一切其中包括我而煩躁，我卻不但不能爲她幫忙，還有這樣的事情發生在我身上，這是墮落嗎？罪惡感讓我總是想躲著她。幸虧她總是很忙，幸虧她每天回來都很晚。

黃旭升也沒有注意到，她在班裏有意識地跟我用英語說話，可是我卻不敢看她的眼睛，怕她眞的知道了我在每一個黎明的願望和骯髒的念頭。面對黃旭升清純的眼睛，我感到自己骯髒極了，這讓我心裏時時發出疼痛，一個孩子的淒涼和失落竟像老人一樣寬廣無邊。

可是，有一個人注意到了我的煩躁和憔悴，那就是王亞軍，我的英語老師。

11

「你的臉很黃，是不是病了？」

「我每天早晨都睡不著覺，我總是睜著眼望著窗口。」

他走到我的跟前審視著我的臉，漸漸地仁慈的微笑出現在了他的臉上，他說：「你是盼著有人從那兒飄進來嗎？」

我的臉紅了。顯然，王亞軍知道我的心思。

他說：「你這樣下去會被毀了的。」

我說：「我爲什麼會這樣？」

他一時沒有說話。

我的眼淚流了出來，痛苦使我渾身瑟縮成一塊，像是一個裝滿了煤炭的麻袋。

沉默了很久，當午後的陽光照在我屁股上的時候，他突然說：「多久了？」

「好幾個月了。」

「難怪你最近上課老是看著窗外。」

「我沒有辦法，我老是睜著眼睛。」

承認這件事，當著另一個人對我而言是無比痛苦的，因爲我說過，我的確感到自己骯髒。

他看著我，就像等待著要作出一項重要的決定。

我再次沉默。拿起了那本詞典，隨便一翻，也許是命運讓我成爲那樣的人，「自慰」這個詞再次出現了，它在我的眼前，閃著光澤，就像是爲鏡框鑲了銀邊。

王亞軍就是在那一刻走到了我的跟前，當看著詞典時，他也看到了那個詞，他說：「我也曾經有過這樣的時候。」

我楞了，當時我可能是張著嘴，一時忘了閉上我的嘴唇，樣子一定非常蠢，但是一個像王亞軍這樣文明的人竟然跟我說他也曾經有過這樣的時候。這無疑於雨後的陽光，它們的到來顯得溫暖而又出人意料，它們過於強烈，我因爲刺眼而不得不閉上眼睛。有時，天空突然明亮，而你卻眼前發黑，你經受不住幸福的打擊，因爲意識到自己得救了，而感到陣陣暈眩，沒有必要堅持了，你會疲倦無比，如果沒有依靠，你就會和我一樣癱倒在王亞軍的床上。

我看著他，頭腦漸漸地恢復了感覺，我聽清楚了他的話，他是說了，他說他也曾經有過那樣的時候。

就是說，在這個世界上，出了如此大的問題的人，不僅僅是我一個，連像王亞軍這樣的紳士都是這樣，那骯髒的人絕不僅僅是我。我得救了，我崇敬的人曾經跟我一樣。

「你是不是有犯罪感？」

我點頭。

「其實，你不必這麼壓抑，每個人都要經過這樣的時期，」說著，他歎了口氣，又說：「可惜你爸爸不在，應該讓他對你說這番話的。」

「我爸爸不會對我說，他很少看我，他太忙了。」

說這話時，我突然再次被委屈襲擊，內心有些潮濕，在這個時候我有些想念我的爸爸，他在哪兒，肯定還是在原子彈基地，他在遙遠的地方幹什麼，在搞氫彈，他爲他們設計了大樓，而他們就在他設計的大樓裏搞武器，爸爸在保衛祖國，可是他忘記了我，他的兒子。

這個孩子因爲自己的成長而感到自己有罪，他渴望交流。渴望父親的嗓音在他身邊迴蕩。

王亞軍聽我這樣說起父親，一時有些茫然，他想說什麼，又沒有說。

我手裏仍拿著那本詞典，仍是在那一頁，「自慰」這個詞就在那兒，我看著它，但是並不知道它與自己的關係。

你眞的想知道這個辭彙對於一個人意味著什麼嗎？

王亞軍說這話時沒有看我，似乎他也有些猶豫，甚至有些不好意思。

我抬起頭看著他。

就在那個時候，從門外的小會議室裏傳來了女聲和著手風琴的音樂：「抬頭望見北斗星，心中想念毛澤東，想念毛澤東。黑夜裏想你有方向，迷路時想你心裏明。」

王亞軍就好像什麼也沒有聽見一樣地對我說：「你要學會自慰。」

時間久遠，每當我回憶起這段往事時，都在想，自己的記憶是不是準確，因爲這不是虛構的故事，它來自於我的親自經歷，是什麼樣的激情使這個英語教師有了那樣的膽量？他是不是爲了報恩，或者是他也在尋找一個導泄內心的通道，這事在今天由一個老師教給一個學生都有問題，他的激情從哪裏來？是從天上掉下來的嗎？還是他內心固有的？

「聽見了嗎？你要學會自慰。」

12

手淫的具體過程是不太需要大人教的，如果他是一個聰明的男孩兒，他就應該天生會作這件事。我的英語老師除了讓我學會了那首古老的〈月亮河〉之外，他還讓我意識到每當黎明想念女人，渾身燥熱是無罪的。

我的身心解放了，因爲我放下了包袱，輕裝前進，在烏魯木齊秋日的泥濘之中，我走路的姿態又開始輕快了。我又回到了那種幸福時光，看著遠處閃亮的雪山，又像個快樂的孩子一樣，在陽光的照耀下說：「天山，你好。」

也許還是應該用「自慰」這個詞，那樣會乾淨些，自己安慰自己，或者說，自己撫摸自己，不需要別人的幫助，無論漢語和英語，在說明這個動作過程時，都很準確。

我在這樣的過程中度過了第一個黎明，接著的幾天，我都不再睜眼看著窗外，我感到自己的身體在幾天之內沒有再發燒，接著又是第二次，第三次，直到母親在一個早晨發現了我的動作，並揪住了我的頭髮。

13

那天我又睜開了眼睛，我意識到自己又需要了。可是，我忘了在晚上小解之後關上門。第一縷陽光快要來臨了，我必須作。今天是想像著阿吉泰還是黃旭升呢？我猶豫著，漸漸地她們兩個人又合成了一個人，是阿吉泰。她全身赤裸著，留著長頭髮，在蒸汽中來回走動。那似乎是個澡堂，我只能看到她的後背，開始我沒有意識到她就是阿吉泰，直到她回頭看我的？那，我看到了她潔白而紅潤的臉上全是水洙，她在微笑，然後她的胸全部暴露在我的面前。她的大腿和腹部全是潔白的，不像是以後當我長大之後看到的任何女人。阿吉泰在我的想像中是潔淨無比的，那時我不知道女人身體的結構，以及她們毛髮生長的部位，僅僅是阿吉泰的微笑和她光潔的肚腹就讓我加快了手上的動作，而不顧一切。

母親就是在那個時候進來的，我根本不知道，我只是像發瘋一樣地在動作著自己的手。母親很可能觀察了我一下，然後，她又冷靜地看了半天，她肯定是想弄淸楚我究竟在搞什麼名堂。她先是有些迷亂，接著她開始吃驚，最後她狂怒而粗暴的去拉我的被子。

我就是在那一刻被從自身的迷戀中喚醒，我睁開了緊閉的眼睛，立即被嚇得失去了控制。母親就站在我的面前，她的眼睛與我的眼睛緊緊地對在了一起。

然後，母親突然像失去了控制的野獸一樣狠狠地拉我的被子，我立即開始反抗，我不能讓她拉開。已經開始發育的我有了超過一個像母親這樣女人的力量，她漸漸感到了體力不支，她拉不開被子，漸漸喪失了氣力。

母親的激情也隨著力量一樣開始消失，就像潮水消失在沙灘上，母親的衝動消失在她的眼淚中。

我永遠也忘不了母親在那天的眼淚，她對我的絕望是徹底的。她從來沒有想到在她每天的忙碌之中，她的兒子已經墮落到了如此無恥的境地，漸漸流出的淚水模糊了她的雙眼，她在痛苦中變得茫然，並緩緩地鬆開拉著被子的手，轉身離開了我的房間。

她在自己與父親的房間裏嚎淘大哭，就像她死了自己的父親那天。順便說一句，她的父親是因爲腿斷了，掉進她家鄉的池塘裏淹死的。她的父親是一個讀書人，把她培養成了一個清華的女生，按理說她應該懂得自己的兒子正在作一個男人應該作的事情。

可是，失望讓她分不清東南西北，她在自己屋子裏哭得極其傷心。她的哭聲讓我在床上躺不住了，儘管我沒有射出來，卻再也無法繼續進行，我穿上衣服離開了床。走進了她的房間。

我想向母親說點什麼，但是羞愧讓我幾乎無法面對她的臉。我應該認錯了，對嗎？就像是我小的時候打碎了家裏的瓶子，然後，在父親和母親的教育之下，我說：「媽，我錯了。」可是，今天打碎的不是一個瓶子，而是我與母親之間的平衡。是她對少年時代的我的信任。

她一直哭著，就像永遠流淌著的烏魯木齊河。

我一直站著，就像烏魯木齊河邊的榆樹。

時間過得很慢，好像過了幾個世紀，突然母親轉過臉，她擦拭著眼淚，當她的臉上沒有了任何淚水的時候，她說：「是他教你這樣作的嗎？」

我慌亂地說：「誰？」

母親說：「那個英語教師。」

我更加慌亂，儘管吱吱吾吾，答案卻早已寫在了臉上。

母親洗臉，梳頭，猶豫著用雪花膏輕輕地在臉上擦了一點，然後她快步地走了出去，我是從她的腳步聲裏聽出了仇恨的。

14

「是你教劉愛的嗎？」

「是我教他的。」王亞軍竟然承認了，他顯得那麼鎮定，就和劉胡蘭或者許雲峰一樣。

母親狠狠地一巴掌打在了王亞軍的臉上。

王亞軍沒有動，從他的眼神裏看不出任何吃驚的成份。

「你這樣教唆孩子，我要去告你。」

「妳去吧。」

「你會後悔的。」

「我不後悔，我只是對妳有些失望。」

「從此我決不讓我兒子走進你這個門。」

「我同意。我也不會再讓他進這個門。」

「你說話算數？」

「我說話算數。」

對話是在王亞軍宿舍裏進行的，那個中心人物，那個男孩子就在伸向窗口的老榆樹枝上偷聽，他看到了一切。他當時作爲一個旁觀者比這一男一女兩個大人誰都看得更清楚，他與他們有一點距離，這正好讓他看到了全部的場景。只是王亞軍最後說的那幾句在今天看來有些造做的話，讓他終生難忘，並讓他回憶起來就感動得眞想流淚：「我覺得一個女人不應該那樣對待孩子。他需要人幫助，他需要朋友。而不是像妳這樣。」

母親沒有理他，像要擺脫妖魔一樣地離開了王亞軍的房間。當門重重地關上之後，王亞軍開始照鏡子，他的臉被母親打得有些紅腫。

他照得很仔細，並輕輕撫摸自己的臉，然後，他搖搖頭，開始笑起來，我那時就懂得他那不是眞正的笑，那是自嘲。

以後，我曾經問過王亞軍，爲什麼我媽打你，你卻不還手。

王亞軍的臉上還是出現了這種類型的笑容，他說：「她是女人，我是紳士。一個紳士在挨了女人耳光之後，絕不能想到還手。」

「那他應該想什麼？」

「他首先應該想想是不是自己眞的錯了，如果沒有錯，那他就應該自嘲的笑笑。」

第十二章

1

王亞軍與我的關係因爲母親的干涉而變得十分尷尬。

回想起來，那是我人生中背運的日子，還記得海明威手下的那個老頭嗎？在他一條魚也釣不上來的時候，人們說他背運了。現在大家都可以這麼說，我背運了。

我母親就是我幸福的喪門星。她當然是爲我好，可是誰都知道，因爲愛而殺人，這是很平常的事，在我們那個年代，在一切年代。在托爾斯泰的年代，也在傅柯的年代。

母親找了校長，不讓我當英語課代表。在校長的命令下，黃旭升再次當了英語課代表。這也許對於王亞軍沒有什麼損失，女生又可以圍繞在他的身邊，可是，我完了。文明離我而去，在烏魯木齊，在天山腳下，在被你們這些口裏人想像成沒有公共汽車的地方。我在北京鬼混時，許多女孩子一聽說我是從新疆來的，就激動地問我：「你們是不是騎著馬上學？」

「騎駱駝。」我總是這樣回答她們，以表達我的氣憤。

她們幾乎沒有人聽得出來我是在嘲弄她們，我的口氣裏含著很多不友好因素，她們聽不出來，在她們的眼睛裏，新疆就是那樣的地方，烏魯木齊就是那樣的地方。當年征服新疆的成吉斯汗的部下曾爲我的出生地選擇了這樣的名字：烏魯木齊。

他們是蒙古人，在他們的話裏，「烏魯木齊」是美麗的牧場的意思。我生在美麗的牧場，我沒有辦法不騎著駱駝上學對嗎？操你媽的。

可是，我的英語課代表沒了，權力重新回到了黃旭升的手中，在她根本不想要的時候，權力又回去了。

2

有一段時間，人們要是注意的話，肯定會看見一個失魂落魄的孩子。因爲他喪失了權力，喪失了機會。像是一個退役的將軍那樣地唉歎著，榮耀很快就會過去，一切都是短暫的。

他走在學校黑黑的過道裏，總是故意從英語老師王亞軍的門前走過，他渴望那個門突然打開，陽光還像過去一樣傾洩進來，讓他眼睛睜不開。

可惜那個門沒有爲他打開。他就這樣故意走過去，又故意走回來，似乎聽到了裏邊的歡聲笑語，這使他的內心像冬天一樣荒涼而冷落。

那個孩子產生了很多不滿，他因爲有許多時間無法打發而煩燥不安。

你吸過毒嗎？如果你吸過，那麼這事就好解釋了。可以這麼說，你對於毒品的態度，就是我對於王亞軍以及詞典的態度。

在英語課上，那個男孩子總是希望自己的目光能和王亞軍老師碰到一起，他試圖在這種時候與他能交流自己。

可是，王亞軍看著他時，目光顯得很平靜，就像對待一個普通人一樣。而他是不普通的，他們之間曾經有過友誼，有過深刻的談話。

3

清楚得記得那天，是一個星期五，在我的童年裏星期五並不是週末，那天黃旭升病了，她媽對我說，讓我幫她請假，並把寫的假條讓我帶到了學校。我感到這是一個機會，在把病假條交給了班主任郭培清之後，就瘋一樣地跑到了王亞軍的房間。我站在門口，內心狂跳著。

我猶豫著敲不敲門，有兩次我都伸出手準備敲門，可是，我緊張得不敢敲那門。在響過了預備鈴聲之後，終於，我敲了那門。

陽光一下就照耀了我的臉龐，就是我對你們多次說過的那種感覺。

開門的是王亞軍，他好像一點也不爲我來而感到吃驚，與我相比，他很平靜的樣子讓我驚訝得張著嘴，就像裏邊走出的不是英語老師王亞軍，而是林彪。

我看著他，就那樣張著嘴，一時忘了來幹什麼，半天不說一句話。

他顯然能看出我的緊張，他們大人就是這樣，冷靜得就像是一隻社會經驗豐富的老鴨子，他就是那樣看著我，忍受折磨，而不主動說一句話。

我看著他，已經完全忘了我來的目的。王亞軍見我不說話，就回身，並關上了門。

我站在門口，感到自己重新被黑暗包圍了。在黑暗中，我才想起自己是來幹什麼的。我於是再次敲他的門。

他又開了門，那時，上課鈴聲已經響了，我說：「黃旭升病了，我來幫你拿留聲機。」

「今天不用留聲機。」

我楞了一下，又說：「我來拿作業本。」

他說：「我自己拿。」

說完，他關上了門，沒有理我，只是自己朝教室走去。

我羞愧地跟在他的後邊，走在過道時感到渾身發冷。

王亞軍比我先進教室，他直接朝講臺走上去時，讓班長何秋原給大家發作業本。在他說這些話時，根本沒有意識到我是那麼渴望這次機會。

何秋原把作業本分成八組，然後分組一本本地傳給每個人。

王亞軍在黑板上用英語寫著新課的生詞。

我望著窗外的遠山，心中懊喪極了，感到陽光很討厭。

4

「我媽說，她那天打你錯了，她很後悔。」

「你媽？」

王亞軍看著站在門前的我，搖搖頭。

「她就是很後悔，她讓我來對你說。」

「你媽不會的，像你媽那樣的女人，永遠不會承認自己有錯。」

「那我有錯，我承認錯誤。」

「你沒有錯，你是一個受到委屈的孩子。」

「我每天都很難過，我想進你的房間。」

「不行，我跟你媽已經說好了。」

「我想聽你說話。」

「等你長大了，再想聽我說話，就來找我，現在不行。」

「長大？」

那是何其遙遠的事情，我的眼前因爲長大這個詞而陣陣發黑。

王亞軍儘管顯出了某種猶豫，但仍再次以搖頭否定。

「我想看那本詞典。」

「不行，你不能進來。」

我失望地走了，能夠感到王亞軍沒有關門，他站在後邊望著我，我朝過道的盡頭走去，他就一直在後邊看著我。

我感到自己陷入絕望，那天晚上，我做了夢，在夢中我成了王亞軍的救命恩人。他病了，吐血，是我把他送進了醫院。醫生，也就是我們班長何秋原的爸爸對我說：「幸虧你把他及時送來，幫他撿了一條命。我很感動，大家都很感動。」

在夢裏，王亞軍緊緊抱著我，並把那本詞典送給我，當作禮物。

我在早晨醒來了，那時窗外還是充滿暗影，我睜開眼睛，仍然盼著有人從窗戶裏走進來，可是在我的想像中，已經不是女人在飛舞。阿吉泰或者黃旭升她們都已經退居二線，走進來的應該是王亞軍，他對我笑著，而不是冷淡，他唱著〈月亮河〉，手裏拿著那本烏魯木齊在那時唯一的英語詞典（起碼對我來說是這樣）。他走在房間裏，充滿了香水的味道，他說：「我對你有些冷酷，昨天晚上我一夜沒有睡著，我想了一夜，感到後悔，今天早晨專門來找你，我知道你每天早晨都在盼著有人從這兒走進來。」

「我來了。」

我接過那本詞典，翻開了一頁，「自慰」這個詞再次出現，我感動得渾身發抖。就像反革命被平反昭雪一樣，我也一時半會不知道說什麼好了。

但是，王亞軍消失了，他走的時候沒有從窗戶，而是從門，他體體面面地開門，然後從門口走出去，他下樓梯時，皮鞋的跟踩出了聲音，就好像這不是在黎明，而是一個很正常的時候。

我在腳步聲徹底消失以後，才意識到手裏沒有詞典。

5

就是說我完全陷入了孤獨，王亞軍不理我，他不再對我說話，就是說他的那些智慧的語言現在又只對黃旭升說了，同時，那本詞典我也沒有機會翻了，它們被鎖在了英語老師的宿舍裏，從此不見天日。

有相當一段時間，我幾乎把它當成自己的書了，我想翻的時候隨時都可以去翻。那裏邊豐富的辭彙讓我發現了人生的眞諦。

我現在用「眞諦」這個詞是爲了嘲諷自己，總之，我是一個可憐的孩子，因爲母親的愚蠢，所以，我生命中絕大部份的歡樂已經沒有了。

一個絕望的孩子是可怕的，在今天，他可能去吸毒，會突然離家出走，也許他會去樹村見那些搖滾者，並充滿反叛的寫下「我操你媽，操你姥姥，操領導，操黨，操四書五經，操電視，操寶馬汽車，操豪宅，操貸款」——之類的歌詞，因爲他們有操的東西，他們可以隨便操，可是，那個孩子不同，當時幾乎沒有這些東西，社會在的力量在那時無比強大，他是屬於受壓抑者，極端地感到恐懼，他是在恐懼中才發現了英語以及香水的。

能夠隨便操對他來說是太奢侈了，想也不敢想。

但是，一個孩子的絕望仍然是可怕的。即使他是那個時代的孩子。

他進入了這樣一種思緒：英語老師王亞軍可以不理他，可以不再讓他看那本英文詞典。但是，他也可以不理英語老師，他甚至對他產生了反感。

不理英語老師的結果是他從此再也聽不到那些讓他變得智慧的語言，但是，英語老師王亞軍的智慧是從天上掉下來的嗎？是他頭腦裏固有的嗎？不，不是，是從那本英語詞典中來的。每個人說的話都是由詞構成的，而英語詞典裏擁有無限的辭彙，任何偉大的人，他們的思想都是從這本詞典裏得來的，因爲他們把這本詞典裏的辭彙重新排列組合，所以詞典是世界上最偉大的書，跟聖經一樣重要。

這話是誰說的？英語老師王亞軍。

這本是在那時的孩子幾乎很難聽見的充滿古典情懷的話語，這話使孤獨的孩子得到了啓蒙，啓蒙的孩子在新的形勢下變得絕望，絕望又讓他產生了可怕的念頭，念頭促使他去行動。

6

偷英語詞典。

這個孩子列出了周密的計畫，他不斷是知識份子的後代，他爸爸是設計師，媽媽也是爸爸的同行。他一生下來就懂得計畫：王亞軍的門並不全是由木板組成的，上邊有框，框裏鑲著玻璃。只要把離暗鎖最近的一塊玻璃打下來，伸手進去擰動暗鎖，門就開了，而詞典就在那個小書架上。然後，就是逃跑了。

有兩條路，如果一切順利，那就仍從門口出去，如果正好門口來了人，或者出現了別的意外，那可以打開窗子，跳上外邊的老榆樹枝，從樹上逃脫。

7

那是晚上，月亮和星星都在閃耀。母親仍然沒有回來。

我很高興她沒有回來。可以到學校去看看，王亞軍最近老是不在宿舍，我路過時發現他的燈總是黑的，他幹什麼去了？他很忙嗎？跟母親一樣，在設計，在忙著事業？也許他在忙愛情，跟誰呢？當然是阿吉泰。有一點我很淸楚，王亞軍陷入對於阿吉泰的苦戀之中，他爲阿吉泰拍了照片，並把它們悄悄地夾在書裏，那是一本毛主席語錄。

我朝學校走去，一路上，我還極力辯認著大熊星座，仙后座，北斗星，不要以爲這是在地理課上學會的，沒有了，那時沒有地理課，全是王亞軍教我的。而且，他用的是英語。

我走得離學校越近，心裏就越緊張，當走到了王亞軍的窗下，燈是黑的，我的心狂跳起來。看來可以在今天下手了。

一想到要偷東西，我感到自己的尿突然憋了。我有些恨自己，我是一個膽小的孩子。那時，我抬頭看了一下月亮，突然內心產生了想哭的感覺。我不知道爲什麼會這樣，就在委屈，饑餓和寒冷中撒了泡尿。

學校大門已經關了，但是一樓廁所有一扇窗戶是壞的。我來到了廁所外，猶豫了一會兒，從窗戶裏爬了進去。

8

我像一個眞正的小偷那樣地走在過道裏。

長長的路途上只有一盞燈。昏暗，枯黃，與我的心情完全相同。平時感到這座父親設計的樓不大，甚至有些壓抑，有些小，可是今天路很漫長。長大以後看一部昆汀的電影，裏邊的殺人者眞是有趣，他們都像玩一樣，只是一個個人死去，血流成河。但他們是正常的人。

可是，我是一個沒有出息的人，僅僅想偷那本英語詞典，就已經把我的尿嚇出來了。

我來到了王亞軍宿舍的門前，我腳步輕得連自己都聽不到，看著王亞軍的門，還有那片我想在今天晚上打碎的玻璃，我再次猶豫，如果今天讓我確切地描述當時的心情，簡直可以用「百感交集」這樣的大詞。我甚至想到了這樣的問題，父親當年設計這座樓的本意，是想讓他的兒子在今後的某一天來這兒偷東西嗎？

在黑暗中，父親的臉像月亮一樣地浮了過來，他的眼睛仁慈而又悲憫，裏邊充滿了對我的愛意。他似乎在對我說：「請你最好不要偷東西。」

我說我沒有辦法。我需要那本詞典。

他說：「那偷東西是犯法的呀。」

我說：「那個打你的人犯法，每個人天天都在犯法，我爲什麼就不能犯法。」

父親有些失望，他的眼神裏充滿淚水。

這時，突然有人走過來，是從校長辦公室那邊來的。我連忙躲進廁所。

那聲音是朝廁所來的，我慌忙地溜進了最裏邊的那扇門，並透過空舖朝外看著。

進來的果然是校長，他似乎喝了點酒，臉上的表情有些痛苦，他站在那兒撒尿時都顯得有些搖搖晃晃。他朝我這邊看了一眼，彷彿已經看見了我，這讓我就像被抓了一樣的害怕。

校長離開了廁所，他走到了王亞軍的宿舍門前時，停了一下，然後，他狠狠地敲了一下門。

我在廁所的門口悄悄地看著。

突然，那門竟然開了。王亞軍從裏邊走出來。

校長說：「這麼早，你宿舍爲什麼黑著燈？」

王亞軍說：「我有些不舒服，早早睡了。」

我嚇得差點沒有喊出來：原來他在裏邊，我剛才幸虧沒有砸玻璃。

校長說：「來，穿上衣服，到我辦公室來，然後，我們一起出去。」

王亞軍說：「有事嗎？」

校長說：「當然有事，你老是騷擾人家阿吉泰，他們單位的領導找我了。咱們今天就去她的領導那兒，你當面說說清楚，向別人道歉。」

王亞軍的聲音提高了，說：「我是一個單身男人，我喜歡阿吉泰，我找她，她也願意跟我說話，我不需要道歉。」

校長說：「你說話聲音小點，走，如果你不道歉，明天你就走人，還回去挖防空洞。」

王亞軍不吭氣了，他回到屋裏，當他穿上衣服走出來時，校長說：「我理解你，我知道爲愛情受難是多麼痛苦，可是，現在是什麼時候？是你在上海上大學的時候？是你爸爸把那個傳教士認作乾爹的年代？要不是我堅持設英語課，說你的語音比別人都標準，堅持用你，你一天也待不住。」

王亞軍不說話。

校長說：「你喜歡給孩子們教英語，對嗎？」

王亞軍點頭，說：「對。」

校長：「那你就給我放老實點兒，別再找阿吉泰，咱們現在就去他們領導辦公室，說不定阿吉泰也在那兒。」

王亞軍就等在他的宿舍門口。

校長回去穿衣服，直到他回來時，才邊走邊又拍拍王亞軍說：「漂亮女人不能隨便去找，你覺得漂亮，別人也覺得漂亮，爭的人多了，就會出事。我看你還是老老實實的吧。」

王亞軍說：「那你爲什麼還是獨身？爲什麼不找個一般的？」

校長歎口氣，說：「我一生就愛一個女人，算了，不說這些。」

不知道爲什麼，他們兩人的對話使我感到校長這個人也許不是壞人，要不爲什麼他能跟王亞軍說這些，就好像他們是朋友，就好像校長是兩個人。

他在白天是一個人，在晚上又是另外一個人。兩人經過廁所的門，朝校外走去。

整個樓內再次安靜下來。我的心又開始狂跳，行動就要開始了。

我從廁所裏拿出一塊磚，現在是最好的時機，已經沒有什麼好猶豫了。我抬手就朝王亞軍的玻璃砸下去，聲音並不太響，那玻璃沒有碎，就朝裏邊掉了下去。看來，這面玻璃本身就是活動的。我眞是太順利了。

我仔細地聽了聽，四周仍是一片寂靜，我把手伸進窗洞，擰開了門，然後像走進自己家一樣地走了進去。

9

一切都是黑的，我不敢開燈。

房間裏的氣味讓我產生了某種戀舊的感覺。好幾個月了，我進不來，今天卻是以這樣的方式，我作爲小偷來造訪這裏。

我十分明確地走到了小書架旁，熟練地朝平時王亞軍放英語詞典的位置伸地去，可是，憑著手感，我就知道那本厚書不是英語詞典，雖然它的外殼也是硬的，我心裏一陣緊張，是不是那本書已經丟了？

我渾身上下立即出了冷汗。

我的眼睛已經適應了黑夜，借著月光我仔細地翻著小書架。那上邊一共也就才幾十本書，我連續翻了好幾遍，卻仍然沒有發現那本英語詞典。

我開始在桌上，床上，枕頭邊，窗臺上，地上，甚至於床底下，像發瘋一樣地找著那本書。可是，倒處都沒有那本英語詞典。儘管房間裏不熱，可是我卻大汗淋漓。

我在以後總是能理解，爲什麼被小偷光顧過的房間總是那麼亂，似乎房間的主人幾年才能把它整成那樣混亂。因爲小偷在進入了別人家之後，身上的全部能量都有超常的發揮。

最後，我有些歇斯底里了，把自己的全部希望都放在了王亞軍的那個箱子上，我把它從上鋪拖下來，打開一看，裏邊竟然全是照片。藉著月光我仔細地看，那照片上全是阿吉泰。我感到不可思議，爲什麼箱子裏邊放的全是阿吉泰？王亞軍平時很節省，在食堂打飯時，我經常能看見他。就是做紅燒肉的日子，他也不買，他總是吃粗糧，素菜，那不是一個減肥的年代，那是一個挨餓的年代。那時，在烏魯木齊，你錯過了一次紅燒肉就等於你在今天錯過了一次去非洲遊玩的機會。王亞軍把節省的工資都用來給阿吉泰拍照片了，他眞是了不起。

我一張張地看著阿吉泰的照片，有許多是在西公園閱微草堂旁的鑒湖照的，有些是在烏魯木齊河的沿岸照的，有在烏拉泊燕兒窩的山上照的，也有在烈士陳潭秋，毛澤民（就是毛澤東的弟弟）的墓碑前照的，還有在天山上的松林草地上照的。

這說明阿吉泰和王亞軍遊遍了烏魯木齊，他們甚至於還去了天山。

我的心裏一陣陣刺痛著，我們這些孩子的確不如大人，他們能談戀愛，他們能一起出去。我們呢，只能在阿吉泰沒有下班之前，遠遠地望著她，我們張著大嘴，像個貪婪的傻瓜。

我好像已經喪失了此行的目的，過了好一會兒，我才把頭從阿吉泰的照片中抬起來，詞典肯定是沒有了，我得走了。

我輕輕打開門，聽見有人從樓梯上來，遠遠地走在過道裏，他們的腳步聲讓我緊張。

我趕緊關上門，輕輕地打開窗戶，又聽到下邊有人在說話。

李垃圾和黃旭升正站在窗外的樹下。我立即把身子縮回來。

李垃圾正興高采烈地對黃旭升說著自己跟蹤王亞軍和阿吉泰的情景。在他的敍述中我漸漸聽明白了：王亞軍再次被阿吉泰拒絕，不管他爲阿吉泰作了什麼，都沒有把阿吉泰打動，在北門花園裏，他想抱阿吉泰卻被阿吉泰狠狠推開了。李垃圾最後說：「我看到了英語老師的可憐相。他蹲在地上，用手抓自己的頭髮。」

聽了李垃圾的話，我心裏難過，王亞軍是個苦戀者。那時的中國知識份子，有許多人在苦戀著自己的祖國，而王亞軍，他苦戀著阿吉泰。。

我在屋子裏有些無聊，從樓內走總是有人，從窗戶走，又有黃旭升和李垃圾，我無法馬上離開，怎麼辦呢？

我開始在身上灑了王亞軍的香水，並穿了他的那件毛料衣服，又穿上了他的皮鞋，在屋子裏悄悄走著。我感到自己有生以來，頭一次像個紳士一樣地在走路。然後，我在鏡子面前把衣服換回來，重新穿上自己的衣服。

突然，我再次聽到了腳步聲。隔著門我能聽出來是王亞軍的腳步。他穿著皮鞋，他的腳步聲特別，我早就熟悉了。

我嚇得渾身再次出了汗，看來無論如何也要跑了。

我來到了窗前，發現黃旭升和李垃圾正要離去。

黃旭升說：「我得走了，我媽要著急了。」

李垃圾說：「別急吧，待一會兒。」

黃旭升說：「行了，我不聽王亞軍的事了。」

李垃圾說：「妳不是說了嗎，讓我告訴妳王亞軍的事，妳就陪著我多玩一會嗎？」

黃旭升摔開李垃圾的手，開始朝回家的方向走，李垃圾追了過去。

這時，王亞軍的腳步聲已經離門很近了，好像還不止他一個人，說不定校長仍在他身邊，那我眞是徹底完了。

我慌忙站到了二樓的窗臺上，內心混亂，我離那個老楡樹的枝叉只有一米多遠，從小爬樹的我這算不了什麼。可是，我被慌亂懾住了手腳，縱身向上跳，沒有抓住那棵粗枝，只是抓上了細枝，而它在瞬間裏就斷了。

我身體失去了平衡，在空中我又一次看了月亮，發現它今天很圓，然後重重地摔在了地上，立即昏了過去，在那一瞬間裏，我意識到自己的內心裏絲毫沒有因爲是一個小偷而帶來的罪惡感，相反，我覺得自己委屈，某種無邊的痛楚像水一樣漫過我的內心，然後覆蓋了我的全身。我很快地醒了過來。我睜開眼，看見了王亞軍正驚訝地站在窗前看著我。

我本能地想起身跑掉，但是我動不了。

王亞軍站在了窗臺上，他顯然想直接往下面跳。他猶豫了一下，竟然，從二樓像是一個眞正的超人那樣地跳了下來。他很矯健，輕輕地落在了我的身邊。然後，他開始抬著我起來。我有些不好意思看他，疼痛再一次讓我閉上了眼睛。

他使勁地把我從地上用雙手托起，像許多電影裏演的那樣，一個沒有受傷的人抬著他的戰友，走在微山湖，鐵道旁，青紗帳裏，雪野中，無名高地上——最終，他們不是走向絕望，而是走向希望。

我微微睜開眼，發現王亞軍的臉在月亮的照耀下顯得有些慘白。

王亞軍那時正把我放在了一棵粗大的樹椿上。

我再次疼得昏了過去。

10

當我再醒來的時候，感到自己的臉正在被另一個人脖子上的汗浸濕，有個人正背著我，朝醫院的方向走。

我使勁睜開眼，發現累得出了許多汗的人是王亞軍。

我被羞愧和疼痛折磨得不知道該怎麼才好，就掙扎著要下去。

王亞軍把我背得更緊了，他說：「別動，你還有流血。」

我看看夜很黑，四面除了我和王亞軍而外，沒有別人，就感到了恐怖，我說：「流血太多，我會死嗎？」

他笑了，說：「不會的。」

我說：「人在什麼情況下才會死？」

他說：「就是他不想活了。」

我們不再說話，又朝前走。爲了走近路，王亞軍選擇走了湖南墳園裏邊。我們穿行在老榆樹叢中，腳下是荒草，突然，我看見不遠處藍火閃了起來。

王亞軍的腳步在那一刻也顯得有些遲疑。

我說：「王老師，在藍火後邊有人，我好像看見鬼了，你看見了嗎？他正在煽那藍火呢。」

他說：「你把眼睛閉上。」

我仍頑強地睜著眼睛，朝前方看著，那火更旺了，那個煽火的人讓我把王亞軍抱得更緊了。

王亞軍幾乎是跑起來，我能感到他的恐懼，因爲我發現他的頭髮幾乎都豎了起來。

風在那一刻也吹得更加強烈，秋天的寒意使我渾身哆嗦著。漸漸地，那片藍火移到了我們身後，走出湖南墳園很遠，我們都沒有再說話，直到醫院昏黃的燈光在前方閃爍，王亞軍才鬆了一口氣。

他說：「你還疼嗎？」我搖搖頭。

他說：「你長得瘦弱，卻挺勇敢的。」

又默默地走了一會兒，我說：「剛才你看見那個煽火的人了嗎？他是不是鬼？」

他說：「我看見了，但是我不知道。」

我說：「你不是什麼都懂嗎？爲什麼不知道鬼呢？」

他說：「有許多事情我都不知道。」

我說：「毛主席說的煽陰風，點鬼火，是不是就說的是這樣的人？」

他說：「意思可能更豐富一些。」

我說：「你是唯物主義者嗎？」

他說：「不是，我不是唯物主義者。」

我說：「那你怕鬼嗎？」

他說：「怕。」

在進醫院大門的時候，我突然擔心起來，我說：「別人會知道今天晚上的事嗎？」

他說：「你希望別人知道嗎？」

我說：「不。老師，不。」

他說：「那就不吧。」

他的遊戲口吻讓我擔心，我竟然控制不住自己地說：「我沒有在你房間拿任何東西。」

他說：「我相信。」

在醫院的急救室裏，醫生爲我打了止痛針，所以在母親來到之前，我沉沉地睡去。

在夢中，我偷東西的消息不徑而走，傳遍了我們學校和湖南墳園大院。

我覺得甚至於傳遍了烏魯木齊。

當我醒來，卻發現由於王亞軍的沉默，這事竟然成了一樁秘密，在整個學校範圍裏，它僅僅存在於我和王亞軍之間。

所有的人都知道了我的腿摔斷了，但不是因爲我當了賊，而是因爲我在大樹上背誦英語單詞，走火入魔，結果忘了自己在樹上，才從上邊掉下來的，像是一個自由落體，每秒秒九點八牛頓，對了，還有重力加速度。

第十三章

1

「你不是一個紳士。」

王亞軍用這樣的詞時，手是背著的，頭是昂著的，他在外邊從不這樣，他當著別人的面時從不這樣做作。他像是一個智者那樣地邊深思，邊說話，絲毫也沒有感到自己的動作和語氣都有些過於誇張。他願意在我面前這樣，只有這樣，他才能進入一種他認爲是最佳的燃燒狀態。這種談話的氛圍總是出現在我們之間。營造了種種讓我感動的色彩，我內心突然有些難過。一個大人，一個比你懂得多得多的人，能夠跟你這麼平等的交談，他滔滔不絕，樂於表達，特別重要的是他也願意聽你的表達。

所有這一切，最終被母親破壞了，同時，也被他王亞軍破壞了。你爲什麼要聽我母親的？你爲什麼要和她站在一起。她不愛我，也不關心我，你不知道嗎？她就愛自己。她就愛自己的防空洞事業，她天天想著要準備打杖。你難道不知道嗎？

我的沉默讓王亞軍一時有些無所適從，他看著我，很想知道我想著什麼。他換了一下姿勢，把雙手交錯地抱著兩臂，這讓他更像一個外國人。他看著我，眯起了眼，又說：「你曾經對我說過，你想作紳士。」

我仍然沉默，心中羞愧無比。

「你不是說我是你最好的朋友嗎？你不能對你父母講的話，都能對我說？」

「是你先不理我的。」

「那是你母親，你媽不讓我再跟你說話，我答應了她。」

「你爲什麼要答應她？是我想和你在一起，又不是她。」

「你究竟想要什麼？我那兒有什麼東西，值得你這樣？」

我再次沉默，想以這種方式蒙混過關。我爲什麼不能承認自己想偷英語詞典，也許偷書不是這個世界上最丟人的事，但是我卻羞於承認，特別是不能面對自己的英語老師承認。我不能理解自己，爲什麼不願面對那個英語老師承認自己想偷的就是那本詞典呢？什麼讓我想守住那個「秘密」？當時，我的臉很紅，是因爲喘不過氣兒來憋的。英語老師的問題讓他像隻被煮在水裏的活雞一樣，無所適從，簡直生不如死。

「你這樣會毀了你自己一生的。」

王亞軍顯得有些語重心長，他頭一次像別的老師一樣說話。

起來，饑寒交迫的奴隸，起來全世界受苦的人，滿腔的熱血已經沸騰，要爲眞理而鬥爭——

我開始用英語唱國際歌。

「別唱了，行嗎？」王亞軍先是顯得有些不耐煩，但是看到我唱歌時閉著眼睛的臉，他又笑了，說：「好了，誰也不會讓你英勇就義，東山公墓已經好久都沒有槍斃人了。現在我沒有和你開玩笑，我就是想知道你眞實的願望，說不定我可以滿足你。」

我緊緊閉著嘴，把頭擰了過去。

王亞軍就那樣地看著我，失望極了。

醫院的病房裏一片雪白，這讓我心裏又空又涼。我的腿上打了石膏，這使我看上去就像是一個病得很重的老人一樣。

我突然對王亞軍說：「你覺得我是個賊嗎？」

王亞軍沒有回答我，他只是顯得有些驚訝地看著我。

我又問：「你們都覺得我是個賊？」

他說：「沒有。我不覺得。」

我說：「我媽覺得我是個賊，她說她從此沒臉見人了。」

他說：「我想你不但不是賊，還應該作一個紳士。」

也許是「紳士」這個詞深深地刺激了我，竟讓我在意？剎那間那麼傷心，我突然緊緊抱住王亞軍哭了起來。王亞軍拍著我的肩膀，不說任何話，就讓我縱情地哭著。

多年以後我都在問自己：「爲什麼要隱藏自己想偷那本詞典的眞實目的，難道它比像一個小偷一樣地開門破窗而入還見不得人嗎？」

那個孩子把眞實的目的掩藏起來，究竟想保護什麼？無論我怎麼想，都得不到讓自己滿意的解釋，也許那個孩子太脆弱了，他是一個內向的孩子。他曾經找王亞軍借英語詞典，可是他被拒絕了。

他以爲一個人只要被拒絕一次，就會被拒絕一輩子。

2

爸爸走進病房的時候，王亞軍仍然站在我的身旁。

爸爸穿著軍裝，白色的病房內閃耀領章帽徽，但他一點也不感到羞愧地就那麼穿著，並顯得很自然，就好像他眞的以爲自己成了解放軍，就好像他一生下來就是解放軍。

他先是沒有看我，而是走到王亞軍的跟前，對他說：「作爲父親我很慚愧，我現在向你認錯。」父親說著，面對王亞軍深深地鞠了一躬。

父親的舉動讓我大吃一驚。王亞軍連連後退，甚至臉也有些紅。他說：「沒有那麼嚴重，我沒有任何怪他的意思，你可能知道，恰恰相反，我非常喜歡這個孩子。不論他去我房間作什麼，他喜歡什麼，我都會給他的。」

英語老師王亞軍的話讓我有些感動，但父親的臉上沒有表情，在他高度近視的鏡片後邊有冷漠的眼光在閃爍。

父親說：「王亞軍老師，你能先回去嗎？我想單獨和我兒子在一起。」

王亞軍連連點頭，但是，他到了門口時，又回頭看著父親，說：「你難得回來，如果這次你有時間，我想跟你談談。」

父親顯得很驚訝，說：「你和我？談什麼？」

王亞軍說：「想和你談談這孩子。」

父親猶豫地停了一下，說：「我，我沒有時間。」

王亞軍沒有想到父親也會這樣，他顯得有些慌亂地離開了病房，就好像偷東西的不是我，而是他一樣。

3

「你媽打你了？」

爸爸摸著我臉上的紅印問我。我點頭。

「她不該打你。」

父親說完這句話，突然哭起來。我沒有想到他會哭，我覺得他應該是很堅強的，他哭說明了傷心。我有些不知所措地看著他，並因爲自己的罪行而靈魂不安。

他先是用手擦淚，然後又掏出了一條骯髒不堪的手絹，擦拭著鼻涕，突然，他再次痛苦地哭起來，就好像我的罪行也讓他生不如死。

我看著父親，不知道該怎麼安慰他。

父親在不停地哭著，就好像他是個女人一樣，這讓我覺得他極其無恥。

比我偷東西還無恥。

我看著父親的手絹，本來是淺色的，現在已經變成了深色的。這說明了什麼呢？

這說明了母親的無恥。

不知道爲什麼，我的內心裏在父親哭泣的一刻竟然產生了那麼多惡毒的東西。也許，這些東西是我在回憶中加進去的，其實，我的內心應該感到恐懼。

在病房裏，我怕父親也打我。

我的腿上全是石膏，我跑不了，只能躺在那兒挨打。

可是，父親絲毫沒有想打我的意思，他只是想哭。

當時，我以爲他只是因爲自己的兒子爲他丟臉而哭泣，以後我才知道，他那天是爲自己而哭的。爲了氫彈成功爆炸而設計的大樓已經完成，父親在基地已經沒有事了，他的任務完成了，他要離開部隊，飛鳥盡，良弓藏，狡兔死，走狗烹。

父親像狗一樣地回來了。

4

「你爲什麼要進他的房間？」

終於父親也開始這樣提出同樣的問題。

我不說話，以沉默來混過去。

「他房間裏有什麼吸引你的東西嗎？」

父親的話本沒有什麼，卻挑動了我特別想哭的神經。我感到心裏發潮。情感一股股地像浪一樣地朝外湧，它們撲打著我的眼睛甚至還有頭髮。

有什麼吸引我的東西？在英語老師王亞軍的房間裏。

僅僅是那本詞典嗎？你們這些愚蠢的大人，你們這些愚蠢的父親和母親，也包括跟我在一起那麼和諧的，像紳士般愛著我的英語老師。你們難道眞的不知道，在英文詞典和香水背後的那些吸引我的氣息是什麼嗎？

我爲他們不懂我而難過，而仇恨。他們不知道那屋子裏有著某種美麗而博大的東西，這讓我對於這些大人們產生了深深的厭倦和失望。

你們眞是白活了，世界把父親們變得疲憊而遲鈍了。把母親們變得亢奮而愚蠢了。把英語老師們變得喪失激情而又與母親的愚蠢妥協了。

我完了。

「你爲什麼要進他的房間？」父親的聲音提高了。

我看著父親，突然發現他的眼白比黑眼珠大得多，這使他的眼睛顯得比平常小，它們眨巴一下，睜開，接著又狠狠地眨巴一下，也就是在那個時候，母親從外邊走了進來。她顯得風塵僕僕，就像是她剛從遠方回來，而不是父親。即使是灰色的衣服，也沒有遮擋住她修長的身材，母親眞是有風度呵，在那樣的時代裏，她眞是太挺拔了，就像是新疆公路兩旁高高的白楊樹。不光是茅盾讚揚你們，我也應該讚揚你們。

現在回想起來，我之所以那麼厭惡母親，是不是因爲她當年太狠了，而且她從不好好回答我向她提出的問題。

母親看著身纏繃帶的我，第一句話就說：「現在你爸爸也回來了，告訴我們，你爲什麼要進他的房間？」爸爸也看著我。

我在沉默，並不敢抬頭看他們的眼睛。

「是不是他的房間裏有黃色的東西在吸引你？」

母親這句話像子彈一樣地打在了我的心上，讓我渾身刺痛起來。

父親也有些不理解母親的提問，他似乎也被黃色這樣的詞震盪得哆嗦了，他看看媽媽，但是沒說什麼。

你說話呀。母親大聲衝著我說。

我突然抬起頭來，看看爸爸，又看看媽媽，說：「你們把我打死吧。」

父親母親特別吃驚地在瞬間裏互相對視了一下，然後，天就突然黑了。病房裏變得十分暗淡，白色統治了一切，我的眼前晃動著白色鳥群，腿又開始疼起來。它們捽斷了，是應該疼的。

在朦朧中，我才看到了母親手裏的飯盒，她是來爲我送飯的。她知道我如果不吃飯會肚子餓，可是，他並不知道，我作爲一個小偷走進王亞軍房間並不是爲了黃色的東西。

黃色的東西。什麼是黃色的東西。

5

三個月之後我才回到教室上課。

黃旭升坐在我的旁邊，悄悄說：「你的腿還疼嗎？」

我不吭氣。

她又說：「我們家有雲南白藥。」

她說著，輕輕地在背後把自己的手伸過來，拉拉我垂在椅子上的手。

我內心猛的一下就被塡滿了那些心酸的東西。在那之前我不知道一個女孩子的手竟然有如此大的感染力，我的手被她的手深深地感動了，我也想緊緊拉著她的手，但是，我有些不敢。

她沒有看我，只是像平時一樣地看著前方，回想起來那是黃旭升最好的角度，她的臉是紅潤的，光潔的，她削瘦的臉上閃耀著少女的神采，在那之前我從來沒有想到過少女有時能離你這麼近，你幾乎能感到她的呼吸，那是一種清爽而甜潤的氣息，而且雲南白藥是什麼藥，那一定是很好喝的藥，跟中藥不一樣，它不會苦，只會甜。

黃旭升的頭髮很長，她紮成一束，就像是在伊犁草原上開的鮮花，旁邊有羊群經過去河邊飲水，空氣比一往任何時候都潔淨了。她的手就在我的手旁，我只要輕輕一動，就能抓住她的手，但是，我卻有無數的猶豫。我從小就不是一個果斷的男孩子，我優柔寡斷，在以後的日子裏，我有很多機會都被我的猶豫喪失了。

在內心的矛盾中，我怕眼淚會流出來。

夕陽緩緩地從窗處照射進來，把每個人的臉都映得微紅，屋內的氣氛充滿青春朝氣蓬勃的感覺，儘管我很痛苦，可是大家都很歡樂。

6

晚上回家的路上，黃旭升走在我的前邊。

我不敢追上去，發生了下午的事情之後，我似乎有些不敢看她的臉，還有她的眼睛。

黃旭升卻像是沒有發生任何事情，她走得高高興興，還唱著歌，突然，她停下來，看著我，說：「你爲什麼走那麼慢？」

我不說話。她說：「一直在等你追上來，我有話對你說。」

我看著她，等著她說。

她說：「現在我又忘了要說什麼了。」

我們默默地看了一會兒，她說：「對了，我想說，自從咱們兩家換了房子之後，我一直不習慣，老是走錯。老是一進門，就朝右拐，老是忘了上樓梯。」

我說：「現在妳媽還覺得鬧鬼嗎？」

她想了想說：「沒有，我媽有一次對別人說，她說，她剋夫。你知道什麼叫剋夫嗎？」

我搖搖頭。

她說：「剋夫，就是她老是把自己的丈夫搞死，也不知道怎麼搞的，她丈夫總是一個個的死。有一個死一個，有十個死十個。」

我突然不知道哪裏來的膽量，問她：「妳以後會剋夫嗎？」

黃旭升笑了，她的臉上顯得那麼晴朗，說：「那得看我像我爸還是像我媽，誰知道呢？也許哪個男的眞的想跟我好了，他就得死。」

說完，黃旭升高聲地笑起來，邊笑邊跑。

我卻感到了害怕。

我對你們說過，我家旁邊就是紀曉嵐在《閱微草堂筆記》裏說的湖南墳園，在我小的時候，經常能看到鬼火在閃，在王亞軍背我上醫院的那個晚上，我甚至於看到了有個鬼在拼命地煽動那藍色的火。

以後，有人說這個鬼就是黃旭升的爸爸，他是因爲不服氣，才出來煽動火光的。可是，他有什麼不服的呢，人都死了，還有什麼不服的？儘管英語老師王亞軍說他不是唯物主義者，但我的父母公然宣稱他們不信神，只信科學和毛澤東思想，那我就是裝修唯物主義者。我是一個小唯物主義者，我覺得黃旭升她爸爸既然不服，就應該在活的時候，該打就打，該罵就罵，該出手時就出手，不要死了以後還有什麼不服的。

可是現在，黃旭升跑了，留下我一個人慢慢地走，天快黑了。

「剋夫」這個詞卻讓我產生了無比的恐懼，尤其是它從黃旭升的嘴裏出來，下午她還說要給我雲南白藥呢。我想起了黃旭升的第一個國民黨爸爸，第二個共產黨爸爸，突然感到毛骨悚然，雞皮疙瘩立刻起來了，全身發冷。

我也開始朝家跑，進了過道，我從一樓一直跑到了四樓。

一開門，爸爸媽媽正在說著什麼。他們一看見我，就立即不說了。最近，他們兩個人一直就是這樣，就好像我是他們的對立面，他們說什麼話總是感到我是一個多餘者。

這種家庭氣氛讓我受不了，不知道爲什麼，在進門的剎那，我突然萌動了一個念頭：「離家出走。」

像維吾爾族人一樣，背一個包袱，騎一頭毛驢去流浪，沿著烏魯木齊河，一直走進天山裏，從此不再回頭，不對該死混帳的父母說一句話，或者我也有另一個選擇，就像庫爾班吐魯木一樣，騎著毛驢上北京，去見毛主席，據說毛主席跟他握手了，庫爾班大叔從那天之後直到他死了都沒有再洗手。如果，我去了北京，那我也不再洗手。

母親和父親都看著我，那表情像是在審問。

我低下頭，感到自己可能今天又眞的犯什麼錯誤了。即使我沒有犯什麼錯，在這樣的眼光的注視下，我也很不自在。心裏開始產生了不安。

「爲什麼又回來這麼晚？」

「你最近爲什麼總是回來這麼晚？」

「你幹什麼去了？」

「你是不是又到那個英語老師的房間去了？」

「你這個孩子爲什麼一點都不知道爭氣？」

「你爲什麼和別的孩子都不一樣？」

類似於這樣的問題總是鋪天蓋地，回家眞是一件極其可怕的事情。如果那個時候，有搖滾部落，那我也一定會離家出走，去跟隨我內心崇敬的搖滾明星。

沒等他們問，我就先說：「我今天沒有去英語老師的房間。」

父母很快地交換了一下目光，媽媽說：「那你爲什麼還是回來那麼晚？」

我說：「黃旭升說她們家有雲南白藥，她說她媽剋夫。」

父母又互相看了一下。

母親說：「你又去她家了？」我不吭氣了。

母親看著我，半天後，歎了口氣，說：「洗手，吃飯吧。」

也許是命運，我在那天晚上夢見了阿吉泰，她跟我說話，我卻不好意思看她，她對我說了很多，甚至於用維語朗誦了毛主席詩詞。

7

第二天，是個晴朗的天，陽光很充足，天山白色的輪廓很早就清晰無比。

我一大早就出門，在湖南墳園的野地裏像行走的詩人那樣地徜徉。我的內心沉重，知道自己犯了錯誤，感到抬不起頭來。我老是想要知道別人究竟是怎麼看我的，在他們的眼中我是一種什麼人。看到李垃圾的時候已經快到了中午，我本來想躲開他。可是，他十分友好地跑到了我騎的老榆樹上，只是幾下他就爬了上來。當他坐在我的旁邊時，就開始對我笑，那笑容裏有明顯地討好的意思。

我知道他喜歡黃旭升，那是李垃圾的早戀。他很執著地愛著她，現在像李垃圾那麼執著的人已經很少了。李垃圾總是想從我這兒打聽點黃旭升的什麼。

「我知道一個地方，可以看見阿吉泰。」

李垃圾突然大聲說。

我心中一顫，昨天晚上我還夢見了阿吉泰，很久沒有看見她了。

「她每個星期天的中午都要到澡堂去洗澡，你從鍋爐房後邊過去，翻過煤山，在第二個窗口就能看見她，她全身都光著，什麼都能看見。」

李垃圾的話像火焰一樣地把我的身體燒著了，我突然感到口渴。

他似乎能感覺出我的激動，就像是一個有教養的富人那樣地微笑著。

我說：「洗澡應該有蒸汽，肯定什麼都看不清楚。」

他像是一個有經驗的人那樣，胸有成竹地說：「蒸汽像雲一樣，一陣陣的，只要一散，阿吉泰的肩膀和屁股就露出來了。我可是只告訴了你一個人，不要對別人說。我已經看了好多次了。」我點頭，然後就想朝樹下跳。

李垃圾突然拉著我，說：「黃旭升最近老是不理我，你幫我從側面問問她，到底怎麼了？上個星期我還幫她抓了一隻野兔子，她還挺高興的。這兩天又怎麼了？知道嗎？我爲她睡不著覺。」

我笑起來，說：「我問問她。」說著，我又想朝樹下跳。

他又把我一拉，說：「你會手淫嗎？」

我的臉紅了，裝著不懂的樣子，看著他，說：「你什麼意思？」

李垃圾笑了，說：「什麼時候我教你。」

我猛地從樹上跳了下去，說：「我才不讓你教吶。」

說著，我朝食堂和澡堂後邊的鍋爐房跑去。

8

北京時間十二點鐘，食堂裏沒有人，還有兩個小時才會開飯。我之所以強調北京時間是因爲那時的烏魯木齊用的是新疆時間。這似乎是王恩茂的一大罪狀，當時說他獨立王國，針插不進，水潑不進，什麼，你說王恩茂是誰？他是新疆的第一把手，是新疆的當家人。好像那時已經調走了，但是他所用的新疆時間一直是我們用的時間。這是由於新疆的地理位置所決定的。比如五點多鐘你們北京就出太陽了，可是新疆要七點多鐘才能出。相差兩個多小時，你們已經朝陽滿天，我們還是天黑著，你們已經太陽落山，我們還是西邊一片晚霞。

我在朝鍋爐房跑的時候，腦子裏一直有一首炎熱的歌在響著：「人把毛主席著作比太陽，我說太陽比不了呀比不了，太陽上山又下山，毛澤東思想永遠放光芒，哎，呀忽咳，永遠放光芒，永遠放光芒。」

澡堂的門口有不少人，今天就是女人洗澡的日子。我們新疆維吾爾自治區烏魯木齊市的澡堂就是這樣，不分男女，只分日子。星期六是男人洗，星期天是女人洗。女人，女人，在我的腦海裏除了那首歌以外，就是這兩個字。女人是什麼？不知道，女人是小貓，女人是小狗，女人是小兔子，女人是花，是草，是流水，女人是哭泣的眼淚，女人是天上的太陽，女人是毛澤東思想……

澡堂的門前都是女人，她們端著盆，很多小女孩兒都用手絹把頭髮紮著，女人眞乾淨，她們眞講衛生，她們洗澡還端著盆，她們的毛巾上充滿新鮮空氣和陽光。

女人們沒有注意我，她們只是在梳著頭髮，她們的臉很紅，熱水的滋潤讓她們的臉上神采奕奕。當個女人眞是太幸福了，她們一點也不著急，洗完澡後她們一直站在那兒享受天山和白雲。她們之中幾乎沒有一個人注意到有一個男孩兒正在朝後邊的鍋爐房跑，他是想抄她們的後院，他渴望偷窺。那時，我還不能像今天這樣拉開距離看自己：一個男孩，他先是溜進別人的宿舍偷東西，然後，又跑到了女澡堂的後窗偷窺。你說，他是一個什麼東西？他肯定是一個問題少年。

當我來到了鍋爐房後邊時，一切突然靜下來。那裏也有一棵老榆樹，枝節粗壯，枝葉茂密，在它的身下堆滿了從大洪溝挖來的大塊煤炭。我踩著煤炭朝窗戶移過去。

那是一排由紅磚砌成的廠房，窗戶都很高，而且比較小。我數著窗戶，右邊第二個，在那下邊有兩塊摞起來的煤塊，我只有在那時才感到自己的心跳原來竟會那麼清楚。我突然感到了猶豫，這樣作是犯下了流氓罪，一旦讓抓住了，按照母親的話說，一輩子的政治生命就完了。人的生命沒有了倒不是太要緊，可怕的是你沒有了政治生命。那活著，還不如死了。望而卻步是什麼意思？就是我現在的動作所表現出來的意思。

我看著那個窗戶，再一次認識到：無論外邊的人，還是裏邊的人發現了我，我都完了。儘管這樣想著，可我還是爬了上去，那煤塊擺得很穩，一點也不搖晃。我把頭朝窗口慢慢伸張，透過玻璃我先是看見了蒸汽，彌漫著在澡堂裏飄逸，我知道正對著這個窗戶就是阿吉泰最願意待的地方，美麗的她就會在這兒盡情地享受熱水。直到我的眼睛從陣陣發黑到漸漸清晰的時候，一個女人長長的頭髮和潔白的身體像狂風一樣朝我迎面吹來。她是阿吉泰，她果然是阿吉泰。我首先看見的是她的後背，長長的腿，金黃色的頭髮，還有曲線的腰，還有圓潤的屁股，那果然是阿吉泰的皮膚嗎？我激動得連呼吸都不正常了，不知道因爲緊張還是恐懼，我眼睛裏突然產生了淚水，就像老年人遇見涼風會流淚一樣，我的眼淚出來了，這時，奇蹟發生了，阿吉泰竟然轉過了身體，我看見了阿吉泰的正面。那就是女人們的乳房嗎？我想起了合作社擺放的吸奶器。

阿吉泰閉著眼睛，充分享受著沐浴給她的幸福。我仔細地看著她，從上到下，又從下到上，那時，我的身上開始起了反應，先是渾身發冷，接著又開始燥熱，就在阿吉泰用毛巾輕輕洗著自己小腹的那一刻，她高聳的乳房在顫動，它們那麼潔淨，像天山深處的磨茹，我終於喘不過氣來，感到眼前一陣發黑，腳步也不穩了，我踩不住那塊煤，感到它就是滑的，像冰塊一樣，我從上邊摔了下去。

當我爬起來時，頭腦中唯一的念頭就是逃跑，要離開這個地方。

因爲我人生的最大一件事已經完成了，我看見了阿吉泰的全身。從今天起就是死了也值得。

我開始跑著，不顧一切地跑著，像是發瘋了一樣的跑著。天上照耀著我們的不知道是阿吉泰還是太陽，她走到哪裏哪裏亮光四射，她站得太高了，所以無論我怎麼跑，她都在我的頭頂，我跑一步，她也跑一步。我無法擺脫她的臉龐，還有她的眉毛，她圓滿的肩膀和她那略微有些顫動的乳房。

我都忘了是怎麼離開鍋爐房和澡堂的，我飛跑著，穿過了豬圈和大食堂，然後，朝學校方向跑去。一路上，我看不見任何人，只有阿吉泰在天空中對我微笑。這時，突然有人拉住了我，並對我說：「Good afternoon。」

我站住了，像是一個夢遊幻者被驚醒，我站住了，也本能地說：「Good afternoon。」

我站住了，看清楚了面前的英語老師王亞軍，他總是那麼體面，明亮的眼睛裏含著微笑，從他的表情裏我看不到任何審問的意思，只是在那一刻裏，我的臉開始紅了。

他看著我，半天才說：「Where are you going?」

我楞楞地，一時眼睛還有些發直，本能地說：「I don't know」

9

回到家時母親正在爲父親洗那身軍裝。

那時洗衣服是可怕的事情，母親用搓衣板爲父親洗得很費力氣。父親這身軍裝太寶貴了，那是他在背運時又重新走運的物證，是上邊對他的關懷以及他最好地發揮才能的物證，他們製造氫彈是不是爲了殺人的，父親不會思考這種問題。機會就是一切，父親那時就是一個徹底的實用主義者，而徹底的實用主義者是無所畏懼的，他們連鬼都不怕還怕困難嗎？還怕把衣服穿髒嗎？所以，父親穿上就不肯脫，上邊全是油污，洗出來滿盆的黑水。

母親爲父親洗衣服時，臉上沒有受難的表情，這說明了她是愛父親的。在她的臉上有微笑，甚至於她還哼唱著蘇聯歌曲，儘管聲音很小，但也把父親嚇得夠嗆，他說：「妳小心一點，不要讓別人聽見了。」

母親對父親柔情地看了一下，目光有些淫穢，裏邊有大量的昨天夜裏餘存下來的甜言蜜語。恰恰在那時，陽光像舞臺上的燈光一樣地，突然閃亮起來，照耀在母親年輕的臉上，她說：「陽光那麼好，可以把衣服晾在外邊。」

父親說：「安不安全？」

母親搖搖頭，繼續小聲地唱那首蘇聯歌曲。父親說妳最好別唱了。

母親抑制不住自己歌聲，因爲在溫暖的光線下，她正在享受著幸福，丈夫和妻子，男人和女人在這樣的年代裏都獲得了發揮才能的機會，還有什麼能比這更讓人高興？天生我材必有用，機會來了就看你有沒有準備。儘管家裏唯一的缺陷是他們的孩子有些毛病，是個問題少年，但是這點風雨擋不住春天的到來。

父親也被母親的情緒感染，也高興起來。他也小聲唱起了那首蘇聯歌，並爲母親唱著低聲部。

我看著他們，只是覺得他們兩個人的神經都有些問題，我眞想把自己的想法告訴他們，可是我不敢，人爲什麼要掃別人的興呢？那時我就懂得這個道理。

母親在樓下的樹上拉了根繩子，把衣服搭在了上邊，並讓我在旁邊看著。我望著母親的背影，她像跳高一樣地重新走進了單元門。自從我們家跟黃旭升家換了房子之後，我們家就成了一樓了，回家眞是方便多了。從屋裏走進屋外，從陰影走進陽光都變得簡單易行，我們離大自然眞是近了。

我看著爸爸的衣服正迎著烏魯木齊的秋風招展，就像是一面象徵著走運的旗幟，那抖動的棉織物飄揚在我與天山之間，簡直沒有辦法用語言來形容那件軍裝的高貴。

我坐在門前的臺階上，漸漸感到了無聊，就望著天空發楞。

黃旭升出來了，他看我，又看看衣服，說：「你爸爸穿軍裝眞好看。」

我說：「妳爸爸原來不是也穿軍裝嗎？」

她說：「那是國民黨的軍服，難看死了。」

我說：「大蓋帽威風，都是美式的。」

她高興了，說：「眞的？」

我說：「當然了。」

她說：「那你來，上我們家來，我家還有一張爸爸穿軍裝的照片。是挺威風的。」

我跟著黃旭升進了她家。黃旭升爬上一個大箱子，從上邊摞的一個小箱子裏邊拿出了一張她爸爸的大照片。那是她爸爸穿著將軍服照的。

她說：「你說國民黨軍裝和共產黨軍裝，哪個好看？」

我說：「妳說呢？」

她說：「你說。」

我說：「妳說吧。」

她說：「還是你說吧。」

我們都笑起來。

她說：「你反動。」

我說：「妳反動。」

當我從黃旭升家裏高高興興地出來時，卻發現爸爸的軍裝沒有了。我嚇出了一聲冷汗。深深地知道大禍臨頭了。

11

我永遠忘不了父親聽說那身軍裝丟了之後的那種瘋狂。

他幾乎是從家裏一步就衝到門外的，他像一個眞正的神經病患者一樣地跳到了樹下，然後在四面的的角落裏尋找。靠近樓的一角是圍牆，挺高的一面牆，那邊是另一個單位，父親就像是一個武藝高強的人，他一步就跨了上去，他想看看是不是有外單位的人把他的軍裝扔在了那邊。然後，他又從牆上跳了下來。

母親也開始向每一個過來的人詢問，想發現線索。

我只覺得頭腦發懵，像是一個局外人一樣的看著上竄下跳的爸爸媽媽，尤其是看到父親深度鏡片後邊的眼睛，那裏像是一個深深的湖，閃耀著憂傷和恐懼的光。

最後，絕望的父親跟咆哮的烏魯木齊河一樣地朝著母親大聲說：「我說，不要晾在外邊。」

母親也心痛無比，她說：「我說讓劉愛看著，誰想到他會離開。」

終於，父親母親都把仇視的目光投向了我，就好像我從一生下來就是他們的敵人。

父親走到我的跟前，他狠狠地看著我，說：「你爺爺去世我都沒有這麼傷心過。」說著，他朝我的臉上用足了全身的勁，打了一個響亮的耳光。

我被打得像是圓規一樣，在原地轉了一個圈。

父親還要再打，被母親上來拉住了，她說：「你不要眞的打呀。」

父親不說話，還要再打。我的耳朵裏充滿了受了刺激的嗡嗡聲，裏邊也夾雜著父親絕望的呼吼：「你爺爺去世我也沒有這樣傷心過。」

12

我是一個離家出走的孩子。

那個時候，你只要身上裝著幾塊錢，就可以離家出走了。

在黃昏的夕陽裏，我感到了饑餓。那時，我正好走到了百花村前邊的馬市。在一個很大的清眞寺旁，我看見了一個回民的飯館。門前的玻璃窗內擺著已經煮熟的羊蹄子，你們內地人一般不愛吃這類東西，認爲它們充滿腥騷，即使在今天你們跟著時尚去新疆或者西藏去玩時，你們吃這類食物的表情也很像是演戲。可那眞是美味的東西呀，我小的時候，就是說，在我學英語之前，在我還不渴望香水和紳士的感覺時，我會經常跟其他玩伴一起來馬市，品嘗這種食品。

如果沒有記錯的話，那時的羊蹄是五分錢一個，我就像是一頭饑餓的毛驢，瞪大了眼睛看著那些食物，賣東西的老漢戴一頂白色的帽子，他留著挺長的白鬍子，很慈祥地看著我，就好像他知道我是一個離家出走的孩子，而且餓了。

我掏出了五毛錢，買了十個羊蹄，然後坐在一個角落裏，開始大口地吃起來。由於這東西太香，我吃的時候忍不住地由嗓子裏，甚至胸腔裏發出了奇怪的聲音，我把頭幾乎埋在了那堆骨頭裏，我覺得不這樣，就對不起這美味，還有我在黃昏中淒涼地來到馬市的孤獨。

我正吃得很香並陷入深思的時候，突然門開了，走進來一個女人，她穿著高高的皮靴，並圍著大大的披肩，落日的餘暉像追光一樣地照在她的皮膚上。當她把臉徹底轉過來的時候，我的心都要跳出來了。她是阿吉泰。就是阿吉泰。除了她以外，在我們烏魯木齊哪裏還有第二個這麼美豔的女人？

她沒有看見我，只是要了一碗湯飯。當她坐在那兒喝茶的時候，我緊張得把一個裝著醋的瓶子打倒在地。

阿吉泰就是在那個時候回頭看見我的。我們的眼睛碰到了一起。

她認出了我，並很快地笑了起來。她的笑容照亮了清眞寺旁的回民飯館。也照亮了我在文革中最黑暗的下午。

13

「你沒有跟你媽媽一起來？」

她起身走過來，邊走邊說。

我放下羊蹄，看著她，一時有些緊張地說不出話，阿吉泰的到來，讓我突然爲剛才的吃相而難爲情。我一瞬間就悲哀地發現自己是一個粗俗的人，不配說英語，更不配唱英語歌。

阿吉泰好像根本沒有意識到我的窘困，她輕輕地走過來，並坐在了我的旁邊。

她說：「你那麼喜歡吃羊蹄？」我猶豫著點頭。

她笑了，說：「我也喜歡吃，但是，你們英語老師不喜歡，上次我帶著他來這兒，他吃了一個，就吐了。」

我的臉開始發紅，我爲自己的能吃而不好意思。

阿吉泰說：「王亞軍不是新疆人，他跟咱們不一樣，咱們是新疆人。」

我點點頭。但是，我心裏難過，我不希望自己是新疆人，不是烏魯木齊人。應該是上海人，北京人。最少也應該是西安人。但我卻是新疆人。我愛吃的東西王亞軍不愛吃，這說明什麼呢？這說明我對於文明知之甚少。

「能讓我吃一個嗎？」阿吉泰說。

我把盤子推過去，著點頭並笑起來。同時，對她能吃我的東西，有驚訝，又期待。

她笑起來，說：「你一笑，臉上還有酒窩，像個女孩子。」

阿吉泰說著，高雅地吃著那只羊蹄，嘴唇的動作很小，更不會像我那樣發出可怕的聲音，我眞想罵自己像豬一樣。但是，當著阿吉泰，我不能這樣，因爲她有一半民族血統，不能在她面前用這樣沒有禮貌的詞。

我有些不敢看阿吉泰，就低下了頭。

湯飯來了，她要了一個碗，給我撥了很多，說：「吃吧，你餓了，能看出來，你可能餓壞了。」

我開始吃麵片，並盡可能文明一些，但是，我的嘴在喝湯吃飯的時候，又發出了跟壓路機一樣的聲響，於是我的臉更紅了。

阿吉泰看著我，絲毫沒有蔑視的感覺，多年以後，我回憶她的眼神，總是感到她甚至還帶著幾分欣賞的目光。

整個烏魯木齊最漂亮的女人竟然跟我坐在一起吃湯飯，竟然吃我的羊蹄，竟然用那麼美麗的眼睛看著我，一直看著我。

我的汗出來了，我因爲今天的偷窺而有些抬不起頭來。

她掏出了白色的手絹讓我擦。我堅持不用。

她笑了，說：「你出了這麼多汗。」

我說：「我的臉髒。」

她隨意地伸過手來，爲我擦汗，並說：「你怎麼一個人在這兒，不回家？」

我的眼圈紅了，但是，我沒有讓眼淚出來。我深信自己是一個不愛哭的孩子。

女人的關懷有時是那麼偉大，一個人在享受這種關懷的時候一定要仔細體會，那是人間最有價值的東西，如果你忘了或者注意不到女人爲你帶來的這種溫情，你這一生肯定是不幸的，而且，你肯定會爲你的粗心付出代價。

我們開始喝茶，那時新疆的磚茶比現在的要濃，就像深色的咖啡。新疆人慣用的那種小茶具也很別致，熱茶又上來了。我專心地喝著，時時看看阿吉泰。

她的表情這時有點嚴肅，不知道她在想什麼。

我低頭看著腳下的磚，想到天很快就要黑了，陰影在心中漸漸產生了。

她說：「你回家嗎？」我搖搖頭。

她說：「要不，到我宿舍坐會兒。」

我心中猛地就高興起來，陰影一掃而空。

我們從馬市走向北門，一路上人們都在看她，同時也會看看我。特別是那些跟我一樣大的男孩子，他們的臉上充滿羨慕，有人甚至喊起來。

阿吉泰走得很快，人們喜歡看她，因爲她長得美，所以她總是走得很快，我盡力跟著她，快到滿城街的時候，我就渾身發熱，像是與別人進行競走比賽，我的汗出來了。

她笑了，說：「你害怕別人的眼睛嗎？」

我想了半天，還是不知道該怎麼回答她這樣的問題。

她說：「我怕別人的眼睛。主要是我不該長成這樣。」

我看看她，還是沒有說話。

阿吉泰的頭髮在傍晚顯得更加的金黃，她的皮膚有種高貴的潔白，這種皮膚我們漢族人是沒有的。只有像阿吉泰她們才有，其實那時我沒有看過任何美國電影，要看也是阿爾巴尼亞的，再就是蘇聯的，我很清楚，在那些電影裏邊沒有像阿吉泰這麼美的，瓦西裏的妻子比不上她，列寧的妻子也比不上她。當我長大以後，開放的中國迎來了很多美女，她們有著和阿吉泰一樣白的皮膚，有著金色的頭髮。但是，阿吉泰的那句話老是從記憶深處湧出來，似乎在撓亂我看那些女人的視線：「我怕別人的眼睛，主要是我不該長成這樣。」

14

湖南墳園到了，天還很亮，我們沒有猶豫，就披著暗淡的陽光走了進去。裏邊沒有人，很安靜，古樹在風中輕輕地響，好像眞的有雲雀在叫，小路在沿伸，就好像那是沒有盡頭的理想，溫柔，淡薄，蒼涼。阿吉泰突然說：「給你唱首歌吧，維族民歌。」

我沒有來得及點頭，也沒有說話，她的歌聲就響起來：

塔里木，
無人煙，
茫茫沙漠戈壁灘。
我離開家鄉去遠方，
情人的雙眼淚汪汪。
呵，塔里木，
情人的雙眼淚汪汪。

阿吉泰很會唱歌，她的音準，她的聲音厚暖，她的情感憂傷。歌聲好像一直在棵棵老榆樹木間盤旋，久久沒有散去。

阿吉泰說：「這歌是我爸爸給我教的，現在不知道他在哪兒，我眞想回南疆去找他，他可能在喀什噶爾，可能在和田，也說不定在麥蓋提……」

阿吉泰的情緒突然低落了，她望著遠處的樹葉不再說話。

我們沉默地走著，快出湖南墳園的時候，我突然忍不住地問：「什麼是情人？」

阿吉泰的臉紅了。她沒有直接回答我。

我成熟之後，每當想起臉紅的阿吉泰，就感到她眞是不可思議，僅僅是「情人」這兩個字就能讓她臉紅。可見這是多麼有力量的字眼。在我的少年時代，「情人」竟能讓美麗的女人阿吉泰臉紅。美麗的女人在今天還會臉紅嗎？

阿吉泰突然說：「我給你教這首歌，好嗎？」

我說：「能用維語教嗎？」

她笑了，點頭。並用維語唱起來。

我跟在她後邊，一句句地學。那時，我發現自己眞的是一個語言天才。我不光是英語發音標準，而且，我用維語發音也很標準。阿吉泰變得興奮了，說：「難怪王亞軍老師喜歡你。」

我漸漸能唱這首歌了，當快要走出湖南墳園時，在樹叢中的歌聲已經變成了重唱。

一個女聲。一個男聲。

阿吉泰的宿舍在湖南墳園的東面，離我們家不遠。那是一排平房，磚木結構，門前有很粗的柱子，那些木頭都是天山裏的松木，房子蓋了不知道多少年了，還散發出濃郁的松香味，這兒就像是一個小提琴倉庫，裏邊擺滿了各色的琴，而琴弓上擦滿了松香。據說這房子過去住的都是駐紮在烏魯木齊的國民黨校級軍官，只是現在已經破敗了。

阿吉泰在開門。

我有些緊張，我對這間屋子充滿好奇，裏邊究竟是什麼樣的？一個像阿吉泰這樣的女人，她的房間裏有什麼？也有香水或者別的東西嗎？她闊不闊？這在當時是一句流行的話，黃旭升在班裏曾經作過宣傳，說我們家很闊，說我們有有熊皮。這引起了班裏女生的好奇，她們曾經要求來我們家玩，但是，母親不允許，她說最討厭去別人家，也討厭別人來自己家。母親和父親不是好客的人，這讓我喪失了許多觀察欣賞別人家的樂趣。阿吉泰家有什麼？

門開了，阿吉泰先進去開燈，我隨著她走進去，黑暗中我感到自己由於激動，頭有些暈，儘管是一間破舊的平房，可它就像是宮殿一樣。

燈猛地亮了，我的眼睛被刺了一下，緊接著我就楞了，因為在我眼前第一個出現的，不是打開的燈，而是那本英文詞典。

當然，就是那本英文詞典，王亞軍的英文詞典。它此刻就隨便地扔在床上，好像那不是詞典，而是一件普通的毛衣或者襪子而已。

那天晚上，我在王亞軍的宿舍裏沒有偷上的這本詞典。它竟在這裏。我的心裏有些難過，也有些生氣，我的腿是怎麼斷的？因爲這本詞典。我的父母爲什麼要恨我？我爲什麼要離家出走？就是因爲這本詞典。不要以爲，在那時我會對詞典仇視，沒有，恰恰相反，我的內心對它充滿了溫情，以至於我忘了阿吉泰的存在，忘記了她是一個世界上最美麗的女人，就好像我沒有在她的房間，而是在無人之境，那裏金光閃閃，有一個聚寶盆。

我朝詞典走過去，抓起它來，一翻開，竟又看到了「自慰」這個詞。

不知道爲什麼，我當時特別想哭，如果不是意識到阿吉泰正在奇怪地看我，可能我眞的會哭出來。

阿吉泰說：「你在詞典裏看到了什麼？」

我的眼睛裏飽含著「自慰」卻說不出話來。是呀，我在詞典裏看到了什麼？這的確是個問題。

我把詞典抱在懷裏，就好像它是我的一隻寵物，我來回地摸索著它，它眞是一個失而復得的東西。

阿吉泰看我這樣，感到又驚訝，又好笑，她眞的笑出來的，在笑聲裏，我把目光從詞典上移開，我看著阿吉泰，仿佛在一瞬間，又重新發現了她的美麗。

我從夢幻裏走出來，頭腦漸漸清楚了，現在是在阿吉泰的房子裏，她就站在我的身邊，我脖子上的皮膚能夠感到她的氣息。

阿吉泰還在笑，本來我以爲她的笑能持續很時間，然而我錯了，這時，另一個聲音讓她的笑聲嘎然而止，那是敲門聲。我知道爲什麼，這種獨特的敲門聲一響起，我就感到陰森，還有些恐怖。

直到今天我才意識到自己當時爲什麼會怕這種敲門聲，那是我從阿吉泰臉上的驚恐發現的。敲門聲持續著。

阿吉泰靜默了一下，她似乎在等待，在思考，她想用安靜使外邊的人走開。

可是，那敲門聲又響起來了。

我看看她，她比我要緊張得多，本來潔白的臉現在變得蒼白。她的整個身子也變得僵了，就好像突然有人施了魔法。

我被她的情緒感染，手抱著詞典，一時不知道該對她說什麼。那時，我從後窗看到了月亮，它在天空裏，有些淒涼，眞是奇怪，要不爲什麼從後窗裏看到月亮呢？

敲門聲變得急促了。阿吉泰看看我，然後，她鎭定了一下自己，簡單地梳理著頭髮，就像江姐走向刑場那樣去開門。

進來的人是個高個兒，跟父親一樣地戴著眼睛，而且是深度的。他對阿吉泰笑著，那笑容顯得極儒雅，就像是天山上開得極其聖潔的雪蓮花。他這張臉我很熟悉，是在哪兒見過的呢？

他已經走進了屋子，並看見我，說：「這是誰家的小孩子？」

阿吉泰說：「范主任，這是我教過的學生。」

進來的人笑了，說：「學生？我怎麼看著他顯得比老師還老？」

也許是他感到了自己的語言中的幽默，所以就先笑起來，而且笑得很開朗，有點像是周總理的笑，就好像是天底下的幸福全讓他一個人碰上了。

阿吉泰叫范主任，讓我想起了這個人是誰，他就是曾經打過爸爸一個耳光的人，是這個大院目前的最高領袖。我當時有些恨自己，這個當著你的面抽打你爸爸耳光的人，你怎麼就忘了呢？你應該在他一進來的時候就認出他，而不是等待著阿吉泰叫他范主任之後。

范主任走到我的跟前，看著我，並從我手裏拿那本詞典，他的手伸得很長。我不想把詞典給他，他抓著這本詞典，我用力抓著，就是不想給他。

范主任感到有點奇怪，他加大了力度，說：「這孩子是不是不會笑。」

然後，他使勁把詞典從我的手裏奪過去，就像是一個暴君在收回他的刀。然後，他看了看，說：「這詞典少見，我在清華的時候，曾經在圖書館見過。」

阿吉泰儘管有些緊張，卻有些討好地對他笑著，我感到那一刻她的笑容與他的笑容有些像，都如同天山上的雪蓮花一樣。

然後，范主任翻開了一頁，用英語隨便念了一下，說：「知道什麼意思嗎？」

阿吉泰笑著搖頭。

范主任說：「是英國人拜倫的詩，冬天就要過去，春天還會遠嗎？」

阿吉泰說：「范主任懂的眞多。」

范主任笑起來，牙很白，配合著他白色的襯衣，還有他削瘦的下巴，眞是很有風度，而且，他能用英語念出美麗的詩句，他這樣的人怎麼會突然打爸爸一耳光呢。就算是爸爸爲毛主席少畫了一隻耳朵，可是，他怎麼會出手打人呢？我感到自己的眼睛裏都要朝外冒血了。

這時，范主任突然對我說：「小朋友，你回家去吧，我有事跟你們老師說。」

我看著阿吉泰，希望她說：「讓他待在這兒吧。」但是，阿吉泰沒有說，她很快地看看我，把目光移向了別的地方。

我拿著詞典，心裏不想走，卻像是一個聽話的孩子那樣地站了起來。

阿吉泰這時抬頭看了看我，裝著輕鬆的樣子，說：「回去吧，以後別不回家，你爸爸媽媽會著急的。」

我感到深受侮辱，由於慌亂，手中的詞典竟掉在了地上。

阿吉泰過來撿起它，對我笑著，說：「回去吧。以後再來玩。」

我走到了月光下，當聽到門重重地被關上時，我感到了壓抑，一個少年的壓抑有時跟老人的一樣，無邊無際，如同深深的海洋，一點也不能平靜。

我不甘心就這樣地走了。

我從後窗爬上去，透過玻璃，看著裏邊。也許是因爲范主任太著急了，也許是阿吉泰根本沒有想到，他們沒有拉上窗簾，

那時范主任正想去抱阿吉泰。阿吉泰在躲他。

范主任在說著什麼。阿吉泰把范主任推開了。

范主任再次朝阿吉泰猛撲。阿吉泰被他抓得死死的。她的頭髮亂了。

這時，我突然有了主意。我從後窗跳下去，跑到前門。開始敲門。裏邊突然變得安靜。我用力砸門。聽到有人來開門時，我很快地朝後院跑，然後躲到了一個老榆樹的後邊。

阿吉泰站在月光下，她的臉蒼白，就像是一尊石膏像，范主任站她身後的門口。

「進來吧。」范主任說。

阿吉泰不肯進去，她說：「你走吧。」

范主任說：「別在門口說，影響不好。」

阿吉泰有些猶豫，他看著范主任，似乎在判斷他在重新進了自己的屋子之後會作什麼，他有沒有可能放棄。她的眼神有些可憐，就好像她是一個什麼都不懂的小女孩，她無辜，無奈，無所適從。我當時眞是不懂，她怕他什麼呢？如果她眞的不進去，或者把他堅決趕走，那他還

敢殺她？

女人的猶豫有時讓我這樣的男人生氣。我從小就對女人在這時的猶豫表示不理解，她們拒絕一些人的時候總是會躊躇不決。在那種時候她們在想什麼呢？眼前的事情就是這樣，他范主任是那麼壞的男人。他打過父親，在這個院子裏他可以打任何人，只要是他想打。面對這樣的人，她阿吉泰應該寧死不屈才對。我突然想起來那天阿吉泰打王亞軍耳光的晚上，她是那麼堅決，是一個毫不猶豫的女英雄，可是面對范主任她卻成了另外一個女人。

奇蹟發生了，阿吉泰竟然聽話的進去了。

這次我爬到了門前。仔細聽到了阿吉泰的哭腔，她說：「范主任，你不能這樣，你是領導，我很尊重你。你不能這樣。」

范主任說：「聽話，妳要聽話。」

我使出全身的力氣，開始用力砸門。裏邊又安靜了。

我仍在使勁砸。有人走來開門。

我又倉皇地逃到了那棵榆樹後。

這次是范主任親自來開門，他望著空無一人的世界，不知道對手是誰，又在哪裏，所以他真的生氣了，說：「王八蛋。」

然後，他突然從腰裏掏出了槍，而且，他的臉變得猙獰，他拿著槍，站在月光下的樣子，有些像是剪紙，似乎他僅僅是一個平面的造型，而沒有立體的身軀。

我有些害怕了，不知道這樣作，是不是對，我眞的能保護阿吉泰嗎？他要是發現我，把我打死怎麼辦？

這時，范主任的耐心已經沒有了，他把槍收起來，回頭看了一眼緊張的阿吉泰，就朝辦公樓那邊走去。

阿吉泰站在門口，有些不知所措。可以看出她的驚慌，就在那一刻她好像不知道自己該笑還是該哭。

范主任走得很快，像是一個掃興的統治者，沒有一會兒就進了湖南墳園。范主任就不怕鬼嗎？他也是一個無神論者嗎？就跟我的父親母親一樣。我繼續看著他走路，發現他即使是進湖南墳園的剎那，也沒有減速。這說明他眞的什麼都不怕。是因爲他有槍嗎？槍能殺人，但是能殺鬼嗎？

阿吉泰站在門前，顯得心事重重，然後她走進了屋，並重新關上了門。

我心裏產生了快樂的感覺，是我挽救了阿吉泰。

我站在阿吉泰的門前，猶豫著敲不敲門。幾次舉手，都因爲緊張，而把手放下了，那時，我看著月亮，感到心裏很空，我不知道阿吉泰現在還會不會給我開門。就在那時，我聽見了阿吉泰開始在屋內哭泣。

這讓我心中產生了無比的憂傷，過去，當我們這些孩子追著阿吉泰就想看看她美麗的永遠在微笑的臉時，我感到她總是那麼幸福，怎麼會想到她有時竟會發出這樣的哭聲。

當時我以爲那天晚上幫她趕走了范主任，是救了她。以後的事實卻證明，我是害了她。你可以讓一個女人在某一個瞬間不被強暴，但那只是她更加心碎的開始。

也就在那時，我聽到了媽媽像狼嚎一樣地叫著我的名字。

爸爸也在叫著，他的聲音顯得有些可憐，似乎能聽得出來，他爲打我而有些後悔。

那聲音是從湖南墳園裏傳出來的。

不知道爲什麼，在那一瞬間，我突然感到爸爸媽媽的可憐，他們跟阿吉泰一樣地可憐。我想起來那天爸爸在挨了范主任一巴掌之後還對他笑的情境，就感到爸爸眞是弱小，他那身軍裝是他這些年來唯一幸運的標誌，是他可以不挨打的保護傘，是他爲國出力的見證，卻讓我弄丟了。我想起來小時候看見過的許多爸爸穿著西裝的照片，有的是在上海，有的是在北京，有的是在莫斯科，一個曾經愛穿著西裝照相的人卻把這身軍裝看得比什麼都重要，他是應該打我的。我不應該再讓他爲我擔心了。

我跑進了湖南墳園，順著聲音到了他們面前，那時他們正背對著我，面對黑夜喊著我的名字。我就這樣默默地注視著他們，感受著他們的可憐。可是，我突然意識到家這個詞有些可怕，而且爸爸媽媽也是很猙獰的概念。我就像是一個躲在暗處的野獸一樣，在觀察了他們半天之後，悄悄地離開了湖南墳園。

15

我再次回到馬市時，已經是深夜。

我知道在馬市的西南角處有一大片倒塌的破屋，那是當年的青海人馬仲英將軍在烏魯木齊搭建的臨時軍營，有一些地窩子，還有一些破土房，現在那兒是盲流的天下。這些人之所有被叫作盲流，是因爲他們都是自流來疆的。就是說，他們即不是跟著王震走進新疆的老二軍成員，也不是像我爸爸媽媽這樣的由組織安排支援新疆建設的知識份子。他們是一路要著飯來的。盲流在我們這些孩子的心目中是罵人的話，是小偷，雜種，流氓，強盜的另一種稱呼。可是，我現在有家不能回，我不是盲流又是什麼？

我沿著這些破爛不堪的建築物走著，發現裏邊大都有人居住。燭光和男人女人的歡笑聲不斷地傳出來。我有很久都沒有聽到這麼多人一起笑了。我住在大院裏，笑都沒有高聲過，特別是爸爸媽媽，他們從來活得提心吊膽。我們住在樓裏，只要是別人家吵架，他們都會偷偷地在門後聽，他們潔身自好，稱自己不關心別人家的瑣事，可是，他們卻在門後偷聽，那給他們帶來無限的快樂。

我繼續地走著，秋天寒冷的氣息已經讓我的渾身打哆嗦了，就在那時，我看見了一個開著的破門，那裏邊即沒有燭光也沒有人聲。我走了進去。很黑，我踩在了一個柔軟的物體上，只聽一聲叫，有一個人從地上爬了起來。

我被嚇了一跳，站在那兒一時不知道該怎麼辦。

那個被踩的人從地上爬起來，他翻身劃了根火柴，藉著亮光看看我，當發現是一個孩子時，他放鬆了。然後，他把蠟燭點著。這時，我完全看清了他，這是一個三十多歲的人，很瘦，他說：「你這個娃娃不回家，怎麼來這兒了。」

我感到他不是一個可怕的人，就說：「我沒有家了，今天能不能睡在這兒？」

他看看牆那頭的一塊木板，說：「就睡那兒吧。」說著，他把一塊破棉絮扔到了那木頭上。然後自己點著了莫合煙抽起來，很嗆，我開始咳嗽。他笑起來，並把煙掐滅，說：「你叫什麼？」

「我叫劉愛。」

他說：「這兒的人都叫我老張。」

16

與老張相處的日子今天回憶起來顯得很模糊了，從跟他認識直到他死，可能有一個多月，是整個我離家出走的時光。有相當長的時間我都感到那是恥辱的記憶，我現在只能敍述出它的高潮部份。一個像我這樣出身的人竟然跟著老張去要飯，還去大修廠偷皮子賣。

那是一個陰天，老張跟我一起去偷皮子，開始很順利，但是在翻牆的時候，我們被發現了。那時老張已經上了牆，他拉我上來，但是追上來的人一把抓住了我的腿，硬是把我拉了下來。

老張只好先跑了。我被他們關了一天，還挨了打。但是，我沒有揭發出賣老張。他們用皮帶狠狠地抽了我的腦袋和脖子，上邊留下了血痕。傍晚他們放了我時，我一出大修廠的門就發現老張還在一棵老倫樹後等我。我十分感動，想哭。老張一把摟著我，看著我脖子上的血痕，他說：「他們打你了？」我點點頭。

老張說：「打你，你也沒有出賣我？」我點頭。

老張把我摟著，說：「我昨天偷的蹄兒全給你吃。」

我們回到了馬市的地窩子裏，他爲我燒了水，說：「不出賣朋友，好樣的。」

那天晚上，藉著燭光，我們談得很晚，我跟他說了許多自己的事情，主要是講了王亞軍這樣的英語老師，最後我還爲他唱了〈月亮河〉，英語的韻味從地窩子裏發出，就像是一串串珍珠灑落在燈光燦爛的酒店大堂裏。

Moon river, wider than a mile.
I'm crossing you in style someday,
old dream maker you heart breaker,
Wherever you're going,
I'm going your way,
two drifters, off to see the world.

There's such a lot of world to see.
We're after the same rainbow's end,
waiting around the bend.
My huckleberry friend,
Moon rive and me.

老張聽得入迷，他說：「你這麼小，就會唱英語歌，今後長大了，不是當毛主席的材料，也是當周總理的材料。我有一個親叔伯弟弟，他在北京當兵，是個連長，聽說他經常跟周總理還有江青，紀登奎他們在一起開會。什麼時候，回老家見著他，告訴他，讓他幫幫你。」

我當時信以爲眞，覺得地窩子裏也能出大人物，就像是山溝裏出馬列主義一樣。

對了，我還想說說老張的死。

那是一個早上，習慣於早起的老張突然跑回來，說在七中那兒發現了有幾隻鴿子，好像被鐵沙彈打了，受傷飛不了了。它們已經在那兒待了一夜，他說鴿子肉很好吃，你那麼瘦，要長個，我得讓你吃點好肉。於是，我跟著他抓鴿子。

學校後邊就是一個鍋爐房，鴿子就落在很高的煙筒上邊。

老張讓我在下邊等著，他開始抓著鐵環梯一步步地朝上爬著。就要到頂了，老張放慢了速度，他怕鴿子被驚嚇。老張離鴿子越來越近，我的內心狂喜，看來眞的能吃鴿子肉了。

終於，老張把手伸過去，看來鴿子是受了傷，它們完全沒有要飛的意思，幾乎就要抓住那只最大的鴿子了。突然，在老張身後一聲巨響，是有人用槍向鴿子射擊。老張被嚇了一跳，手沒抓穩，從煙筒的最高層掉了下來。

只聽到沉重的一聲「嗵」，老張摔在了我的身邊。我被嚇得楞了，頭腦中一片空白，一時不知道發生了什麼事，漸漸地人圍得多起來。話語中充滿了「死了，死了」的字音。當時，我就想，原來死亡離我們就是這麼近，我不敢多看老張的臉，只是在我的耳邊老是響起他的話：「你這麼小，就會唱英語歌，今後長大了，不是當毛主席的材料，也是當周總理的材料。」

老張的死，讓我意識到我的盲流生涯結束了，作爲一個壞孩子，我的離家出走終要有個頭。我沒有先回家，而是在放學的路上等著黃旭升。那是傍晚，黃旭升獨自走著路，還唱著歌，她是跟著院裏的高音喇叭一起唱的：

北京的金山上光芒照四方，
毛主席就是金色的太陽，
多麼溫暖，多麼慈祥，
把我們農奴的心兒照亮……

這首歌讓我有了回到家的感覺，就像是在海外漂泊多年的遊子終於回到了自己的祖國母親懷抱，我內心充滿了感動，儘管我的身上很髒，但是我的內心卻純淨無比，我在歌聲中朝黃旭升跑了過去。

我突然出現在她的眼前，把她嚇了一跳，開始沒有認出我來。因爲我已經有一個月沒有理髮，甚至沒有洗臉，當她終於判定是我時，才笑了，說：「你還活著呀？學校差點開除你，幸虧校長說了話，你爸你媽都急瘋了，他們天天下班後都在湖南墳園轉，就好像你挖了個洞鑽進去了。」

「王亞軍老師問我了嗎？」

她點頭，說：「他天天問我你回來沒有，還犧牲了一節課，發動大家去找你。」

講新課了嗎？她說：「當然講了，」然後，黃旭升悄悄地對我說：「你可千萬不要告訴別人，王亞軍老師給我教了好幾首英國的詩歌，其中最美的是葉慈的詩」。說著，黃旭升開始用英語念了起來，韻節很舒服，讓我感到了落日的餘暈像紅雲一樣地暖暖地灑在她的臉上，還有我的耳朶裏。英語眞好，我被黃旭升的英語詩歌又重新帶回了人間。

我沒有回家，我很怕父母打我，我內心還是充滿緊張，走了一個多月，我是一個野孩子。天漸漸黑了，我在湖南墳園裏來回走著，就像是一個正在散步的老人。我的內心裏充滿了回憶，現在想起來眞怪，一個才十多歲的孩子，就那麼戀舊，就好像有漫漫的人生需要回顧。

月亮出來了，還有許多雲彩。周圍顯得很亮，樹影婆娑，正當我猶豫著是不是回家時，爸爸媽媽的叫喊聲傳來了。

我就是在那時看到了父親的背影，和朱自清爸爸的背影一樣，它讓我溫暖而心酸。母親站在他的身邊，扶著他。他們像是相依爲命的兩個孩子。

我朝他們走過去，腳步很輕，就像是身旁閃動著的幽幽藍火。

我突然出現在他們身邊，嚇得他們猛地轉過身來，爸爸先是朝後邊退了兩步，驚恐使他張開了嘴，媽媽也下意識到拉上了他的手。當意識到站在這兒的人不是鬼，而是他們的兒子時，爸爸的臉上露出了從恐懼到歡樂的表情。他又穿上了地方灰色的衣服，月亮照亮了他的全身，沒有軍裝和領章，讓爸爸威風掃地。

我深深地爲自己沒有看管好爸爸的軍裝而懺悔。

媽媽也跑到了我的跟前，把我抱在了她懷裏，就好像我是從這兒絕望的墳墓中重新走到了人間的生命，就如同鳳凰涅槃一樣。

夜深了，我睡得很沉，隱隱感到有人在輕輕撫摸我的臉，我沒有睜開眼，開始以爲是黃旭升的手，接著又想像阿吉泰的手，漸漸地我意識到那一隻手是爸爸的，另一隻手是媽媽的。我在睡夢裏知道他們是愛我的。但是，我想的更多的是阿吉泰，我回想起來那天晚上幫她的情景以及她洗澡的情景。

父母回到了自己的屋子之後，我一直處在朦朧之中，似乎睡著了，又意識到自己知道周圍在發生著什麼。烏魯木齊下雨了，淅瀝的流水聲很讓人心虛，突然我面前出現了白茫茫的一片，是雪花飄渺，我感到腦子裏越來越亂，有秦腔和著維吾爾民歌的聲音，調子時而悠長，時而刺激人的耳朵。在那一片背景之上，有一句詩老是不停地飄蕩，而且是英語，那是范主任在勾引阿吉泰時念的：「冬天將要過去，春天還會遠嗎？」

第十四章

1

八家戶，這個地方爲什麼要叫八家戶？

有人說是成吉思汗的八個弟弟，也有人說是他的八個孫子，在這兒蓋了八幢豪宅。我不懂歷史，感到這種說法不可信。八家戶，這是很土的名字。一定是農民起的，而且是回族農民起的。新疆是個多民族雜交的地方。看一個地方原住民是誰，命名的是哪一個民族，你要從地名發音的韻節上體會，感覺。你仔細地念念「八家戶」這三個字，你學著烏魯木齊的回民，或者青海寧夏的回民的腔調發發音，你就會覺得我說得很對。

可惜，八家戶現在已經沒有了清眞寺，據說在上一個世紀初還有一個很大的，以後在一次戰亂中被燒了。留下了大片的苜蓿，滿眼的綠色像是激蕩的湖水一直朝山邊延伸，據說那山還有一個特別的名字，可惜我已經忘了。但是，關於八家戶，烏魯木齊有民歌：

兒娃子睡覺抓著球巴子，丫頭子站在草地上看著兒娃子……

歌的曲調也有些怪，很有一些蒙古長調的味道。

這就把八家戶這個地方搞得更加複雜。

然而，不管你認爲來這兒最早落戶的是哪個民族，反正在所有原民歌的語言之外，將要響起另一種語言，那就是由王亞軍教給我們的英語。從那時起，英語的韻節不但要穿行在湖南墳園的樹林叢中，而且要飄到八家戶的草原之上。

2

轉眼夏天就到了，在那個夏天裏眞是發生了很多事。

你們很可能沒有在烏魯木齊過過夏天，那可眞是夏天呀，像我這樣的人都想爲它作詩了，而且是古詩詞，因爲我覺得現代漢語都不足以表達我對八家戶夏天的嚮往和緬懷。

八家戶有牛奶場。那是我們勞動的地方。我們還那麼小爲什麼要勞動？這個問題提得好，我們爲什麼要勞動？我們還是學生，應該天天待在學校才對。比如現在那些學校的學生，他們每天要上十節課，爲了「中考」，他們可以週末都上課，他們每天聽著別人說素質教育和應試教育的廢話，然後埋頭在作業的汪洋大海之中。可是，我們那個時候沒有他們現在這麼倒楣，我們不用太學。如果你眞的想學什麼，那也眞是你自己的事，得看你有沒出有這個興趣。一個人在爲自己有興趣才去學某種東西，那是多麼美好的境界？你們有嗎？沒有。可我有。

我就是憑著自己的興趣才學的。比如英語，我就有那麼大的興趣。這是不是就能說我是一個幸福的孩子？

前邊好像說過，我爲了像個紳士，竟然自己配上了眼鏡，可我又不是近視眼，我就在自己喜歡的寬邊鏡框上加了平光玻璃，我在家裏不敢戴，只有到了學校裏才敢戴上。我最怕我媽看到我戴這東西。這樣的資產階級思想會讓她受不了的，有了像我這樣的兒子就等於她這麼長時間努力而虔誠地改造自己的反動思想都白作了，我不該爲她丟這個人。

我的眼鏡總是藏在書包裏來回磨著，漸漸地鏡片有些模糊了，可是我仍頑強地戴著它來到了八家戶。

在我的記憶深處，八家戶的勞動場面已經變得有些模糊了，這是不是與我那個模糊的鏡片有關？本以爲那是難忘的歲月呢，每一天揮汗如雨地幹活，好像有兩件事。一是要用鐮刀割苜蓿，二是要打土塊，爲牛搭棚蓋房……想不起來了，眞是不太想得起來了。

3

我這個人比較小資一些，喜歡帶有情調的東西，我甚至都記不住那個教我們使鐮刀的師傅，我只是記得王亞軍與我們班一起來到了八家戶。

他爲什麼不留在學校教學而要和我們一起來勞動？這也是現在說不太清楚的事。教師應該在學校，可是他也跟我們一起來到了牛奶場。班主任郭培清爲什麼沒有一起來？而偏偏是由教英語的王亞軍來？算是一種懲罰嗎？說不清，時過境遷，有時都覺得沒有道理。反正王亞軍跟我們一起來到了八家戶的牛奶場。

好像在那些日子我們接受學校和農場的雙重領導，王亞軍代表學校，但是，我們師生都要聽農場領導的。在牛奶場，王亞軍與我在一起時變得越來越放鬆，他簡直有些得意忘形，原形畢露，就像牛鬼蛇神紛紛出洞。他會在無邊的綠色之中對我說：「你在誦讀優美的韻文時應該更 vienne repose 一些，要有意境，最後應該達到一種 peaceful mind，也就是一種特殊的 serenity，是一種由 resignation 產生出的 serenity。」

今天像王亞軍這樣的說話的人很多，他們從美國或者歐洲回來，就忘了中國話，他們會在中文裏夾進些許英文單詞，以提醒我們他已經不太會說中國話了。而且，有的時候用英語辭彙表達出的意思，的確比中文單詞要準確，要豐富。每當這種時候，我就想起了在天山腳下的王亞軍，他在說「vienne repose, peaceful mind」以及「那是一種由 resignation 產生出的 serenity」時，完全是出於一種對於英語的熱愛，他甚至於進入了表演狀態，他大段大段地背誦英文，不管我能不能聽得懂。

每當表演完畢，他總是會說我要謝謝你。因爲你爲我提供了一個好的舞臺。讓我可以這樣說話。我卻在爲自己的冷靜而慚愧，並在內心裏對自己說：「時機到了。」

經過充分表演之後的王亞軍甚至對我深深地鞠了一躬。

也就在那時，我提出了自己一生中最重要的要求：「能把那本詞典借給我嗎？」

王亞軍猶豫地看看我，他審視我的眼神就像是在判斷我是不是一個眞正的騙子。最後，他終於答應了。說：「一個星期。」

那天晚上，我看到很晚。詞典是一部巨著。在第二天早晨，天沒有亮，我就出去背誦英語生詞，我是想把整個詞典背下來。

黃旭升早晨來到了田野裏，她穿著一件有花的襯衣使她看上去就像是一個我想像中的英國女孩兒，她在很遠就向我問好，她說：「MORNING。」我也在很遠的地方回應她，就好像我們是兩個完全脫離了現實的表演藝術家，正在舞臺上演出著英文的話劇。她輕鬆地朝我走過來，如同女主角走向她一生悲劇的中心。

我的內心無比陽光，因爲一個陽光女孩兒正在向我靠近，天上一個太陽，地上一個太陽，黃旭升與她天上的同類相輝映，陽光灑在陽光身上。於是我就說：「SUNSHINE。」黃旭升聽到之後，就笑了。我現在可以負責的說：「她的笑很燦爛。」

看見了我拿著的詞典，陰影立刻出現在了她光潔的臉上，我發現她的臉由白變得灰了。天空在一瞬間也變得有些暗，一個女孩子的嫉妒心和天空的色彩有時竟是那麼表面，她們爲什麼不懂得掩飾？就好像文明從來沒有光顧過她們的生命。我看著黃旭升，內心充滿矛盾，甚至於感到了慚愧，就好像英語詞典這次是眞的被我偷來的，而又被她發現了。

黃旭升把手伸過來，想從我手中把詞典拿過去。

我本能地後退了一步，把詞典抱得更緊。她又朝前走了一步。

我沒有再後退，臉上的表情顯得很硬，我知道這會使她受到打擊。回想起來，我眞的不是一個紳士，而是一個自私自立的孩子。要鬥私批修，這話說得何其好，尤其對於像我這樣的人，一輩子都要鬥私批修。

陽光漸漸地亮了起來，因爲黃旭升的臉上由於氣憤而顯現出了紅色，就好像是她正在被幸福的光輝感染，那時在她的前方，一輪紅日正冉冉升起，把黃旭升的頭髮帶動得像風箏飄帶一樣。以後，有過許多次，我在漢語課本裏都看到了冉冉這個詞，連老師的講解都顯得乾枯，「冉冉」不是別的意思，它就是指一個像黃旭升這樣的女孩子，在紅日的映照下，臉色發紅，而且越來越紅，與此同時她的頭髮開始飄浮，與彈性極好的太陽產生互動關係。

我對黃旭升說：「咱們得走了，吃完飯就得上工了。」她站著不動。

我知道她想的什麼：王亞軍這本詞典沒有借給我，憑什麼借給你呢？

我不想等她了，自己開始慢慢地轉身，正當我踏著金色的田野朝著宿舍走時，黃旭升突然高叫：「站住。」

我被嚇了一跳，站在原地，頭還沒有回過來時，她問我：「爲什麼他會借給你？我媽和你媽都不讓他跟我們來往，他爲什麼會借給你？」

在一瞬間裏，我感到黃旭升很無聊，她竟能問出這樣的問題。

我沒有回答她，仍然轉過身背對著她，朝前方走。但我有些緊張，就好像隨時後邊都會射過來仇恨的子彈，而我被打趴下在這金光大道上。

黃旭升像風一樣地朝我吹過來，她跑步速度極快，像是西公園的 Monkey，經過我身邊時她也沒有停下，而是像王軍霞衝刺終點一樣地擦過我的身邊。

那是一個難忘的早晨，那個叫作黃旭升的女孩發瘋一樣地狂奔在田野上，使人們感到有一首歌寫得極其寫意，它充滿了一種朝鮮特色，卻與黃旭升在新疆大地上的奔跑共同構成爲一幅畫面：「我們心中的紅太陽，照得邊疆一片紅。」

那本詞典肯定讓黃旭升受到了有生以來最大的一次打擊。她認爲這件事最起碼可以說明一點：王亞軍不愛她，一點也不愛她。在這個男性英語老師的內心中根本沒有她的位置，她沒有歌唱或者跳舞的空間。她覺得自己完了，一個自命淸高的女孩兒，突然發現她在自己的偶像的心中，竟然不如一個男生。這個男生雖然總是像知識份子那樣地戴著眼鏡，可是那個眼鏡卻是平光的，他是因爲虛榮而配戴了這樣一個沒有度數的眼鏡，他這樣作的目的僅僅是想讓自己與那本詞典更般配。他是一個那麼做作的男孩兒。然而，英語詞典竟然就借給了這個男孩兒。

黃旭升就是在那一刻垮的，她本來也想借著這個機會去找王亞軍，可是自尊心不允許她這樣。她在那天，應該說是整整一天撥菽的過程中都顯得失魂落魄。很像是她死了親爸爸的那些日子。

晚上，我們正在宿舍裏擦澡，一大片明晃晃的男孩裸體在霧氣中閃現。

應該說這樣文明的習性本來我們是沒有的。可是，英語老師王亞軍要求大家這樣，他說，每天必須擦澡，這樣全身都清潔。

我邊洗邊看著王亞軍老師的裸體，他閉著眼睛享受著熱毛巾在身上按摩帶來的快感，他沒有完全脫光，而是穿著一件內褲，那是一條黑色的，帶有彈力的內褲，肯定是從上海帶回來的，新疆沒有賣的。這樣考究的內褲我們這些出生在烏魯木齊的孩子不敢想像。也許我成熟過早，也許我就像是班裏的女孩子們議論的，思想複雜。我的眼睛老是在王亞軍的身上打轉。

男孩子們沒有王亞軍這樣的羞恥感，他們大都跟我一樣，是光著的。在洗澡的過程中，你動我一下，我碰他一把，很是快樂。這間乾打壘建成的土房子裏充滿了沐浴的快樂。以後，我在北京建築工地的民工宿舍裏看到了與我們當時一樣的場面，很是齷齪，可是記憶中的我們自己在牛奶場的情景爲什麼就會是美的呢？看來人眞是有傾向性。而且充滿自戀。

黃旭升就是在那個時候突然進來了，在我們這些男孩子充滿自戀的時候，她沒有敲門，而是直衝衝地走向人群，像個夢遊者一樣地來到了裸露的肌膚之間。

我們都有些楞了，有人甚至尖叫起來，用的是假嗓子，叫法跟女人面對恐懼是一樣的。

黃旭升就像是根本沒有看到我們的裸體一樣，她一直走到王亞軍面前，看著他不說話，但是她的嘴唇顫抖，就好像受了天大的委屈。

王亞軍沒有慌亂，他隨手從床上拿起他的一條帶有藍道的毛巾被，當然，也許那就是浴巾，這在當時都是非常特殊的物品。它們象徵著文明和進步。也許，我有些過份，就好像王亞軍身上的任何東西都在象徵著文明和進步。包括他的那個大雞巴。

王亞軍把它裹在自己的身上，然後問黃旭升發生什麼事了，是不是女生宿舍出問題了？

黃旭升看著他，說：「我也要借那本英語詞典。」

王亞軍終於明白了這個小女孩如此衝動的原因，他說：「第一，以後妳進男士的房間要敲門，這很重要，第二，那本詞典現在不能借給妳。」

「那你爲什麼要借給劉愛？」黃旭升幾乎是喊叫著表達了心中的困惑和疑問。

王亞軍說：「那是我個人的事情，以後，我再向你解釋。」

黃旭升的眼淚湧出來，並沿著臉頰流下來。

王亞軍的拒絕是她無論如何也不願意承受的事情。黃旭升渾身僵硬地走了出去。

王亞軍包裹著浴巾坐在自己的床上，他的目光有些散亂，像是在追悔著某種東西。

就在那個晚上，王亞軍約我散步。

我們走在明亮的原野，草灘在眼前無限地延伸，如同鋪開的地毯，那上邊有著很暗的色彩。

「她媽媽到學校來找過我，還打了我，是耳光。」他的語調沉重，就像是在會議上做檢查，他想了想，又說：「現在已經有兩個母親打過我了。都是因爲我喜歡她們的孩子，我願意對他們說英語。」

王亞軍的聲音平靜，像是在說別人的事情。

「我媽打你我看見了。」他顯得有些狼狽地看看我，似乎那是不思議的事情。

我有些得意地說：「是爬在那棵樹上看到的。」

王亞軍有些不解，他想不起來哪裏有一棵樹使站在上邊的人能看到自己窗內發生的事。

我看著他那迷惘的神情想：「大人們果眞是另外一種動物。他們跟孩子處在完全不同的世界裏。」我差點笑出來，不知道爲什麼會覺得那麼可笑。

他似乎沒有注意我的笑，只是皺著眉說：「我不能再跟她有任何接觸，如果把詞典給她，那就又有了嫌疑，我怕了。」

「怕了」這個詞深深地打動了我，英語老師竟然對我說他「怕了」，他所熟悉的那種「英語」裏有著那麼多讓我嚮往的東西，那是文明和高貴以及金碧輝煌，可是現在從這片閃耀著的光彩背後發出了一個大人的歎息：「我怕了。」

這三個字讓我振顫，我再次看看王亞軍，想知道他有沒有傷心。他的表情雖然沉悶，卻比較平靜，就好像這樣的歎息很普通。

「那你爲什麼能借給我？」

王亞軍仔細地看看我，然後抬頭望著月亮說：「感謝上帝吧，因爲你是一個男孩兒。它知道這點，而且，它知道一切事情。」

我說：「眞的有上帝嗎？」

王亞軍猶豫了半天，說：「我爺爺說有，我爸爸也說有。如果讓我對你一個人說，而且，你不會告訴別人的話，那我也說：有，肯定有。」

我當時有些張口結舌，在一個充滿無神論的世界裏，竟有一個人在暗夜中，面對正在發育的孩子說：「有上帝，肯定有。」

我們走得很慢，從遠處不斷傳來維吾爾民歌，和毛驢車上的鈴聲，舒緩，沉重，民歌的詞我能聽懂一些，因爲我學過維語，又因爲我渴望看到阿吉泰漂亮的臉和脖子所以我很認眞地學過維語，而且我聽她唱過那首歌：

我騎著馬兒上山坡，
來到了伊犁，
我遇見了美麗的阿曼古麗……

我們都認眞的聽著，我好像特別喜歡「伊犁」這樣的字眼，它的韻節跟英語很像，有種很洋氣的感覺，在我小的時候，只要是一到了春天，就會有暖風從伊犁那邊吹來，後邊還有雲雀，從伊犁來的雲雀。那眞是一個傷感的日子，英語老師由於孤獨正在跟孩子談心。

我突然問王亞軍：「你見過你爺爺嗎？」

他說：「當然見過。」

「他會英語嗎？」

「我很小的時候他就跟我說英語。」

我又說：「你爺爺見過上帝嗎？」

王亞軍似乎思考了一下這個問題，說：「我說不清楚。」

我說：「我沒有見過我爺爺，爸爸說，剛解放時，他就死了，是上吊死的。爸爸對媽媽說的時候，我偷聽到的。」

王亞軍說：「你想見到你的爺爺嗎？」

我搖搖頭，又問他：「你說，這些事，上帝都知道嗎？」

他說：「知道。」

西邊的暗紅色正在漸漸淡去，黑暗不斷地朝著天際湧來，民歌又在重複，那是典型的伊斯蘭味道的民歌，我卻再次提起了上帝。

4

當我們散完步回到地窩子時，很遠就看到了一個人影在我們的門口晃動，那是一個少女的身影，王亞軍加快了腳步，我也跟著他朝回走。

是黃旭升，她剛洗了頭，用手娟紮著頭髮，在月光下她的臉色有些白，眼睛很亮，像是一盞燈。她也發現了我們，就直朝我們走來。

我有些緊張，不知道她直衝過來是想幹什麼。

黃旭升走到了王亞軍跟前，她看著他。

他們互相看著，像是暗夜裏獨立在街道對面的兩盞路燈。

黃旭升說：「我要當基幹民兵了。」

王亞軍有些吃驚，他沒有說話。

黃旭升又說：「老場長同意了。校長也同意了。明天。」

王亞軍開始緩慢地組織詞語，就像他有的時候用英語組織一篇講話一樣：「現在我們仍是半天勞動半天學習，可是基幹民兵就要全天都脫離學習了，他們要天天巡邏，操練，還要打靶，總之，他們拿起了槍，成爲不同於你們一般學生的……革命者。」

黃旭升說：「是不同於你們這些一般人的革命者。」

我忍不住想笑，問黃旭升：「妳不學英語了？」

她看看我，臉帶微笑，在潔白的臉上出現了酒窩，說：「下輩子吧。」

黃旭升走了很遠時，王亞軍仍站在那兒看著她的背影，一直到她進了女生宿舍時，他才回頭看看我，沒有說一句語。

我站在他的身邊，也沉默著，天地間氣氛壓抑，就像是八家戶正在舉行著誰的葬禮。

大地微微暖氣吹。

5

從那天之後的許多下午，我們都在田裏撥草，每當我們很疲倦的時候，都會突然地看到黃旭升和李垃圾騎著馬從我們身邊疾馳而過。馬蹄聲和著黃旭升的笑聲，還有一個女孩子故意發出的優美尖叫聲。

每次聽到這樣的聲音，王亞軍都會抬起頭來，望著她們。目光中有一種說不清楚的成份。我問他：「你看什麼呢？其實我的意思是天天都看她這樣，爲什麼目光還是那麼專注。」

王亞軍總是回答：「黃旭升還有她背的槍。」

黃旭升和李垃圾騎馬越走越遠，留下一片煙塵。

王亞軍有一天看著他們走過之後，突然問我：「你也會像她那樣嗎？背著槍，騎著馬？」

我說：「不會。」

他似乎對這件事很有興趣，又追問我：「爲什麼？他們那樣不是很威風嗎？」

我說：「我討厭槍。」

王亞軍對我的回答很滿意，眼睛裏露出了燦爛的光芒。

我與王亞軍之間的友誼不斷昇華，就像是大地上微微升起的熱氣把一隻雜色的汽球吹得很高很高，所有的人都看到了這一大一小的兩個男人之間的不同尋常的關係。

但是，王亞軍不在乎。我也不在乎。

我明顯地可以感覺到自從黃旭升去當了拿槍的人之後，王亞軍變得有些害怕孤獨，他甚至於有些依賴我了。

6

有一天晚上，當所有人都睡了，我們還坐在門外的木頭車輪上，當時他兩個眼睛瞪得很大，他專注地看著我，仔細地聽我講著那個澡堂，以及洗澡的阿吉泰。

「開始，我沒有看清，裏邊全是蒸汽，漸漸地，我看到了，她沒穿任何衣服，她光著，可是，她的背是紅的，被熱水洗紅了，她的頭髮很濕。我沒有想到能看到，開始我以爲李垃圾是騙我的，他在逗我玩，我也不想去，我沒想到自己會去，鍋爐房那邊很安靜，沒有人。夏天到了，連燒鍋爐的人都不上那兒去……」

說話的是我。聽眾是王亞軍。

我籠罩在月色之中，內心激動，儘管有犯罪感，卻興高采烈。

王亞軍一直不說話，他只是聽著，用他那炯炯的眼神鼓勵我繼續不斷地講下去。當我停下來的時候，他說：「你騙人，你說窗戶很高，而且窗子不大，你那麼小的個兒，不可能爬得上去。」

我說：「我在下邊堆了幾塊煤。」

「煤？不可能。你在那麼短的時間裏，怎麼能把煤堆到窗戶下邊呢？」

「我去的時候就有煤了。不知道是誰堆的。」

「你剛才還說是你自己堆的，看來你善於編織，你以後可以當作家。」

「我沒有編，我就是能看到，裏邊有蒸汽……」

「對，這也是編的，那麼小的窗子，還有蒸汽，裏邊很暗，外邊很亮，你怎麼可能看到她的身體？」

「我能看到，阿吉泰很白，她比一般的女人要白，她比我媽白，也比黃旭升白。」

「她，她眞的很白嗎？」

王亞軍像是被我最後一句話擊中了，又說：「她眞的很白嗎？」

我說：「就像雪山一樣白。」

他說：「又騙人，雪山是什麼顏色？她的皮膚是什麼顏色？這是不同的物質，質感完全不同。」

我興奮起來，完全沒有理會王亞軍的質疑，又說：「當她轉過身來的時候我看見她的胸脯了，就是跟雪山一樣。」

王亞軍忍不住地伸出自己的手拉著我的胳膊，說：「她轉過身來了？你看見了什麼？！」

我用力掙脫了王亞軍抓著我的手，說：「當時我害怕了，怕她看見我，就跳下來，跑了。」

「她眞的轉過來了？她爲什麼要轉過來？你眞的什麼也沒有看到？」

也許我天生就是一個善於想像的人，也許那眞的就是我看見的東西。我沒有創造任何自己沒有看到的東西，我說：「我很害怕。什麼也沒有看到。」

王亞軍在月光下發楞，他重複著我剛才說過的一句話：「夏天到了。」

我們都長久地沉默著。

我的內心裏有一種傾吐的快感，偷看阿吉泰洗澡應該是我少年時期犯下的最大的罪，至今想起來都有些心跳，但是我在八家戶把它告訴了自己的英語老師，我感到自己體內有一種從未有過的通暢和幸福。王亞軍再次楞神，他看著月亮不再說話。

我看著他，竟有些爲他難過，說：「那天在你宿舍裏，看到了很多你爲阿吉泰拍的照片，還有逆光的，是在西公園裏，閱微草堂旁邊，湖水閃光……我最喜歡逆光照片，你爲什麼不送給她？」

王亞軍沒有看我，但是他看著月亮的目光有些羞愧的成份，他想了想，說：「她不要。」

我說：「我告訴了你，偷看阿吉泰洗澡的事，你會不會認爲我很壞，從此不再理我？」

王亞軍搖搖頭，仍看著月亮。

我說：「那本詞典能再借給我一個星期嗎？我想再抄一些生詞。」

王亞軍開始看我，他猶豫著正想說什麼的時候，突然，從水房那邊傳來了槍響，在寧靜的夜晚像是一聲爆炸，驚天動地，接著就是一個女生的慘叫聲，嚇得我渾身顫抖起來。在無比的恐懼之中，我聽出來那好像是黃旭升在叫。

時隔多年，那種叫聲還能從記憶深處，從八家戶傳出來，讓我再次感到驚恐和意外。

7

此時此刻，只要是我一閉上眼睛，黃旭升這個女孩子就在我前方跑著，一會兒她跳動在通往湖南墳園邊上的那個澡堂的路上，經過鍋爐房時，煤炭把她的臉映照得很白很紅，她的頭髮濕漉漉的。一會兒，她又跳動在八家戶的草地上，她手裏拿著槍，儘管很吃力，她還是作出輕鬆好玩的樣子。她眞是一個有個性的女孩子，因爲就在那個我與王亞軍頭一次談論了上帝的晚上，黃旭升堅決要求與李垃圾一起當了基幹民兵。

上帝與基幹民兵。我可以這樣把他們想提並論嗎？這是不是能成爲一首韻文或者管弦樂作品的標題？其實，這很無聊，一點也不幽默。

老場長和校長是因爲對這個女孩有興趣才同意的嗎？不知道。也許原因比想像的簡單：那時候，我們的國家需要基幹民兵。

黃旭升與李垃圾一起當基幹民兵時眞是度過了一些美好的時光，也許是她一生中很快樂的日子。當我們都在陽光下揮汗如雨的勞動時，她卻跟李垃圾有說有笑地從我們身邊走過，他們在巡邏。他們背著槍，在陽光下顯得青春而灑脫。

李垃圾是一個體育天才。百米賽跑，他的速度是十一秒九，直到今天我們八一中學還保留著他當年的記錄，沒有人能超過李垃圾的速度。而我卻是十五秒。牛奶場的馬，他上去就能騎，而且，姿式漂亮，很像多年以後的貞優美。他打槍很準，不斷傳來喜訊，說李垃圾在打靶比賽上的成績竟然好過那些農場的職工。要知道這些職工是跟著王震一起進新疆的人，他們是三五九旅的老兵，是打過仗的人。李垃圾爲我們學校爭得了榮譽。

就連王亞軍聽到了這消息之後，都沉思一會兒說：「也許李建民今後能成爲部隊的將軍。」李建民就是李垃圾。王亞軍從來沒有叫過他李垃圾，只是叫李建民，我們也只有在王亞軍稱呼他的大號時才能想起他的眞名。

當黃旭升在我眼前奔跑的時候，那個晚上的槍聲又重新迴響起來，它與黃旭升有關，也與李垃圾有關。

他們兩個人坐在水房裏，等待著水開。黃旭升說她要洗澡，讓李垃圾陪著她去提開水。並說她害怕晚上。李垃圾於是拿著槍跟她一起走進了水房。月亮當時就照在這一對出身和文化背景完全不同的少男少女身上，他們的早戀故事還沒有開始，就要走向悲劇性的結束，這裏邊沒有懸念，一點也沒有。

鍋爐正燒著水，發出了陣陣聲響。李垃圾與黃旭升發生了爭論。黃旭升以爲水開了。而富有生活常識的李垃圾說：響水不開，開水不響。黃旭升說：「你爸爸是泥工班的，是不是你就什麼都知道？」李垃圾說：「我就是什麼都知道。」

黃旭升拿起了李垃圾放在牆根的槍，對著李垃圾，說：「你再這麼驕傲我就開槍。」李垃圾說：「開吧，裏邊沒有子彈。」其實，李垃圾忘了，他昨天從家裏拿來了子彈，並把它裝進了槍膛。他爸爸是泥工班的，交的朋友中就有烏拉泊軍需倉庫的管理員，他爲李垃圾的爸爸帶來了子彈。可是，李垃圾忘了。

有的時候忘卻是那麼可怕，即使對於一個像李垃圾這樣的人也是如此。

黃旭升在瞄準。李垃圾上前，把臉湊到槍口上，來回看著，說：「妳打呀。打呀。」

黃旭升說：「裏邊沒有子彈嗎？」李垃圾說：「打呀。」

黃旭升：「我眞的打了？」

李垃圾：「打吧。開槍吧。我們共產黨人是不怕死的。」

就在那時，黃旭升扣動了板機，水房裏發出了巨響。

李垃圾的臉被打爛了。黃旭升在那天晚上就被嚇得發瘋了。

當許多人看見了李垃圾的屍體時，黃旭升正披頭散髮地蹲在地上哭泣，她穿的裙子像睡衣一樣地隨風飄蕩，她蒼白的脖頸以及細長的腿也在朦朧中浮動，就像是北海公園的湖水中映出的白雲和白塔。我當時看著她的臉色，知道黃旭升這次是徹底瘋了。

8

想起李垃圾，想起自己總是對他抱有偏見或者蔑視，就讓我良心不安，它說明了我是一個那麼勢利的小人，我總是強調他爸爸是泥工班的而我爸爸是總工程師，就好像我們之間眞的存在著階級差別。

李垃圾的死亡，把我們從八家戶的牛奶場拉回到學校，也把黃旭升從一個少女變成了囚徒。三個月之後，她躺在病床上的母親讓我代她看女兒，並說幫我開好了證明。於是我終於去看望了黃旭升。在去六道灣看守所的路上，我覺得有許多話要對她講。

她沉默著，一直沒有抬頭，甚至沒有看一眼她媽讓我幫她帶的髮夾。我發現她的頭髮開始變黃，像俄羅斯女孩兒的頭髮，而且她的皮膚也開始變白，女犯人的生活滋潤了她的頭髮和皮膚，使我頭一次感到黃旭升像個少女一樣，在我們之間有了性別的差異。黃旭升沒有注意我的眼神，她甚至也不願意問我爲什麼她媽媽讓我代替她來。她拿著那個髮夾別在頭上，這使她的頭髮更加有了光澤。有很長時間，我們誰也沒有說話，我開始以爲她會哭，可是她根本沒哭。眞是想不通一個女孩兒哪來這堅強？以後長大了，聽說張志新的事情，還看了別人寫的詩，就覺得他們大驚小怪，難道他們不知道嗎？女人就是這樣。

我們就那樣地站著，好像那就是我們唯一要作的事情。

她的神經已經很正常了，這我從她靈活的眼珠上就能看出。我本來以爲那天我們就這樣一直沉默下去，可是正當我要離開黃旭升時，她突然問我，說：「我聽我媽說你是你媽和校長生的，是嗎？」那時玻璃上的反光全部都直射到了黃旭升的臉上，使她像精靈一樣神采奕奕。

第十五章

1

王亞軍就像是一個在那種時節的殉教士，他佈道的實質內容不過是一種叫作ENGLISH的語言，以及圍繞在這種與維吾爾語和漢語，哈薩克語，塔吉克語，錫伯語完全不同的語言氛圍之上的文化。天山頂上的陽光照耀在王亞軍身上，讓人們漸漸發現他完全不是一個雄心勃勃的人，他沒有野心，他很平靜，他爲一切願意學英語的人教英語。他總是拿著自己那本唯一的詞典，從字母和音標開始，然後是辭彙和句型，然後又是語法和文章。他完全不能和清末時以及民國時的傳教士相比，那些傳教士創建了英語的部落，他們生的偉大，死的光榮。而在我的少年青少年時代，王亞軍究竟能作到什麼呢？他過於渺小了，他幾乎左右不了任何事情。我們學校也曾有過英語角，大家當時說：ENGLISH CORNER，就是在說由王亞軍創造的一個教堂，有時在他的宿舍，有時在我們教室，有時在湖南墳園的鬼魂前。但是，角落不斷縮小，最後，在我們整個烏魯木齊市，在天山的陰影中，角落漸漸地被擠進了我和英主老師王亞軍之間。

我們的每一次談話，就是我們的教堂和我們的角落。也許他只能作到這些了：我們的英語角落。我對王亞軍說：「我是我媽和校長生的嗎？你是大人，你相信嗎？」

王亞軍用英語說：「我不相信。」

「你說，我應該去問我媽嗎？」

「請你用英語說。」我用英語重複了「我應該去問我媽嗎？」

「不應該。」我繼續用英語說：「我跟蹤過我媽，知道她跟校長有那種關係。」

「不要跟我說這些。」

「除了你以外，我沒有別人能說，能問。我很難受。我經常照鏡子，看看我長得跟我爸爸像不像。我越來越發現，我不像我爸爸，可是，我也不願意像校長。」

「在你這樣的年齡，根本不應該探究這類問題，你應該學會等待。」

「要等到什麼時候？」

「你不能傷害自己的母親。記住，任何時候，任何情況下。」

2

英語的對話每天都在進行。

我對王亞軍說：「黃旭升是不是有神經病？」

「沒有，她是一個聰明的女孩子。」

「她現在這樣，你傷心嗎？」

「不僅僅是傷心，還有很多想法。」

「黃旭升經常在後邊看你，你知道嗎？」

「知道。」

「那你爲什麼很少看她。」

「我是老師，她是學生。是女學生。」

「假如這不是中國，是美國，那你願意看她嗎？」

「也不會。你們太小。」

「等黃旭升長大了，你能跟她結婚嗎？」

「她長大了，我就老了。」

3

我對王亞軍說：「烏魯木齊已經這麼大了，有那麼高的樓，應該可以叫 CITY 吧？」

王亞軍說：「只能叫 TOWN。」

我有些生氣，感到王亞軍的確是外來人，他是一個徹頭徹尾的上海人。他跟我這樣生在烏魯木齊的土著不一樣。王亞軍又說：「你應該到上海去看看，更應該到紐約，到巴黎，到倫敦去看看。」我說：「你去過紐約，巴黎，倫敦嗎？」

他的眼睛裏立刻有了憂愁，臉色灰暗地說：「本來是可以去的。」

我殘酷地說：「究竟去了沒有？」他說：「沒有。」

我笑了，說：「我不需要去任何地方看，反正烏魯木齊就能叫 CITY。」

王亞軍：「記住，你以後一定不要只待在烏魯木齊，要去周遊世界。天山擋住了你的眼睛。」

我開始反抗，因爲我仇視那些敵視天山的人，我說：「我沒有錢。」

他說：「那就流浪。」我說：「一到中蘇邊界就會被打死的。」

他突然沉默了，半天才說：「FREEDOM（自由）。這的確是一個複雜的問題。」

我說：「你爲什麼不去流浪？」他說：「IN FUTURE。可是，將來我就老了。」

老了這個詞對我產生了震撼，什麼叫老了？那就是快死了嗎？可是，李垃圾沒有老，他已經死了。我看看王亞軍，發現他的頭上有了一根白髮，這是不是就是老了的象徵，本來嘛，一個人到了三十多歲就已經很老了。我曾經無數次地想過，只要是過了三十歲，死了就死了，夠了，甚至於也可以自殺，可是現在已經年過四十，還這樣無恥地活著。

我對王亞軍說：「你好像有了白頭髮。」他看看我，臉竟然紅了。

我頭一次感到王亞軍顯得有些可憐，他以及他的那口英語，還有他的那些關於歐美的文化都躲到了他的衰老背後。

他說：「我們這代可能沒有希望了，如果有一天，你長大了，當你站在歐洲或者美國的街頭時，你一定要想起我對你說的話。」我當時突然忘了他對我說過什麼話，因爲今天他的確沒有總結什麼。我說：「你對我說過什麼？」他被我一問，竟也楞了，然後，他笑了，開始照著鏡子撥自己那根白頭髮，邊拔邊說：「對了，把我的詞典還給我。」

4

從八家戶回來之後，他再一次被剝奪了爲學生講課的權力。黃旭升與李垃圾的槍擊事件本來與他無關，現在竟然也波及到了他的身上。據說是校長推到他身上的，他說自己那天回大樓開會，臨時讓王亞軍代他管理一切事物，結果恰恰就在那天出的事。王亞軍有口難辯，校長說的都對。那天就是去開會了，就是由王亞軍臨時負責一切。但是，並沒有包括基幹民兵那邊。王亞軍天天待在宿舍裏，等待著對自己進行判決。王亞軍曾經對我說過，如果對自己加重判決，能讓李垃圾活命，能讓黃旭升這樣的好女孩兒再學英語，那他就是死了，也值得。我卻說：「如果你死了，那誰教我們英語呢？不要說黃旭升，連我也沒有人教了。」王亞軍仔細地看著我，就好像重新發現了我，半天才說，這點我還眞沒有想到。

於是，我們的英語角落和英語教堂每天都以種種方式重複，那是聲音的重複，是畫面的重複，是詞句的重複，也是成長的重複。

一個孩子與大人的英語對話在重複之中迴旋。

第十六章

1

星期六又到了。

那又是女人洗澡的日子。

我猶豫著去不去偷看阿吉泰。她今天會去洗澡嗎？我渴望阿吉泰。

如果我是因爲偷看阿吉泰被抓住，那我感到值了。如果阿吉泰沒有看到，而是因爲看到了別的什麼女人被抓住，那我就太冤了。

我思想鬥爭得很厲害，最後決定還是跟蹤阿吉泰。

我來到了阿吉泰的門前，想等待著她出來，如果她去了澡堂，那我就上後窗。顯然，這是一個比較穩妥的計畫。

正當我站在樹後看著她的門時，那門開了。

阿吉泰把一個戴眼睛，顯得文雅的男人推了出來，那是范主任，是我們這個院子裏的最高人物。顯然，阿吉泰發怒了，我從來沒有見過她那麼凶，她把一隻燒雞朝范主任扔去。

范主任撿起那只燒雞，臉上並不激動，顯得平靜，也沒有說什麼。他走得很快，消失在湖南墳園的樹叢之中。陽光十分燦爛。

我無比崇敬阿吉泰，因爲在當時，燒雞和范主任都是最難得的東西。一個象徵權力，一個象徵金錢。今天兩樣東西共同走進了她的房間，卻被她扔了出來。

阿吉泰回到了屋裏，緊緊地關上了門。

我溜到後窗看著她。阿吉泰正爬在桌上哭泣。我的內心產生了一種想哭的感覺，阿吉泰是這麼美麗，卻不能讓美麗殺了像范主任那樣的男人。還不得不讓他走進自己的房間。

這時，突然阿吉泰站了起來。她到牆角端著個很大的銀色臉盆，那說明她就要去澡堂了。我的心開始狂跳起來。

2

我來到了鍋爐房的後邊，看見在那窗戶下邊的兩塊煤還在，心裏感到很踏實。

還是那樣的蒸汽，還是朦朧中水霧的聲音，當我的眼睛完全適應了灰暗之後，阿吉泰的頭髮出現了，接著是她的後背，她仍然很白。似乎對范主任發火一點都沒有改變她皮膚的顏色。這種發現使那時的我十分驚詫：女人們眞是奇怪，她們與男人發生戰爭，可是在她們的身上卻沒有留下任何痕跡。

正當我在內心裏獨自感歎時，猛然間我意識到有一對眼睛正看著我的臉，讓我的臉開始發熱，這似乎是一種幻象，漸漸的一切都變得清晰時，阿吉泰的眼睛與我的眼睛對視在了一起。她平靜地看著我，就像是她站在講臺上時一樣的，絲毫沒有爲自己赤身裸體而羞愧。我的眼睛似乎被她的眼睛緊緊吸住了，根本不可能朝她身體的其他地方看，僅僅是她眼睛裏深藏的那些豐富內容就已經把我的目光甚至於靈魂鎖住了。

我們就那樣對視著，過了不知道多長時間，我渾身上下都已經失去了知覺，仿佛周圍的一切都已經消失，留下的只有阿吉泰的眼睛。

突然，我像是從早晨的幻覺裏跳出來，意識到自己沒有在自己的床上，而是在大院的洗澡堂後窗，那對眼睛不是我想像中的女人的眼睛，而是眞的阿吉泰的眼睛。我被嚇壞了，倏地從煤塊上跳了下來。然後就毫無目的地奔跑起來。

烏魯木齊才八月份就已經是秋天了，許多黃葉從樹上散落下來，陽光又讓它們顯出繽紛與斑斕，使我的目光迷離，甚至感到頭暈目眩。

那天是我十七歲的生日。

3

我徘徊了很久，終於還是來到了王亞軍的宿舍。

他正在剃鬚，面對鏡子仔細地審視著自己的臉，在臉上有白色的泡沫。

我顯得有些激動，喘著氣，儘量壓抑自己的情緒。

他說：「你臉怎麼那麼紅？」我說：「剛才，我又去了洗澡堂。我看見阿吉泰了。」

他不說話，只是繼續刮著臉。

我又說：「我看見范主任又被她從宿舍裏趕出來了。」

王亞軍的手一顫，他的臉被自己刮破了，血漸漸流出來，染紅了白色的泡沫。

我說：「我今天看見了她的正面。」

王亞軍開始洗臉，沒有看我。我說：「她很白，跟雪一樣白。」

王亞軍突然變得狂燥起來，他大聲吼道：「最討厭像你這樣撒謊的孩子，她在專心洗澡，爲什麼要轉過來？還有，你爲什麼要跟蹤阿吉泰？還來對我說那范主任從她房間出來？你是什麼意思？跟蹤人是最惡劣的品行。你懂嗎？」

他最後的「你懂嗎」三個字拖得很長，還聲音極大。頭一次顯出了王亞軍的猙獰。

我楞了，看著他，不知道爲什麼他會那麼瘋狂。

「你出去。出去。」我默默地看著他，然後，低頭走了出去。

4

一個人走在這座由父母那一代人建立的叫作烏魯木齊 TOWN 的街頭，抬頭看著天空，即使是有很充足的陽光卻也覺得滿目陰霾。路過民族劇場時，我仔細地看著這座由父親設計的，像宮殿一樣的建築，心情又變得好了起來，感到王亞軍這次是眞的錯了。我爲烏魯木齊驕傲，烏魯木齊是 CITY，而不是 TOWN。可是，當走過劇場，重新又看見了天山時，我的心裏又像被堵住了一樣，想起了黃旭升還有死去的李垃圾，又想起了王亞軍的那一根白頭髮。

我清楚地記得，就是那天，我此生頭一次感到自己突然老了。

他才十七歲，他已經老了。

5

有人在後邊叫我。

我停下了腳步，我知道，那是王亞軍的聲音。

他走過來，摟著我的肩膀。

我說：「我還以爲你永遠不會理我了。」

他說：「我很孤獨，你現在是我最重要的人。我不願意沒有你這個朋友。」

我的內心一酸，但強壓著沒有讓眼淚流出來。我說：「你怎麼知道我在這兒？」

他說：「我在跟蹤你。」他說著，作出紳士的樣子，很灑脫地對我行了個禮，說：「對不起。」

我笑了，說：「你們大人眞的會拿一個孩子當朋友？」

王亞軍認眞地說：「你是我的朋友。」

我們漫步在烏魯木齊河畔，秋天的水顯得有些綠，河裏有許多落葉，水流湍急，發出很大的響聲。我開始朝河裏扔石頭。他也跟著我一起扔。

他突然問：「你眞的看見了阿吉泰的正面嗎？」

我說：「看見了。」他說：「你都看見什麼了？」

在他很小聲地問出這句話時，驀的一下，他的臉紅了。我從來沒有見過他的臉會這麼快地紅起來。就好像意識到自己的卑瑣，王亞軍的聲音也有些顫抖。那時，正是中午，他的臉被太陽照耀著，顯得更加紅。而且，那片紅久久都不肯散去。

我看出了王亞軍的難堪以及渴望，此生裏，只有那天，他讓我感到他是那麼可憐。在河邊高高的白楊樹下，他的聲音顯得單薄，他的臉上剛才被自己割破的那塊傷口格外醒目。

我說：「什麼都看見了。」

王亞軍當時就蹲在了地上，可以感覺到他似乎突然沒有了力量，渾身癱軟，如果，他不是一個紳士，而是一個平常人，那他一定是會倒在草地上，從此再也爬不起來了。他就那樣蹲著，雙手抱頭，渾身顫動，像是得了某種我從未見過的大病一樣，很久不起來，也不看我。

我並沒有被他嚇著，我當時就意識到自己是一個成熟的，思想複雜的孩子，馬克思在十七歲時寫了論社會問題。而我在十七歲時，可以理解王亞軍面對阿吉泰的絕望。

不知道是出於高尚的原因，還是出於卑劣的原因，我開始對王亞軍講起了阿吉泰的身體，她正面的身體。我是一個想像力豐富的人，更何況我真的看見了阿吉泰身體。所以，我講得滔滔不絕，就像眼前的烏魯木齊河水。

王亞軍一直低著頭聽著，他甚至於不敢抬頭看我。當我講累了，感到疲倦了，就躺在了河邊的草地上，然後，就像經過了劇烈的燃燒之後，我睡著了，在我的眼前一片紅彤彤。當我醒來之後，已經是黃昏時分，我像李白那樣地打一個呵欠，起身朝家走。我渾身疲倦，自己也不知道爲什麼面對王亞軍訴說阿吉泰的裸體竟然是這麼累。

6

以後的日子裏，只要見到王亞軍，我總擔心他會找我要那本英語詞典。

母親曾經不止一次地對我說過借東西不還，是我人生的一個大弱點，在我那些沒有歸還給人的東西中包括這本英語詞典，我沒有偷上，卻眞的想賴著不還了。直到今天我都在問自己，我知道王亞軍愛阿吉泰，一個像他那樣健康而成熟的男人面對永遠也得不到的阿吉泰，他除了絕望之外，還能作什麼？因此，我對他講述阿吉泰的身體，是不是爲了交換？我以這種方式討好他，果眞是爲了讓他忘卻那本英文詞典？

又是一個週末，又是一個難忘的日子。父親母親一早就不知道爲什麼事吵起來。然後，母親開始收拾房間。她無疑是委屈的，這從她不停地叫罵聲中就能感覺到。像許多女人一樣，她抱怨命運對她太不公平。在那一刻她對丈夫不滿，對孩子也不滿。那時，我正躺在床上翻看詞典。母親收拾到了我的房間，她的一切舉動都讓我窒息並且心驚膽戰。她在我的床上翻出了我悄悄配的平光眼鏡，她拿著它說：「這是你的？」

我點頭。她說：「你的眼睛近視？」

我不說話。

她把眼鏡戴到了自己的臉上，說：「平光的？」

我不說話。她突然大叫起來：「你爲什麼要這樣？」

母親的聲音引起了父親的注意，他也從另外的屋子走過來。看著我說：「誰讓你這樣？」然後，他提高了聲音，說：「是誰讓你這樣的？」

我對他們反感極了，但是，我賴得對他們解釋，並且，我一點也不怕他們。我討厭大喊大叫的人，在那一刻我甚至於有些蔑視他們。

父親走近一步說，你今天一定要說清楚。你是怎麼想的，爲什麼這麼虛榮？

我就像有意地要激怒他們一樣，故意打個呵欠，然後，朝床上一躺，拿起那本詞典，就開始翻起來。衝突就是在那時起來的。父親猛地撲過來，想搶走詞典。

我順勢一躲，父親的腦袋撞在了床框上，他疼得像女人那樣地哎呀一聲。我忍不住地笑起來。父親更加被激怒了，他一把抓住了詞典。並開始朝他那兒奪著，我也緊緊地抓著它不放。

父親邊搶邊說：「是誰讓你這麼虛榮？」我大聲說：「虛榮？我的虛榮全是在你身上學的。」

父親一聽我說的話，更加瘋狂了，他使出全身的力氣把詞典搶過去，然後，就胡亂地撕扯起來。

我先是一楞，馬上起身衝上去，再次搶回詞典，當看到有一摞紙被撕下來時，我心疼得不知道該怎麼辦。就抱著詞典蹲在了地上，就像是在我懷裏是一個有生命的東西，它已經受傷。

母親這時也說，詞典又不是他的，你這樣幹什麼？

父親不說話，只是盯著我，並喘著氣，像是所有的劊子手那樣，工作之後，他們累了。漸漸地他的氣息平緩了，看著我傷心的表情，他眼光一閃，那裏邊似乎也有某種悔意，但是，他仍然硬著脖子走了出去。母親也跟著他離開了。那時我就懂了，眞正的傷害永遠是在親人們之間發生，而且往往是以愛的名義，因爲一般的人他們沒有辦法像父母一樣靠近你。

我看著破損的詞典，把父親撕破的那幾頁仔細地對起來，內心產生了巨大的惶恐，它完全壓倒了難過，我甚至於都沒有心思去仇恨父親，只是想著不知道如何面對王亞軍的眼睛。

晚上，我久久地躺在床上睡不著。母親悄悄地溜進來，在黑暗中想拿走那本詞典，我突然坐起來，並把詞典緊緊抱著。

母親被嚇了一跳，像是碰見了從棺材裏起身的鬼魂。她叫起來。我在黑暗中瞪著她，怕詞典再次受到傷害。母親定了定神說：「我想幫你用膠水粘粘。」

我不吭氣，只是仇恨地盯著她，直到她無奈而失望地離開了我的房間。我轉過身，把詞典壓在了肚腹下，打算從此以後永遠趴著睡覺。

從那天之後，我有意識地躲著英語老師，不想見他，直到一個星期後忍不住地再次進了他的宿舍。

王亞軍好像一直在盼著我來，他似乎已經忘了那本書。他總是會在我們說一些別的什麼話題之後，有意識地把話題朝阿吉泰的身上引，我看出了這點，於是我像是一個老道的陰謀家一樣地再一次從上到下地復述阿吉泰的身體。只是，每一次地講述都跟上一次不一樣，其中很可能加進了創作的成份。如果說一個人善於表達，那他在這方面的鍛煉一定是從小就開始了，而我則是從對王亞軍一遍遍地描述阿吉泰的身體開始的。

直到又一個星期六，我對他說：「我帶你去看阿吉泰。只是你要把詞典多借給我一個月。」他猶豫了很久，說：「不，我作人有原則，我從不拿原則作交易。」

我說：「那我自己去看了。」

當我正要關上他宿舍的門時，他突然衝過來，說：「我這樣作，是犯罪。」

我不理他，只管自己朝前走，當我走出學校的大門時，竟然發現王亞軍跟在了我的後邊。只是他今天走路的姿態有些怪異，絲毫沒有了紳士的感覺，甚至於有些一瘸，一拐一拐的，像什麼呢？像階級敵人。

7

從前在烏魯木齊天山下的白楊林後邊，有一個最美麗的女人，她的皮膚像雪一樣白，她的頭髮像陽光一樣燦爛，她的大腿像是玉石雕刻的，她的眼睛裏充滿了從柏格達峰上融化的雪水，她能說一口標準的漢語，還能說一口標準的維語，她總是渴望能再講一口流利的英語，她的美麗每天都在烏魯木齊的大街小巷中徘徊，她的名字叫阿吉泰。

從前在烏魯木齊的湖南墳園旁邊的一所學校裏，有一個英語老師，他總是穿得很講究，身上有股當時難以聞到的香水或者雪花膏味，他是一個紳士，可是這個英語老師深深地愛上了阿吉泰。他無望地愛上了這個美麗無比的女人。於是，他的身心都被摧毀了，當他走在學校前的小路上時，蒼茫的天山就成了他的背景。他的名子叫王亞軍。

從前有一個在烏魯木齊土生土長的孩子叫劉愛，他覺得自己和那個英語老師是朋友，因爲在寂寞中他總是可以在英語老師那兒度過時光，並且或得一種叫 ENGLISH 的智慧的東西。但是，在那個秋天裏，孩子竟然帶著他的英語老師去偷看女澡堂，當時烏魯木齊一片晴朗，天空藍得讓這個內心脆弱的孩子想哭，在他的記憶中，只有那次在通往女澡堂的路上，他的內心竟然填滿了憂愁。

阿吉泰在嗎？

阿吉泰肯定在。因爲一個像她那樣講衛生的女人，不會放過星期六洗澡這樣重大的事情，她們渴望與水在一起。渴望與熱水在一起。要知道，在那樣的年代，只要你是女人，簡直不可能錯過任何一次熱水澡，要知道，那是熱水澡，是用熱水沐浴身體。

然後，讓濕潤的頭髮盡情地揮灑在太陽的照耀下，走過榆樹林，走過東區平房的小道。

8

王亞軍很快地趕上了我，那時已經快到鍋爐房了。他像一個無助的孩子一樣，拉著我的手，在他的臉上充滿著無奈，甚至於還有幾份難堪。偶爾當我們眼神碰到一起時，我能意識到他內心的熱望，當女人的聲音像水一樣地從打開的澡堂視窗中濺出來時，他的眼睛變得閃亮了，怎麼講，就像是紅衛兵在天安門，就要看見遠方很小的毛主席一樣，他們壓抑多年的激情終於要釋放出來了。

王亞軍走到了我的前邊，他顯得那麼迫不及待，有一種主動精神，很像他有一次用英語為我表演莎士比亞的《哈姆雷特》中的王子那樣，忘了環境，似乎那就是他的舞臺，幕布拉開了，燈光越來越亮，而且所有的燈最終都聚集在了他的身上。

他那麼衝動，真是讓我意外，即使我當時不過是一個十七歲的少年，我也感到了無比的異樣。我不得不說，慢點，輕點。我感到有些不對勁。因為，往日在高高的窗下堆放的那幾塊像階梯一樣的煤塊今天不見了。

他像根本沒有聽到我的話，幾乎是衝到了第二個窗下，當意識到那個窗子很高，而下邊沒有任何東西時，他像是從夢想中走了出來，眼睛裏的光漸漸淡去，無奈和難堪的表情又像浮雲一樣地重新顯現在了他的臉上。

「原來這兒有幾塊煤，被別人拿走了。」

「你沒有騙我吧？」

「阿吉泰就在裏邊，這是第二個窗戶。」

「你沒有騙我吧？」

我們的眼睛碰到了一起，我發現了他的失望和對我的不信任。就說：「阿吉泰現在肯定在裏邊。」

王亞軍這時顯得一籌莫展，他眞是一個書呆子，除了知道倫敦，巴黎，美國，俄羅斯的那些事以外，現在他簡直就是一個激情四射的白癡。他開始在原地打轉，像是一個冬天裏被我們鞭打的在雪地上不停旋轉牛。他的絕望是痛徹心肺的。他肯定不願意就這樣退出舞臺。

我說：「不如這樣，你蹲下，讓我踩著你的肩膀上去，先看看阿吉泰在不在裏邊。」

他顯然興奮了，我的聰明讓英語老師頭一次感到了我眞是一個智者，他說：「然後，就是我踩著你的肩膀？」

我點頭。

他很快地蹲了下去，那時我眞的想起了我們語文課本裏的兩句詩篇：俯首甘爲孺子牛。頭一句怎麼也想不起來了，他的肩膀很有力，我踩在上邊時內心很踏實，對了，第一句是不是：橫眉冷對千夫指？我知道第二句放在這兒不合適，但那時我眞的想起了這句詩，詩歌和阿吉泰一起讓我喜出望外。

王亞軍老師慢慢地從地上站起來。我有了一種騰雲駕霧的感覺，原來人的肩膀有那麼高？仿佛藍天白雲都倏地離我近了。一切都變得緩慢起來，有些像是電影中的慢動作，天空，樹葉和眼前的屋頂的動作都變得遲鈍，幽遠。在漫長的時間中，我抓住了窗戶的下沿，然後，我的肘臂終於能搭在窗臺上了。這是過去所沒有的高度。直到那時，我才明白爲什麼我們漢民族要叫窗「台」，因爲這個台是平臺的台，它可以產生穩定感，當你能支撐在臺上時，會感到一攬眾山小，甚至於高處不勝寒，眞是好一個「台」字了得。

蒸汽，全是蒸汽，是瓦特發明了蒸汽機嗎？他爲什麼不把我們這個澡堂裏產生出的蒸汽全部收走，並放入他的蒸汽機中？蒸汽對瓦特而言是好東西，造就了他人生的輝煌，奠定了他科學成就的基礎。可是，同樣的蒸汽，對我和我的英語老師而言卻是災難，我被窗內彌漫的霧色搞得什麼也看不見。時間就這樣過去了，我漸漸感到眼睛發疼。

「看到了嗎？」

我沒有說話，仍然努力去發現，突然，澡堂裏的燈亮了，煙消雲散，我看到了兩個女人在共用一個水龍頭，是阿吉泰！沒錯，就是她。她正與其他一個女人共用一個龍頭，她此刻正在沐浴，而身邊的那個女人正在渴望著熱水。我幾乎叫出聲，壓低聲音喊：「老師，看見了，我看見，老師。」

我能感到王亞軍的渴望，但是從小就是獨生子的我無比自私，我仍在上邊看著，儘管能感到王亞軍激動得身體在打顫，可我還是想多看一眼，那是阿吉泰的身體。時間一秒秒地過去，我一直在等待著阿吉泰的正面。又過了幾分種，我在絕望中，不太情願地從王亞軍肩上跳下來。我蹲在地上，王亞軍開始踩著我的肩膀。他是一個高個兒男人，還很健壯，而我卻只是一個十七歲的少年。當他的雙腳完全踩在了我的肩頭時，我就開始渾身打顫，我從沒有想過他是如此沉重，像是一座泰山，我掙扎著漸漸起來，想直立起來。他的身體在我的肩上也像初升的太陽一樣緩緩升起，突然，我的腿一軟，身子就歪了。

王亞軍完全沒有意識到我的身體會癱軟，他的注意力在將要到達的上邊，而不是在下邊，他猝不及防地從我身上歪著身子掉了下來，狠狠地摔在了地上。

我感到無比羞愧，看著王亞軍渾身是土，從地上爬起來。我說：「你再來。」

他卻有些猶豫了，說：「你行嗎？我是不是太重了？」

我說：「來，抓緊時間，阿吉泰別走了。」

他像是被螫了一下，猛地就挺起來。我再次蹲下，他又踩在了我的肩膀上，正當他開始朝上抓時，我卻又堅持不住了。我說：「不行了，不行了。」他跳下來。

我抬頭看看他的眼睛，裏邊充滿焦慮。我說：「咱們再來一次。」

他還在猶豫著。我又蹲在了地上。

這次他踩在我身上時，我感到了肩膀疼痛，皮膚被他穿著皮鞋的腳蹭得像刀割一樣。早知道是這樣，應該讓他穿布鞋。我開始起來了。他在上邊說：「別動。」然後，他猛地跳起來，用雙手拼命去夠住窗沿。他雙腳彈跳產生的反作用力，把我狠狠地蹬倒在了地上。」

我躺在了地上，首先是看到了藍天。那是烏魯木齊秋季的藍天，深遠，無窮無盡，讓我的眼前陣陣發黑，我閉了下眼睛，再睜開，再閉上，就好像那是一場遊戲。當我又一次睜開眼睛，看見王亞軍雙手緊緊地抓住了窗戶的下沿，像作引體向上一樣地使勁朝上拉著自己的身體，他身上全是土，臉上都是汗。

王亞軍的身體漸漸地朝上升著，他的腦袋已經越過了窗戶，並且比肩膀高起來，我心中爲他喝采。看來，他是一個有力量的男人。他的腦袋更高了，那幾乎已經是能看見裏邊的好角度了，王亞軍的眼睛睜得很大。我說：「看見了嗎？」他喘著氣沒有說話。我又說朝左邊看。他把身體朝上再次一拉的同時，驀地，他把臉轉了過來，氣喘噓噓地對躺在地上的我說：「我不想看了。我，我是一個……」他似乎沒有氣力把另一個字說完了，猶豫和用力讓他的臉變了型，他幾乎是絕望地對我說：「我不能看，對嗎？我……」

突然，有人高喊：「抓流氓。抓流氓！」

隨著喊聲，衝過來七八個值班民兵，他們走到跟前時，王亞軍的手還抓著下窗沿，他僵了，楞了，像是一個機器人一樣地扒在窗戶沿的紅磚上。

一個領頭的值班民兵用力把他一拉，說：「還不下來？」

只聽「嗵」的一聲，王亞軍像是麻袋一樣癱軟地掉到了地上，他仰臉躺著，滿面汗水，先是睜大眼睛看著天空，漸漸地，他閉上了沉重的眼睛。

9

那天爸爸帶著我進了大樓內的一間辦公室時，已經到了下午七點，斜陽從視窗射進來，照在王亞軍的臉上，苦難似乎沒有給他的面容留下痕跡，臉刮得很淨，頭髮很講究，又黑又亮並梳得很整齊，就連我發現的那僅有的一根白髮也顯得比平時順滑。在他身後有兩個看著他的人都背著槍，在他對面坐著保衛處的人。在我進門的剎那，王亞軍看了我一眼，那目光中閃過一絲微笑，別人難以發現，但是，我知道，他見到我很高興，他就是在笑。

校長坐在屋子的左邊，當我跟著父親坐在右邊時，他看著我，目光裏有些意味深長。這讓我心中產生了一種麻辣的感覺。我看看父親，又看看他，試圖比較一下這兩個男人。校長儀表堂堂，衣服穿得很體面，而父親顯得有些卑瑣，他的身體總愛縮著，不再穿軍裝的他也失去了起碼的威嚴。這讓我深深地憐惜父親，我在那一刻十分後悔沒有幫他看好軍裝，如果今天他是穿著那身軍裝來，即使沒有領章帽徽，那他的自我感覺也會好許多，就不至於在校長跟前顯得像壞份子，地地道道的階級敵人。

校長忽然起身，看看王亞軍，上前給了他一巴掌，他說：「你怎麼能帶著孩子幹這種事，你身爲老師。」

王亞軍沒有爭辯，也沒有看我，他像是罪犯一樣的低下了頭。

范主任就是那時走進來的，他對大家問好。

我們全都站了起來。

范主任掃了王亞軍一眼，然後看看校長，又問保衛處的人說：「他都交待了嗎？」

保衛處的人點頭。

校長說：「是英語老師的事情，與孩子沒有關係。」

父親看著校長，眼睛裏充滿感激。

范主任說：「惡性事件，十分惡劣，影響極壞。一定要嚴肅處理。」然後，他看看王亞軍，說：「你還有什麼說的嗎？」

王亞軍說：「我，我作爲一個老師，拉著學生作這種事，是犯罪行爲，我接受法律的制裁。」

范主任說：「法律？制裁？你以爲你是誰？什麼時候了？你還配用這麼大的詞？」

我望著王亞軍，內心無比慚愧，什麼叫「我作爲一個老師，拉著學生作這種事？」不對，王亞軍是讓我拉去的，我一次次地朝著澡堂跑，那是我們許多男孩子的惡習，我爲了他那本英語詞典，我爲了討好他，告訴了他這個秘密，明明是我拉他去的。那是我跟他作的一項交易：我想帶著他去看阿吉泰，而換取對於那本詞典的佔有時間。爲什麼現在責任全在他的身上？

我的額頭開始出汗，內心的壓抑讓我想哭，想說出這一切，是我造成的惡性事件，是我的品行惡劣，應該嚴肅處理我。我開始看王亞軍，他不看我，臉上顯得很平靜。我又看看爸爸，他正極其嚴厲地盯著我。我的餘光裏，校長也顯得緊張地掃了我一眼，他可能也意識到了我的不正常。

我猛地站起來，大聲說：「他什麼也沒有看見，沒有看見！是我——」

我的話還沒說出來，爸爸猛地衝過來，朝著我的身上狠狠踢了一腳。我當場就被踢倒在地。父親喊叫著說：「跟著這樣的老師，作這種丟人的事，你平時不注意思想改造，自由散漫，學習資產階級那一套，我打死你。」說著，他開始掐我的脖子。

我當時被父親嚇懵了，一時不知道該說什麼。我看著父親的眼睛，裏邊很紅，全是血絲，他那時也看著我。我盯著他的眼睛，內心漸漸變得迷惘起來，我發現在父親的眼底深處，竟滲出了淚水，他的淚水讓我在懷疑，恐懼，不安之中變得沉默了。

校長過來拉開父親，說：「老劉，你不能這樣，孩子沒有錯，他們是一張白紙，可以畫最美麗的圖畫，主要在我們大人，在我們老師。問題出在他的身上，根子卻在你這兒。快把孩子帶回家吧，以後要好好教育，我也會在學校專門安排對他的幫教。」

爸爸忙說：「謝謝你，校長。謝謝范主任。」

校長把目光轉向范主任說：「讓他們父子先走？」

范主任當時正在打哈欠，他一邊打著哈欠，一邊點頭。

父親走在前邊，他拉著我的手，當我跟著他要走出這道門的刹那，我看了一眼王亞軍，我是那麼希望他能看看我，可是，他沒有把頭轉過來。我站住了，盯著他，感到自己是那麼地想抱著他哭一場，可是，父親狠狠地拉了我一下，並回過頭，把門謹慎而有力地關上了。

過道裏一片黑暗，沒有陽光，我昏昏沉沉地走著。

那幾天是怎麼過來的，我都不知道。只是記得像是得了一場大病，整日處於混沌之中。沒有當著眾人說出實話，這讓我良心不安，即使是一個孩子，他也是會在內心裏一次次地矛盾，甚至於懺悔的。我像是一個得了肺結核的人，半夜裏常常被驚醒，全身上下出盜汗，內心不安，讓我痛苦不已。

10

在一個星期之後，東風電影院裏召開對於王亞軍的宣判大會。

當王亞軍被綁著，押上舞臺時，全場高呼口號，我們學校的男女學生像是從來沒有見過他那樣的，從坐位上站起來，邊喊著：「打倒流氓份子王亞軍」，邊充滿好奇地看他。場面熱烈，試想一下如果今天姚明站在舞臺上，那整個會場將會是如何喧鬧。

對於王亞軍的批判和揭發是漫長的。

終於，該輪到我揭發他了。校長親自帶著我上臺，並拿出事先寫好的稿子讓我念。那是很厚的一摞白紙，裏邊全是王亞軍如何教我資產階級生活方式的過程。

校長拍拍我，就下去了。舞臺上似乎就只有我和王亞軍兩個人。所有的一切都消失了，驀地，一切都安靜下來，像是在一個安靜的宮殿裏。我站在舞臺上，看著台下黑壓壓的人群，心想自己曾多少次渴望站在這個舞臺上，成爲中心人物，大家都看著我，聽我說話。今天終於來了，卻是因爲這樣的原因。

王亞軍看看我。我也看看他。

他的表情平靜，就像是我們正在臺上演戲。是莎士比亞的《哈姆雷特》，我是王子，他是老國王。

漸漸地，他的臉上出現了微笑，他示意我開始念，那時，所有的光線似乎都打在了他的身上，王亞軍像是太陽一樣地立在了台中央，好像他的身上能發出光芒。

我感到陣陣頭暈，仿佛八家戶田野上的天空突然出現在了我的頭頂，雪山那邊金燦燦的光亮不停地在我面前閃爍，李垃圾和黃旭升騎著馬掠過我們的樹旁，一聲槍響把我從黑夜裏強行地拉到了白天。

忽然，我把那一摞白紙朝舞臺上的天空一扔，只見那白紙像雪片一樣地四散開來。

所有的人，包括王亞軍都驚呆了，他們沒有想到這個十七歲的孩子竟會如此冒失，有這樣超常的舉動。場內先是一片安靜，接著就像是產生了爆炸，轟的一聲就喧騰一片。

我在眾人的叫喊之中，朝後臺跑去，然後，又從那個小門衝出去，一直朝湖南墳園狂奔。天很黑了，我又餓了，而且很餓很餓，我眞是瞧不起自己，王亞軍都那樣了，我竟然還餓。人類眞是一種不好的動物。我坐在那棵老榆樹上，看著天上的星星，盼望著聽到父母叫我聲音，是他們求我回家，而不是自己願意回的。

父母始終沒有出來找我，他們比我沉得住氣，他們吃飽了，於是他們就很有耐心地以這種方式懲罰自己的獨生子，那時家裏只有一個孩子的很少，都是一大群，像生了一窩豬一樣，只有我們家是例外，沒有兄弟姐妹的我從來就很孤獨。

我堅持著，渴望著聽到他們呼喚我的聲音，結果是我無比失望。所以，永遠不要相信父母對於孩子的愛是無限的，除非你沒有像我一樣在文化大革命中度過童年。眞理是什麼？是父母讓孩子在孤獨中忍受饑餓，因爲他不懂政治而給父母帶來了麻煩。

11

當我回到家時，我以爲爸爸媽媽會打我。

他們誰也沒有要打我的意思，甚至於都沒有多問。

他們拿出了從食堂打回來的紅燒肉和大米飯，說是專門給我留的。

我坐下來吃飯，他們兩個人竟都坐在我的身邊，看著我吃。我知道這是他們對我表達愛的一種方式，我是他們的兒子，我正在發育，就要長大成人了，我的力量甚至於超過了父親。我讓他們覺得永遠有未來，永遠有希望。

爸爸看我吃了一會兒，就開始抽煙，他點著一支煙後，抽了一口，稍稍顯得輕鬆了一些，小聲說：「你還要在學校作檢討，要認眞作，從靈魂深處反省自己。王亞軍這個人，父親說著搖搖頭，今天最後宣判，他被判了十年。」

我立即就感到不餓了，看著飯吃不下去。我沉默地坐著。好一會兒才抬頭看著爸爸說：「我覺得我，挺，挺不要臉的。」

爸爸沒有說話。

媽媽也沒有說。

我想了想，又開始看著父親，一直看著他，想等待著他也抬起頭看我。可是，父親始終也沒有抬起頭來，他只是皺著眉頭，臉上有某種深刻的表情，他像是羅丹的思想者那樣地，在進行嚴肅的思考，他眞的像是一個思想家。

突然，我說：「我覺得你也挺不要臉的。」

父親猛地就衝動起來，他起身，抬手就給了我一巴掌。

我也在瞬間就激動起來，抬起腳，就朝爸爸肚子上狠狠踢過去，竟把可憐的父親當場踢倒了。在母親的哭叫聲中，我楞著站在那兒。

父親頑強地站起來，不讓母親扶他。母親看著他的臉色，很怕他會被踢壞。父親顯得比任何時候都亢奮，他撲到我的面前，吼叫著：「反了，反了。不過了，不過了。」

在父親說這話的時候，我有種異樣的感覺。因爲此刻他的用詞，以及腔調顯得十分古典，如同舊式的財主，一點都不像是有過新式教養的知識份子。以後多少年我都在想：高興的時候就《莫斯科郊外的晚上》或者格拉祖諾夫，氣急財壞的時候就「反了，不過了」，這是一個區分東方知識份子和西方知識份子的試金石。

我絲毫沒有懺悔的意思，冷眼看著父親在那兒跳來跳去，隨時準備反擊。直到他拉我走到門口，開開門，把我朝外輕輕一推，我就站在了門外。然後，他沉重地關上了門。

在夜色中我感到了從沒有過的寒冷。

12

我哪兒也沒有去，就坐在單元門口的水泥臺階上。

很晚了，媽媽出來見我坐在這兒，就拉我回去。她說：「回家睡覺，回家吧。」

我搖頭，像是一個成年人那樣地搖頭。

母親哭了，她說：「兒子，你知道媽媽活在今天有多難？」

我看了她一下，藉著樓道裏傳來的光，發現母親很憔悴，就像是一個得了肝炎的人。

母親說：「爸爸是爲了你，他就你一個兒子，他的內心再也受不起傷了。」

我說：「是我拉英語老師去的，眞的，他並不想去，是我拉他去的。」

媽媽突然衝過來，抱著我，用自己的身體擋住我的嘴。

我仍堅持著說：「他本來能看到，他直到最後也沒有看。他說……」

母親怕我的話讓鄰居聽到了，她使出全部力氣把我朝家拉，可是她拉不動我。我被她的衣服和身體蹭得身上有些癢，突然就笑起來。母親卻沒有任何想笑的意思，她以乞求的目光看著我，眼底有淚光。

我屈服於母親的渴望，跟著她進了家。我不知道怎麼面對父親。

父親在那邊屋子裏沒有出來。

我脫了衣服就躺在床上。

當一切都很安靜的時候，我聽見父親在另一間屋子開始哭泣，像狼嚎一樣地哭泣。

第十七章

1

氫彈又一次爆炸那天，烏魯木齊一片慘白的天空。

那天早上，我一出門就覺得不對勁。其實我們當時誰也不知道那是因爲氫彈爆炸造成的景象：樹上罩著白光，房屋顯得比平常都亮，遠處的天山與一片茫茫白霧融在了一起，柏格達峰沒有了往日的個性，沒有了反光，只是一個灰色的輪廓。我抬頭望著太陽，感到十分不對勁，就像是蒼白的臉，我環顧四周，所有的一切都如同底版暴光太過了，迷迷朦朦，卻又無比耀眼。

我獨自走在湖南墳園裏，感到沒有了王亞軍的生活突然之間就沒有了任何意義。

SKY! SKY!

白色的天空令人窒息，強光讓我睜不開眼。我迫切地想找一個能擋住光亮的地方，猶豫了一會兒之後，我突然想起來防空洞。這個時候，進防空洞是最好的地方。那是母親設計的，她的柔情可以和黑暗一起共同保護我的眼睛。

我開始瘋狂地跑著，就像是渴望躲避暴風雨一樣，衝到了防空洞門口，沒有作絲毫停頓，就像光一樣地湧了進去。

2

我一步步地沿著階梯朝下跑著，感到自己仿佛掉進了深深的海水，不光是眼睛看不見，甚至於呼吸都很艱難，我曾經多少次下過這個防空洞，知道這種感覺，只是今天它無比強烈。任何民族渴望強大都是要付出代價的，每個人都必須承受，包括它的孩子。

我終於來到了那個寬大的廳裏，如同今天酒店的大堂，在當時的情況下，母親把它設計得很豪華，地面和四壁都用天山深處的板岩貼起來，那個時候中國人一般還不懂得裝修，而我們的防空洞就是被裝修過了。和你們北京的十大建築一樣，和北京飯店一樣，我媽媽設計的防空洞是烏魯木齊的經典。

我感到了有燈，而且還聽到有唰唰的掃地聲。

我站住了，當眼睛完全適應了這兒的光線之後，吃驚地發現：那個掃地的人竟是阿吉泰。

我的臉紅了，幸虧這兒很暗，我知道阿吉泰不會發現。

她似乎沒有太看我，仍然低著頭，獨自掃著地。

我轉身想沿著臺階再回去。

她叫住了我，說：「你來這兒幹什麼？」

我想了想，說：「玩。」

她笑了，說：「這兒有什麼好玩的？跟墳墓一樣。」

我說：「那妳爲什麼會來這兒？」

她先說：「掃地。」想了想，她又說：「有的事，你們小孩還不懂。」

我說：「我有什麼不懂？我什麼都懂。」

她又笑，說：「你懂什麼？」

我說：「你把范主任從房子裏趕出來，他就整你，對嗎？他懲罰你，對嗎？」

沒有看我，她開始更執著地的掃著地。

我開始在這個大廳裏轉起來，四周的一切都讓我新鮮，它眞是一個豪華的場合，我開始爲母親驕傲，她的確是一個認眞的人，而且有事業心，組織上交待的事全是大事，沒有小事，要不爲什麼在我們烏魯木齊的土地上，能聳立起像這樣的地標性建築？

3

阿吉泰已經掃完了地，她拿起一條毛巾開始擦汗。

我坐在一個石階上，有些尷尬。就低頭，不看她。

她卻緩緩地走到了我的跟前，輕聲問我：「是王亞軍老師拉著你來澡堂的嗎？」

「不，」我猶豫著，半天才說：「不是，是我拉著他去的。我對不起王老師，我有罪。」

「你一個小孩子有什麼罪？你只是害怕了。」

「我有罪。」

這三個字我從小就聽別人說，先是從爸爸嘴裏說，然後是從許多大人嘴裏說。我們小孩子是作遊戲的時候說，可是我從來沒有想到今天這三個字是那麼眞心地從我嘴裏說出來。

我說完，就開始哭起來。整個防空洞裏迴蕩著這個少年的哭聲，混合著地下冰涼的氣息，陰森森的，讓人恐怖。我被自己的哭聲嚇著了，渾身開始起雞皮疙瘩，漸漸地頭髮也立了起來。在那一刻我幾乎忘了阿吉泰的存在，只是又想哭，又驚悚。

阿吉泰走到我的跟前，遞給我一條毛巾，就是她剛才自己用的那條。

我抬起頭，想看她，淚水迷住了我的雙眼，我只是看到了模糊的人影。我接過毛巾，內心裏被更大的委屈和負罪感淹沒，我爲王亞軍無比的傷心，我覺得對不起他，我甚至意識到我對他的心疼超過了對於自己的父親。我張開了嘴，哭嚎的渴望再次衝蕩著我，讓我周身開始發抖，我大喊：「我——有——罪……」

驀地，整個世界發生了變化，大地開始顫抖，跳躍，讓我的哭聲嘎然而止。

阿吉泰和我在一剎那都意識到地震了。

一切都變得狂燥了起來。阿吉泰被嚇壞了，她像受了突然打擊的人一樣，僵在原地，動彈不了。我衝上去，抓住她的手，拉著她就朝外跑。她被動地跟著我，顯得有些沉重。我使勁把她朝臺階上拉，她也開始隨著我朝上跑。臺階很長，我們搖晃著往上，突然，聽見防空洞的門口發出了巨響，大門處猛地塌了。石頭和著沙土朝下湧進來。我本能地轉身推著阿吉泰朝下躲，燈也在刹那間就滅了。周圍變得一片黑暗。我們連滾帶跳地又重新衝到了大廳。這時，大門的方向傳來了更猛烈的轟聲，有更多的石塊朝大廳湧來。我們朝一個角落躲著。這時，新的一輪強震又開始了，阿吉泰緊張地狠狠抓緊我的手，由於她過於用力，讓我感到微微有些疼痛。因為在學軍時我知道了在這種時候應該盡可能去單位面積小的地方，我們退到了大廳北面的一條長通道裏。我感到了阿吉泰的身上有些抖，就說：「不會有事的，妳放心。」

大門那邊又是一陣轟響，大廳有一半又塌了。阿吉泰尖叫起來。

我卻慶幸我們能躲進這條小道裏。我感到她的手還是那麼緊張地捏著我，儘管有些疼，可是我的內心裏卻充滿了一種驕傲感。地上有幾塊草席，我們把它拉過來，坐在上邊。

似乎又經過了新的餘震，一切都平靜下來。這時，我才意識到死亡將至：出口整個都垮了，我們出不去了。我漸漸感到恐怖，內心開始沉重。

阿吉泰反而變得平靜了，她從剛才那種女人的慌亂裏清醒了，她的手放開了我的胳膊。

我們的眼睛都漸漸地適應了黑暗，能夠看見對方。我發現阿吉泰的眼睛很亮，裏面充滿了柔和的光。它驅走了我的恐懼，讓我內心也變得平靜。

她站起身，從牆上的一個燈坑裏拿出了一支蠟燭，然後從身上拿出火柴點著，地道裏一下變得輝煌而燦爛了。

我們互相看了看對方，突然，她輕輕笑了，學著我的聲調說：「不會有事的，你放心。」

我有些不好意思，臉上發熱，很後悔自己剛才本能地說出了那樣的話。現在讓阿吉泰嘲笑我。

她說：「眞是勇敢的男人。」

我的臉更加發燒，我想即使在黑暗中，她也能意識到我的臉變得有多麼紅。

她好像還在說著什麼。我似乎聽不到她在說話，只是望著她的眼睛還有她的臉，我感到能夠這麼近地看她，眞是幸福。

她不再說話，而是看著我。我不得不把頭低下去。

過了一會兒，她輕聲說：「你爲什麼老是去澡堂偷看我？」

我更加抬不起頭。

她說：「能看清楚嗎？」

我點頭。

她說：「你每次看我，我都知道。」

我猛地鬆開了她的手，即使是在黑暗中她也應該能看到我的臉紅了。

她說：「你怎麼了？」

我無言以對。

4

我們被埋在地下已經有十幾個小時了，蠟燭都快燒完了，剩下最後一根時，似乎空氣也漸漸變得有些稀薄。

她說：「你多大了？」

我說：「十七。」

她說：「你從來沒有碰過女人？」

我說：「沒有。」

她歎了口氣，抓起我的手，放在她的胸口，說：「能聽見心跳嗎？」

我點頭，說：「妳心跳得比別人快。」

她說：「你再摸你自己，更快。」

我感到她說得眞對，我的心臟似乎都要跳出來了。

她說：「你想這麼近地看我嗎？」

我猶豫著，說：「想。」

她開始脫衣服。

我吃驚然後緊張得不知道該不該一直看著她。

外衣被她放在了草席上，當她把毛衣脫掉時，也平平地鋪在了草席上。她在作這一切時，並沒出有看我。只是自己認眞地在作，就像是某種儀式。這使我有了勇氣一直看著她。

當她就要脫襯衣的時候，看了我一下，眼神平靜，沒有一絲羞澀或者熱情，只是很平淡地看了我一下。我的心再次開始狂跳。當她的身體裸露之後，我僅僅是看了一下，就感到頭暈目眩。她伸手把我摟在她的身邊，然後，和我慢慢地一起躺在了她脫去的衣服上。

我膽怯地在她的皮膚上輕輕摸著，感到無比細膩，我從來沒有接觸過如此柔情的東西，她讓我的身體一次次的陷入激情，突然，我渾身開始發抖，感到眼前一片火光，我完全控制不住自己身體的抖動，意識到自己的大腿間像浪潮一樣地湧動著，很快地就被海波浸潤得潮濕了。火焰漸漸地從我眼前退去，我感到自己的身體裏出現了從來也沒有過的疲倦，就閉上了眼睛。

她微笑著，把我摟得更緊了。

5

過了好一陣，我睜開眼，看著蠟燭，對她說：「軍訓課上說過，火會把空氣裏的氧燒光，那樣，咱們就會被窒息了。」

她睜開眼，看著我的臉，說：「你眞的想把蠟燭吹滅嗎？」

我想了想，說：「我想讓蠟燭一直亮著，我想永遠看著妳。」

說完，我就緊緊地摟著她，充分享受著她的皮膚和她的呼吸，她說：「你可以用嘴唇親我的臉。」

我開始親她，不光是臉，我發現當你對一個女人表達柔情時，不用事先上任何課，天生就會，十七歲就會，從小就會。

她閉著眼，任我用自己的臉撫摸著她的身體，嘴裏卻在說：「剛才，我嚇壞了，你要是不拉我，自己早就跑出去了。你爲什麼不自己跑？眞是一個仁慈的男孩。」

「仁慈」這個詞刺激了我一下，我緊緊地伏在了她的身上。

我說：「妳跟王亞軍老師如果能這樣，他就不會被判刑了。」

她說：「我不願意跟他這樣。」

我說：「在他房間裏，有很多妳的照片，都是他爲妳照的，妳爲什麼不去拿？」

她笑了，說：「男人不能強求女人去拿任何東西。他不能強求女人給他任何東西。」

我說：「妳眞的不怕范主任？他打過我爸爸，我爸爸還要對他笑。我爸爸很怕他。」

她說：「我可以去死，但是，我不怕他。」

我說：「我們今天會死嗎？」

她看看我的臉，伸手幫我擦擦汗，說：「可能會的。」

我說：「妳怕嗎？」

她說：「怕，有點怕。你呢？」

我說：「我不怕。能像今天這樣死，我做夢都沒有想到。」

阿吉泰看著我，就像是正在重新發現和認識我一樣，沒有說話。

我想了想，又說：「原來我以爲死是壞事呢，其實是好事。」

聽我說完這句話，眼淚漸漸地從她的眼中流了出來。我想爲她擦，她伸出手，拒絕我爲她擦淚。我眼看著淚水不斷地在她的臉上流淌，心中有無限的感激。

最後，她說：「你這樣的年齡，還不應該爲女人擦眼淚，只要看著她哭就行了。」

蠟燭漸漸要滅了，也許是心理作用，我們都意識到空氣少了，開始有了悶的感覺。我們彼此都把對方抱得很緊。阿吉泰說：「本來想下個星期就走，去南疆，到喀什噶爾去，我爸爸就埋在那兒。沒有想到就死在這個防空洞裏。」

我說：「會有人來救我們嗎？」

她說：「不會的。他們把我罰到這兒來，就是希望我死掉，怎麼會來人救呢。」

我們不再說話，任時間一點點消失。

我知道，人生中最重要的事情已經全部辦完了，以後唯一要作的事情，就是等待死亡的來到。阿吉泰似乎睡著了。她的臉顯得蒼白而冰冷。

我們平靜地躺著，一切都已經成爲定局，我們眞的可以很平靜了。

我沉沉地睡著了，在夢裏，黃旭升出現了，她說：「你沒有看我的身體，去看阿吉泰的，其實有幾次在我們家我都想讓你看。」然後，黃旭升轉了個圈，穿上了國民黨的軍服，又說：「你不是對我說過嗎？靠近湖南墳園那邊有個小出口，就在我爸爸的墓碑旁，是你爸專門讓你媽設計的。那天，你爸你媽爲這事還吵了架？」

我猛地從睡夢裏醒來，對阿吉泰說：「我夢見黃旭升了，她一直在對我笑。」

阿吉泰只是輕輕撫摸著我的臉，沒有說話。

我說：「她提醒我，說這條通道最頭上，可以一直通向湖南墳園，在她爸爸的墓旁有個小出口。」

6

阿吉泰與我一直走到了通道的最前端，餘下的路很低矮，只有一個洞，顯然，工程還沒有最後作完，歡呼和慶祝防空洞落成的大會早就已經開過了。阿吉泰說：「這兒過不去，那邊沒有路。」

我說：「得爬過去，直到爬不動。」

她說：「你是不是還在做夢？」

我對阿吉泰說：「妳等著。」

她說：「不，要是非要鑽洞，也讓我鑽。」

我說：「不行，妳是女的。」

她笑了，默認了。

我彎下腰，朝前爬著，洞裏扔著十字鎬，抬把，還有不知道誰的爛棉襖，我撥開這東西繼續向前，有五六分鐘，還沒有到頭，裏邊壓抑得讓我發暈，正有些絕望的時候，我的手卻碰上了一個很冰的東西，是鐵管，眞的發現了一個鐵門，我大喊：「阿吉泰，爬過來，快爬過來，這兒有空氣，有門。」

我幾乎沒有費勁就拉開了鐵門，一道涼爽的空氣撲面而來，我愉快地想，死亡其實離我們還很遠，我們把自己嚇了一跳。同時，心裏感謝父親，是他教育並要求母親設計了這個小出口，當時他知道這就是專門用來救他兒子的嗎？

我們鑽出來時，已經是深夜了。湖南墳園裏一片寂靜。沒有任何人想起或者知道有兩個人遇險。我們眞是微不足道的人。十七歲的我當時就這麼想。

清新的氣息竟然讓我的頭腦裏出現了一堆亂碼，我貪婪地呼吸著，隱約地聽阿吉泰說：「明天我就回南疆，去喀什噶爾。」

我們走出了湖南墳園，眼前的景象讓我們楞了：許多居住的房屋都塌了。我跟著阿吉泰看她的的宿舍，那是在東區的一排平房，它們也塌了。地震讓阿吉泰成了一個無家可歸的人。我對她說：「走，上我們家去吧。」

阿吉泰笑了，說：「你回家吧，我回喀什。」

我猶豫著。

她說：「別忘了我。」

我仍然在猶豫，我知道自己是沒有權力把她帶回家的，那不是我的地方，那是爸爸媽媽的地方，讓我跟她一起走，去哪兒呢？

阿吉泰就是在那個時候走的，她艱難地行走在地震之後的狂風裏，她就如同閃現在黑夜中的一片被風吹起來的報紙，沒有回頭地在空氣中飄揚著，她的頭髮很快地和夜色融在了一起。她走得很快，就是朝著達板城的方向，那兒自古以來就是風口，阿吉泰離開烏魯木齊可能是需要借助風力的，她過了鹽湖，達板城，吐魯番很快就要進入幹溝，那兒都是像血一樣的山，不知道曾經打過多少仗，然後，她會經過冰達阪再兩天以後進入庫爾勒……南疆眞是很遠很遠，去喀什噶爾有走不完的路，也許她能到，也許她永遠也到不了。

風聲更大了，不是我的幻覺，阿吉泰眞的走了，她是在房屋片片倒塌的眞實而動聽的聲音中走的，這種聲音讓我幾乎忘了跟阿吉泰是怎麼告別的，忘了那天重見天日的一切，只記得有一種東西推著我，讓我在茫茫黑夜中漫遊。

7

幾天後是男人洗澡的日子，一片瀰漫的蒸汽，男人的身影在移動，水聲悠揚，每一個男人的生殖器都在搖晃，如同風把樹枝吹得忽忽悠悠。我心裏想著阿吉泰的一切，任熱水灑在身上，熱水就像是阿吉泰的體溫，讓我一次次地在內心感動：阿吉泰，妳現在在哪裏？忽然，像是從天國裏傳來了音樂，那麼莊嚴，神聖，是哀樂。它像管風琴的聲音一樣在空氣裏盤旋，與樹聲，星星聲，空氣聲，土地聲混合在一起，讓天空和房屋顛倒，錯亂著搖晃起來。哀樂作爲一種背景音樂始終在迴響著，就像是海水是魚的背景，天山是烏魯木齊的背景，石頭是河水的背景。哀樂就像是耳鳴一樣地持續著。

突然，校長光著屁股在澡堂裏亂竄，他流連於每個男人的小淋浴間，大聲說著：「毛主席死了。毛主席眞的死了。」校長的生殖器亂晃，聲音有些無奈，還有幾分亢奮：「毛——主——席——死——了——」

8

我身上產生了沐浴後的快感，它們像秋天一樣地滋潤著我的雙腳，讓我每走一步都有著長高的感覺。我不是女人，也沒有濕濕的頭髮。但是，我有比女人更明快的心境，和更歡快的笑聲。因爲，我從前幾天就知道了烏魯木齊今天要槍斃人了。

我等待今天的到來已經有些不耐煩了，毛主席死了，爲了不讓那些躲在暗處的人蠢蠢欲動，必須來點兒狠的，我從小就是從嚴打中過來的，每一次大的行動，都讓我興奮不已。

在我十七歲之前的烏魯木齊，槍斃人的日子是狂歡的日子。除了八個樣板戲以外，我們無法看見刺激人的場面。以後，我知道了北京當時已經有內部電影可看了，他們有各種辦法能進去，有的個兒高的，長得白淨些的竟然能搞來西裝，用手絹當領帶冒充國際友人。北京的孩子眞好，他們眞幸福。

但是，再好的電影能比槍斃人給我們更多的歡樂心情嗎？梅耶霍爾德說他喜歡看吵架，我們這些孩子卻喜歡看殺人。人的殘酷思想是從哪裏來的？是從天上掉下來的？還是我們頭腦中固有的？一個人一輩子看一次槍斃人並不難，難的是一輩子只看殺人不看別的。

那天的烏魯木齊大街上，白蠟樹的葉子已經金黃，老榆樹的枝節已經有些瑟縮，人群興高采烈地在張望著，從西邊開過來的車流要往東山去。

槍斃人是爲了社會安定，這給了我們這樣的少年以極大的快慰。我從八歲獨立於社會之後就開始在這條街上等待著死囚。他們站在一輛輛大卡車上，剃著光頭，面色紅潤，像是昨天晚上喝了過多的羊肉湯。而每次還有人陪著這些必死的人，他們的刑期有長有短，他們跟著走上刑車是爲了受教育的。

我混在了人群之中，一邊吐著瓜子皮一邊朝遠方看，像當時的公共汽車和火車一樣，囚車今天也晚點了。我是在朝西把眼睛看酸的時候，才朝東邊看了一下，於是想起了在小學時寫的一篇作文的開頭：「天山今天無比巍峨，它像玉皇大帝一樣地聳立在東方。」

就在那時，人群中歡呼起來，刑車終於像西邊的太陽一樣地出來了。

9

黃旭升與王亞軍竟然共同站在囚車上。

我之所以說「黃旭升和王亞軍共同站在囚車上」，而不說「王亞軍和黃旭升共同站在囚車上」的主要原因，是我隔著很遠的距離，第一眼首先看到的是黃旭升，不是王亞軍。

讓我很久都想不通的是，他們兩個人爲什麼會站在同一輛車上？他們兩個人本身被關在不同的地方。黃旭升在少管所，而王亞軍則是在七道灣的第二監獄，可是今天他們站在了一起。

黃旭升的臉在遠處顯得很小很小，即使是這樣，我也知道是她。她的頭髮被風吹起來，顯得她看上去很單薄。她身邊是個高個子的維吾爾族人，與這個男人相比，她顯得比一般時候要矮，在那個維族人旁邊，就是王亞軍了。顯然，他們是行刑之前，陪著死囚遊街的。

那時，幾乎每次都是這樣，只要是槍斃人，就會有人陪著。

車漸漸近了，他們兩人的臉變得越來越清晰。

王亞軍臉上像死灰一樣，他被剃了光頭，但是他的臉仍然刮得很乾淨，只是整個人的身上像是蒙了一層灰。

黃旭升卻昂著頭，臉上充滿紅光，她突然看見了我，那時她的頭抬得更高了。

人群開始激動，大家在喊著，因爲車上有了一個像黃旭升這樣文雅的小女孩，所以這兒的節日氣氛更濃了。每個人都在指指點點，聲音高低錯落，把烏魯木齊的歡樂推向了高潮。

開始大家似乎都沒有注意，連我也沒有注意，彷彿那歌聲是從雲裏飄浮出來的，它緩緩地朝下走，像輕煙一樣地來到了我們面前：

起來，饑寒交迫的奴隸。

英文歌曲！是黃旭升，黃旭升在用英語唱。十七歲的黃旭升勇敢而激情，就像那個時代的英雄，她不怕前方有著黑暗泥濘的路，在用另一種語言放聲高唱。她的確像是一個勺子，我們烏魯木齊話說勺子就是傻子。是FOOLISH，STUPID，SILLYBIRD。

囚車成了舞臺，她唱得更加嘹亮，像是吹響的號角。在歌聲中，她的英語純正，並帶著無限的高傲。

周圍的人開始大笑，狂笑，好像這是一件非常好玩的事。在我的童年裏，槍斃人當然是最好玩的事，看著子彈穿過別人的肉體，看著紅色的血從裏邊出來，沒有事情比這更好玩了。

只是，今天不那麼好玩。

我沒有想到他們兩個人竟然都在車上。

王亞軍在聽到黃旭升的歌聲時，臉上漸漸生動起來，灰色的塵土好像一下就從臉上散去，接著就有微風吹在了他的臉上。他側臉看著跟他挨的不太遠的黃旭升。他看得十分專注，就好像從來沒有見過這個女孩子，她也從來沒有作過自己的學生，並爲自己當過英語課代表。王亞軍的眼睛瞪得比平時要大，他幾乎注意不到人群的熱鬧，只是看著黃旭升。

黃旭升不看王亞軍，她好像不知道這是自己的老師，更不知道這首歌是王亞軍教給自己的，她盡可能地提高了聲音，就好像那是歌劇裏邊最著名的唱段，她要把它唱得富有美感，而且要讓全世界的人都聽到。

那時陽光正從雲裏浮出，我與王亞軍的目光碰到了一起。

我看見眼淚正從他的眼睛裏慢慢地滲出，然後開始在臉上流淌。

刑車加快了速度，朝著東山公墓的方向駛去，人群呼叫著跟著車跑。向著東方，那是太陽升起的地方，也是烏魯木齊槍斃人的地方。

看見王亞軍哭的時候，天山比平時更燦爛，我在王亞軍因爲過於激動而不斷聳動的雙肩上頭一回知道了什麼才是眞正的憂傷。

他的眼淚在不停地流著，就好像那是一條河，是我們烏魯木齊河，雪水每年初夏都在陽光下融化，然後衝蕩著草原，森林，沙漠，戈壁，最後到了烏魯木齊的谷地裏，形成大片濕潤的窪地。

我們這些烏魯木齊出生的孩子就是喝著王亞軍的眼淚長大了的，就是的，我從來沒有喝過黃河與長江的水，儘管人人都說我們是黃河和長江的子孫，不是的，你可能是，但我不是，我是異類，我是喝著王亞軍的淚水長大的烏魯木齊人。

第十八章

1

一九七八年秋天是我最背運的日子。

我沒有考上大學，那是我一生的恥辱。

許多人都考上了，尤其是我們那個班，幾乎有一半的人都進了大學。只有我，仍在大學外邊冒充著紳士，而且，還是英國紳士。大院裏的孩子和家長都在嘲笑我：像知識份子那樣留著捲曲的分頭，戴著眼鏡（還是平光的），穿得筆挺，身上還有香水味，每天走在路上還夾本書，別人不學習的時候就他學，可是連個大學都沒有考上。看來，這孩子的思想太複雜了。腦子裏都被資產階級腐朽糜爛的生活方式占滿了，哪裏還裝得下眞正的知識？

父母對我失望極了。他們出自於清華，是新疆維吾爾自治區烏魯木齊市少有的幾個清華學生。父親還留過蘇，更是我們烏魯木齊知識份子的代表人物。可是，他們的獨生子一點也不願意爲他們爭氣，打扮得怪模怪樣，卻考不上大學。既考不上理工科大學，也考不上文科大學。

他們的兒子卻想：爲什麼想上大學還需要考呢？他想上就讓他上嘛。又不是想去殺人放火，又不是想偷雞摸狗，又不是想當四人幫，他不過就是想進一個叫大學的地方學習嘛，爲什麼考不上就不讓上？任何人都不能剝奪一個孩子想上學的權力。

當兒子把這個想法告訴父母時，他們吃驚地看著兒子，深深地感到了種的退化。那是人類生存的危機。文化革命眞是把一切都搞亂了。這個孩子應該到醫院去看醫生。

我眞的到醫院裏去看病，卻沒有檢查出來。就在我從那條通往太平間的小路上經過，要出北門的時候，黃旭升朝我走來，她身上竟然別著一枚校徽！我吃驚不已，沒有聽說她考上大學呀。黃旭升也看見了我，她笑起來，顯得很燦爛。我說不出話來，眼看著太平間裏有人進進出出。她說：「老是想去找你，老是沒有時間。」我點頭，又看看校徽。她說：「要把失去的時間都補回來。」我說：「妳是什麼時候考上大學的？」她說：「第一批呀。」我說：「妳的病好了？」她說：「你才有病呢。」

這時，她母親從後邊趕上來，看見我，臉上立即充滿警惕，說：「快走，要遲到了。」

黃旭升竟然沒有跟我多說什麼，就朝醫院走了。

我說：「我能給妳寫信嗎？」

她說：「用英語寫吧，我正好練練自己的英語水平。」

天山仍然陪伴著我，柏格達峰像我的影子一樣，我走到哪裏就跟到哪裏。我就是那個時候認識了蒼穹這個詞，它是藍得讓你眼前陣陣發灰的天空。我渴望去北京上海，卻沒有考上大學，我知道自己此生只能永遠待在烏魯木齊。我的委屈在哪裏？他們說得眞對：別人不學的時候就我學。

我眼誰學？

王亞軍。

孤獨的時候總想念王亞軍。他那時被關在監獄裏邊已經一年多了，我從來沒有去看過他。是因爲路途遙遠，還是因爲我們之間隔著沙漠？我曾經在地圖上仔細地看過他勞改的地方，當時就吃了一驚，在我們之間有兩大世界著名沙漠：塔克拉瑪幹沙漠和土爾班通古特沙漠。

王亞軍是不是被曬乾了？成了南疆的一塊木乃伊？

2

母親有些老了，原來是細密的縐紋在眼角，現在卻已經是像榆樹皮一樣粗的紋路爬在了她的臉上。但是，她仍是那麼有風度，她可以在陽光下自由的呼吸。她的出身，她的學歷，她從清華出來的身份，特別是她是爸爸的妻子，都使她有種春風得意的感覺。

早晨，當陽光照在停車場的時候，老是看著她穿著緊身的衣服，手裏拿著一個安全帽，她作爲技術處的處長，要隨總局的領導們下基層去檢查工地。

車就停在那個地方，司機的態度良好，他們對她很客氣，就像是對待宋美齡一樣，因爲一個有風度的女人站在你的身邊，她是有地位的。

她的風度很好，沒有人能像她這樣，溫和，大度，落落大方，她的個子挺高身材挺拔，像是一個經歷過風雨又重新走到了陽光下的白楊。

她現在眞的不再怕別人說她是技術權威了。

父親是技術權威，而現在連她也是技術權威。

母親怎麼會是技術權威了呢？我百思不得其解，她最重要的設計是那個烏魯木齊人直到現在都還記得的防空洞，它是地標性建築，也差一點成了我的墳墓。

可是，母親就是技術權威。

她與父親有時拿出留聲機，聽一會兒格拉祖諾夫，她們總是把聲音開得很大，讓小提琴聲從窗戶飄出去，充滿院落。全烏魯木齊的人在那時都聽見了這種樂曲。因爲這種樂曲，她們就更像是知識份子，他們在眾人眼裏，就更加神秘。

劉承宗，秦萱琪夫婦眞是神秘，他們和一般的人就是不一樣。

完全不一樣。

那是一個週末，爸爸去了美國據說還要去歐洲。他臨走時興奮而神秘地說：「烏魯木齊將有大工程。」

母親獨自在屋裏澆花，她是愛花的人，這可能來源於她出生的那個宅院。她曾對我說，家裏有好多的花呀，她的童年與少年時代是與花在一起的。有許多年了，她不得不與花分開，這讓她無比委屈。母親說到這些時，聲音略有些哽咽。

門就是那時被敲響的，母親朝門那兒看了一眼，繼續澆花。

我把門打開後，站在面前的人讓我有些驚訝：「校長。」

校長站在門口，臉上充滿謙遜的笑容，在肘臂裏夾著一個報紙包。他穿得有些破爛，不太乾淨，全然不像是七十年代中期時的樣子。

他看出是我，臉上也是一楞。最少有兩年沒有見面了，說是他被送到艾丁湖農場勞動了，他是三種人，是范主任的走狗，而且他們兩個作爲清華的校友，曾經聯名給江青寫過信，所有這一切最後都被揭發出來。

他說：「我找你媽。」

我讓他進來了。

他逕直朝母親的臥室走去。

正澆花的母親看見他後，像是受了驚的雞一樣，渾身都顫動了一下。

校長看著母親，臉上充滿深情，他說：「我就要到南疆去了，要去巴楚，去修小海子水庫，」

說著他把那個紙包遞給母親，說：「這是我多年來寫的日記，從清華時就開始了，妳知道的，裏邊還有妳。這是我最貴重的東西了，我沒有別的親人，只好留給妳了。」

母親斜眼看見了站在後邊的我，說：「劉愛，把門關上。」
我只好關上了門。但我貼著門仍然聽著。
母親說：「你不應該上我這兒來，這東西我也不要。」
校長說：「我可能堅持不了幾天了，南疆太苦，我可能活不長了，希望妳幫我保留。」
母親沉默。
校長又說：「能問妳最後一個問題嗎？」
母親沉默。
校長說：「劉愛是不是我的？」
我在門外聽見這話，腦袋裏轟的一聲。
母親說：「不是。」
校長說：「可是，別人都說……」
母親說：「我是一個女人，我最清楚。」
校長：「我希望妳一生中就這一次不要撒謊。」
母親說：「我這一輩子從來不撒謊。」
校長說：「永別了。」
突然，門開了，校長從裏邊緩緩地走出來，母親並沒有送他。他獨自走到門口，開開門，我有些不由自主地跟著他到了門口，要關門時，校長回頭朝我一看，我發現他的眼眼裏飽含著淚水。

校長走了，母親仍在澆花。

以後，我曾經悄悄地偷看過校長的日記，裏邊充滿激情還有豔麗的詞語，顯示了一個男人深情的話語權，所有那些呵護都是爲了母親。他說，他一生只愛過一個女人，就是母親。而且，我發現他也喜歡用與范主任一樣的詩句：「冬天已經過去，春天還會遠嗎？」我被他言詞的高貴所打動，並恍然大悟：難怪他們能給江青寫出那麼有文采的信，他們是一路貨。都曾經是充滿才情的青年。可是，在今天的政治壓力下，他們還能堅持得住嗎？

果然，校長自殺了，那是在三天後，在鍋爐房的後邊，就是我和王亞軍偷看阿吉泰的地方。校長穿著鮮亮的黃軍褲和充滿太陽味道的白襯衣。他身上除了有五斤全新的烏魯木齊地方糧票以外，沒有任何東西。這永遠是一個謎，已經到了一九七八年了，他臨死時裝上一張糧票幹什麼？

知道校長死的那天，我看出了母親眼底的悲哀，那時燈光正照在她和她的毛衣上，我問她：「我跟校長有關係嗎？」

母親搖頭，問我：「爲什麼會問這樣的問題？」

我說：「從小就聽別人在後邊議論。黃旭升也說過。」

母親說：「他們說話不負責任。」

我沒有繼續追問下去，時隔多年之後，不放心的我在有了 DNA 技術之後，仍然去作了親子鑒定，我與父親劉承宗的 DNA 基本一樣。看來，母親這次真的沒有撒謊。

這次沒有撒謊，就意識著她一輩子從來不撒謊。

3

父親並不顯老，他經常對別人說，你看你看，我連一根白頭髮都沒有。

他果然沒有白髮，別人就都會叫起來，說：「劉總眞是的，一根白頭髮都沒有。」

天翻地覆，什麼叫天翻地覆？就是別人對你說話的態度有一個根本的轉變。父親當然知道這些，他對科學大會之後的日子充滿感激，當聽到郭沫若文章裏引用了白居易的詞時，父親熱淚盈眶，當著我的面，與母親就在家裏擁抱起來，一點也不嫌肉麻，充分表達了他們作爲知識份子的熱烈。他不會忘了自己站在架子上畫毛主席像的日子，更不會忘了別人打他的那一巴掌。也許正因爲如此，他要把失去的時光找回來，而且讓我驚訝的是，他也非常喜歡唱那首「再過二十年，我們來相會……」

看著爸爸烏黑的頭，我半含著恐懼和悲哀探索著想：再過二十年，他會在哪兒，跟誰相會？

爸爸說的大工程是民族大劇院。當他從歐洲回來之後，深深地被那兒的古典意味所迷惑，在阿姆斯特丹，在巴黎，在海德堡父親拍了很多照片。蝙蝠衫開始在女人身上流行，烏魯木齊人渴望現代化，而且是四個現代化，可是爸爸卻沉緬於古典。他反復地撫摸著自己帶回來的那些照片，說：「我瞧不起新巴黎，可是我敬重老巴黎。就好比我瞧不起新北京，而我敬重老北京一樣。而烏魯木齊談不上新，也談不上舊，我在五十年代設定的風格基本上保住了。」

他那番話是對我和媽媽說的。

那是爸爸媽媽最幸福的時光，他們翻身了，渾身有使不完的勁，到處都需要他們，他們喜歡對別人說：「知識份子別無所求，唯一渴望的就是報效祖國。」

爸爸曾經設計了民族劇場，現在他又要設計民族大劇院。

在那些日子裏，他經常徘徊於南門的民族劇場四周，沒有人比爸爸更善於自我欣賞了。他自信烏魯木齊會按照民族劇場的風格發展，穹頂，塔尖，大理石柱，雕刻，各民族的語言，以及像巴黎老城那樣淡黃色的調子……所有這些東西混合起來，就會與中國的任何城市不一樣，也會與世界上任何城市不一樣。

爸爸媽媽晚上經常一起散步，還喜歡拉上我。我總是沉默著，而亢奮的他們卻有說不完的話。突然，爸爸止住了自己的話語，他朝前方看去：那是范主任。范主任竟然坐在輪椅上。他穿著一身藍色的中山裝，戴著白色的眼鏡正朝爸爸看。在校長自殺的那會兒，范主任也曾跳過樓，可是他沒有死。

爸爸緩緩的腳步朝他走去。

范主任看爸爸走過來，臉上並沒有慌亂。他熟練地駕馭著殘疾車，與爸爸面對面。

爸爸看著他不說話。

他也看著爸爸不說話。

我們一家從他身邊走過，而范主任停在原地，轉過車身，繼續看著我們。

父親說：「這叫善有善報，惡有惡報。」

我說：「他從四樓上跳下來，竟然沒有摔死，生命力眞強。」

母親不高興了：「什麼叫生命力？怪不得考不上大學，連貶意詞和褒意詞都分不清。」

父親說：「我在那麼黑暗的時候就說過，冬天已經過去，春天還會遠嗎？」

我說：「這詩范主任也對阿吉泰背過。」

爸爸媽媽倏地變得不高興了，他們都在刹那間充分地意識到了自己兒子的愚蠢。

可是，阿吉泰三個字從我嘴裏一出現，我的內心就猛地瑟縮了一下，而且，一種無邊的憂傷開始在我的體內蔓延。我聽不見父母對我說的任何話。我對著高山喊：「阿吉泰，妳在哪裏？」

高山回音：她剛離去。

我們對著大海喊：「阿吉泰，妳在哪裏？」

大海回聲：她剛離去。

仿佛在整個天地間，只有一種長音：

4

父親用了三個多月，拿出了他的設計方案。在那三個月裏，他像是音樂家沉浸在作曲的狀態中一樣。父親剛拿出了自己的方案時，顯得有些驕傲或者說有些得意。於是他就像是前些年能突然穿上軍裝時那樣，舉止上變得有些輕浮，他走路的姿勢又開始像跳高一樣。

父親輕浮的舉止並沒有引起別人的注意，無論是他的上級，還是他的下級。只是我吃驚地發現了這點，心想讓人類變得成熟一點，眞是比登天還難。

父親的背運並不是來自於他的舉止，而是來自於人們觀念的變化。上級在審察了他的方案後對他說：「錯了，全錯了，烏魯木齊需要的不是一個舊式的古堡，而是一個現代的大劇院。」

父親的方案被徹底否定了。領導的意思非常明確：重新拿出一個現代的方案。

父親不同意，他固執地認爲：烏魯木齊需要一個整體的風格。這需要歷史的延續。

領導批評他，說：「烏魯木齊不過是一個小鎭，有什麼歷史？你那個風格不過是蘇聯的那套，大白天樓裏都是黑的，外觀上又笨，還又費材料。」

父親像是又挨了一巴掌，那次是人們非要給毛主席的頭上加一隻耳朵，這次是要給天山下的烏魯木齊加一點現代化。

據父親的學生宋岳回憶說：「劉總當時一出門，眼淚就流下來了。我不知道怎麼勸他。他不上車，堅持自己走路，我不得不陪著他。在路上，他咆哮著說：『烏魯木齊從三十年代，到四十年代，五十年代，直到現在都堅持著一種風格，那就是民族劇場的風格。烏魯木齊有歷史呀，有歷史呀——』」

宋嶽作出的結論是：「劉承宗瘋了。」

父親從那天回到家之後，變得沉默了。他一直也沒有按照領導的意思重新設計，而是想要通過適當的修改來達到某種妥協。他跟媽媽說話也很少，因爲她這次不像上次，一邊爲他撫摸著傷口，一邊表達著跟他同樣的觀點。

妻子這次從內部又深深地紮了丈夫一刀，她的觀點與大家完全一樣：烏魯木齊要走向現代。這應該是全體烏魯木齊知識份子的渴望，他們盼望新觀念盼得太久了。她不斷地在父親沉默時，把自己的觀點表達給丈夫聽。

父親不說話，總是一個人擺弄著那個舊唱機，聽著格拉祖諾夫老掉了牙的舊唱片。小提琴上似乎落滿了灰塵，音樂充滿房間，卻有了一種秋天的味道。

幾個月過去後，父親的妥協方案送了上去，領導只看了一眼，就生氣地作出了結論：要大膽提拔年輕人，讓父親的學生宋岳擔任總設計師。免去劉承宗的總設計師的職務，在家待命。

獨自在家的父親不肯浪費時間，他又開始進入了設計狀態。他開始一張張地重新畫圖，在沒有電腦的時代，他拒絕任何助手，一根根地畫著直線和曲線。

母親看著他進入了這麼反常而激昂的狀態，就傷心地哭了。她似乎明白了天意，並且嗅到了某種死亡氣息，就去買了一張新辦公桌，那是一個很大的寫字臺。從此，爸爸每天都在那兒工作。從早到晚，從黃昏到黎明。他如此亢奮，使我感到恐懼。因爲他工作的時候聽不見身邊的任何響動，只是低著頭，彎著腰，看著圖，周圍的一切都跟他無關。

有一天，我買了盤安迪威廉斯的磁帶，那上邊有〈月亮河〉。當歌聲在我的房間迴蕩時，父親竟然走了過來。他聽了一會兒，說：「這歌我早就會唱。」然後，父親用英語，而不是俄羅斯語合著男低音唱起了這首歌並隨時爲我翻譯著：

Moon River, wider than a mile, 月亮河，寬過一英里，
I'm crossing you in style some day. 有一天我會把你越過，風度優雅。
Oh, dream maker, you heart breaker, 哦，夢想讓你心碎，
Wherever you're going, 無論你流向何方，
I'm going your way. 我將跟你前往。
Two drifters, off to see the world. 兩個漂流者出發去看世界。
There's such a lot of world to see. 多麼精彩的世界。
We're after the same rainbow's end, 我們追隨在彩虹身後，
Waiting'round the bend, 在河灣處等待，

My Huckleberry friend 我的哈克貝利老朋友——

Moon river and me. 月亮河與我。

父親從來沒有這麼有魅力，他的英語發音很好，幾乎沒有受到俄語的影響，他簡直就是一個爲了藝術而藝術的人，或者說他就是一個王亞軍，正在爲我講述那些我最需要的東西，在我最需要的時候：「〈月亮河〉是電影《第凡內早餐》的插曲，得過奧斯卡最佳電影歌曲獎。奧黛麗。赫本是我和你媽媽最喜歡的演員，她飾演女主角，演唱〈月亮河〉。當年就得了葛萊美最佳歌曲獎。很好看，是愛情電影。」

父親像是在激情地迴光返照，他的臉興奮地有些微紅，是高血壓病人的臉上常見的紅色，父親言猶未盡，又自言自語地說：「two drifters，很有意思，是兩個漂流者，爸爸跟你有時就像是兩個漂流者，在馬克．吐溫的小說《哈克貝利．費恩歷險記》裏，Huckleberry 逃出家，被有錢人收養，又受不了文明社會的拘束，他逃走，與黑人吉姆共乘一筏，在河上漂流，沿途遇見許多各種各樣的事，醜惡的事情，他們眞正瞭解了社會。在共同漂流的日子裏，兩人結下了深厚的友誼。」

我說：「Huckleberry 竟然是哈克貝利？是馬克．吐溫小說中的人名？」父親的博學讓我吃驚，因爲他此刻說的事情與建築無關。

父親點點頭，沒有看我。

不知道爲什麼，我不願意更多地接受父親的抒情，他會唱英文歌這事讓我特別的委屈，我們安靜了很久，父親像是煤炭的火焰已經燃燒過了，他正在漸漸成爲灰燼。我對父親說：「我想念我的英語老師，我想念王亞軍。」

父親半天沒有說話，他轉身回到了自己的工作臺前。徐久，他叫我。我站在他身邊時，他仍在低頭畫圖，時間就這樣一分分地過去。突然，他抬起頭來，說：「我對不起你的英語老師。」

聽著父親的話，我說：「爸爸，每次你打我的時候，我都仇恨地看著你，你是不是就更生氣了？我知道有很多孩子不是這樣。只要一挨打，他們就哭，好像很疼很疼，那頓打就會輕許多。」

爸爸笑了，再次哼起〈月亮河〉。

我說：「爲什麼那時，在我最需要聽的時候，你從來也沒有爲我唱過一首英文歌？」

爸爸楞了一下，就好像我說話的聲音很大，漸漸地他的眼淚流出來，說：「爸爸是機會主義者，爸爸任何時候都想爲你好。」

父親眞的死了，不過沒有死在那張新的桌台前，而是死在一炮成功下的建工醫院裏。他死於心臟病突發。那天，他把效果圖畫完了，就開始把許多圖都掛在了牆上。他作這一切時，顯得很吃力。然後，他站在圖前開始自我欣賞，沒過十分鐘，他就突發心肌梗塞。

爸爸被送到醫院後，經過了兩天的搶救，最終還是沒有活過來。在爸爸的最後時刻，媽媽一直在他的身邊，她把爸爸摟在懷裏，讓爸爸像是一個年輕人一樣地在她懷中死去。

在燕兒窩開追悼會時，沒有放一般的哀樂，而是應爸爸最後的要求放了我買的那盤〈月亮河〉，當整個大廳有英語在迴蕩時，我理解了那是爸爸對於英語老師王亞軍表達的最後懺悔，儘管王亞軍不在場，他可能仍在南疆的巴楚服刑，但我想他能聽見一個家庭對他眞心的道歉。

時過二十年，我從北京回到了烏魯木齊，那是一個冬天。我看見了民族大劇院，當年豎著貼的白色瓷磚把這座雄偉的建築包裹得像是一個巨大的廁所，這種建築我在全國的每一個城市都能看見。當我徒步走到民族劇場時，眼前的景象讓我驚訝，爸爸好像復活了，他的生命融化在這座有五十年歷史的建築裏，變得高貴，典雅起來。所有那些陳舊的東西都變得新鮮，穹頂，石柱，雕刻，曲線，石階，園型的窗戶……這一切都讓我想起了父親。我知道這些話由我說，顯得不合時宜，因爲他是我爸爸。可是，我眞的希望凡是去烏魯木齊的人，都去比較一下這兩座不同的建築，然後把結論告訴我。

5

我曾經想當一個外交官。

我把這個理想告訴了王亞軍。

當時英語老師笑了，說：「一個人應該有理想，就像一個房間應該有窗戶一樣。」

可是，現實是我沒有考上大學，勉強地在烏魯木齊上完中專之後，我被分在了我的母校，也就是王亞軍曾經工作過的那個學校當英語老師。我的同學們在這幾年從全國各地回到烏魯木齊，每當相遇，他就會看到對方身上的校徽，這總是能讓他的內心痛苦而委屈。他曾經想過，在烏魯木齊所有的孩子當中，他是最應該上大學的，應該去北京，上海，廣州，可是，唯獨他被留在了天山腳下，成了王亞軍的後任。

我跟王亞軍一樣穿著講究，並且往身上灑香水，我也喜歡經常爲可愛的女孩子補課，我覺得爲那些學習好的女孩子唱英語歌，是人生最美麗的事情。我跟王亞軍最大的差別是：我不怕別人說劉愛老師作風不好。我可以公開說，我最喜歡的是聰明的女同學。

當那個二十四、五歲的青年人走在烏魯木齊的街道上時，他感到自己還是驕傲的，儘管他的社會地位低下，只是一個英文老師。可是，英語包圍了他，讓他有著一般人沒有氣質。

在這樣的狀態下，很快地過了兩年，他仍跟青少年時一樣孤獨，周圍的一切與他仍是格格不入，因爲過於渴望成爲一個紳士，所以他似乎染上了潔癖。他的皮鞋從來擦得過於亮，每天都換一次白色的襯衫，由於整本整本地看英語書，他的眼睛眞的有些近視了。他爲此興奮了很久，近視眼是美好的，他配了一幅寬邊的深色眼鏡。他戴著眼鏡，在英語的世界裏，看到了美國，看到了歐洲，還看到了十八，十九和二十世紀的文明生活，看到了另外一種人的笑容和說話的習慣。

那是秋天裏的一個中午，他爲父親掃墓回來，走在西大橋上，他遠遠看見了一個人，這個人的突然出現讓他心跳不止。他加快了腳步，當那個人也認出了他時，他們都興奮地有些喘氣。

王亞軍首先站住了，他微笑地看著我。

我站在他的面前，緊張，羞澀，有些不知所措。

他仍然不打算說話，只是看著我。

我想問他是不是因爲表現好提前出獄了？你最後服刑是在巴楚嗎？卻又什麼也說不出來。

王亞軍仍然穿著像當年那樣深色的毛料衣服，筆挺的褲縫，皮鞋擦得乾乾淨淨，他明顯有了些白頭髮，臉上仍是刮得發青。

我看著王亞軍，卻感到他的衣服已經不太入時，皮鞋的款式也都顯得有些陳舊，只是他的眼睛爲什麼還那麼亮，充滿著激情，這讓我感動。

我們就那樣地站著，眞的是說不出一句話來。

天山在遠處看著我和王亞軍的這一次相遇，風吹動著頭頂的樹葉，天空裏的雲彩一直在走，我隱約聽到了腳下的烏魯木齊河在喧嘩，流水聲在我們的對視中變得更加明顯。

王亞軍仔細地看著我的穿著，以及我那被電梳子燙成卷的頭型，終於開口：「你大學畢業了？」

「我沒有考上大學。」

他似乎有些驚訝地楞了一下，但是什麼也沒有說。

我的眼淚就是在那時流出來的，它們順著我的臉流淌，就像是我們腳下的烏魯木齊河，天山上的融雪每年一到六月就開始化成水，它們經過了森林，雪山，峽谷，緩坡，草灘朝烏魯木齊流，先是經過烏拉泊，然後又流過燕兒窩，它們經過了父親的骨灰和遺像……然後，朝烏魯木齊流過來，直到我們腳下，就像那個破舊的留聲機一樣，放著讓人想哭的曲調。

我沒有擦自己的眼淚，我想大哭一場，就像演員在舞臺上那樣，放聲大哭一場。我希望我的哭聲能震動烏魯木齊，然後傳到北京去，讓所有人都聽到。然而，我的呼吸在一開始就被窒息了，意識到了自己像個演員，我的嘴竟然張不開，發不出聲音，哭不下去。

他默默地看了我一會兒，上前拍了拍我的肩，臉上仍然帶著那種仁慈的，寬容一切的微笑，說：「我住在二宮農機場子校宿舍。」說完，他繼續朝前走。

我轉過身看著他。

突然，他停下腳步，回頭看著我，想了一會兒，才說：「把我的詞典還給我。」

LOCUS

LOCUS

LOCUS

LOCUS